KB041365

조이스의 『율리시스』 입문

*Joyce's Ulysses*

by

Seán Sheehan



This Korean Language Edition is published by arrangement
with **Bloomsbury Publishing Plc., U.K.**

# 조이스의 『율리시스』 입문

숀 쉬한 지음 | 이강훈 옮김

서광사

이 책은 Seán Sheehan의 *Joyce's **Ulysses*** (Bloomsbury Publishing Plc., 2009)를 완역한 것이다.

조이스의 『율리시스』 입문

숀 쉬한 지음
이강훈 옮김

펴낸이 | 이숙
펴낸곳 | 도서출판 서광사
출판등록일 | 1977. 6. 30.
출판등록번호 | 제 406-2006-000010호

(10881) 경기도 파주시 회동길 77-12 (문발동)
Tel: (031) 955-4331 | Fax: (031) 955-4336
E-mail: phil6161@chol.com
http://www.seokwangsa.co.kr | http://www.seokwangsa.kr



제1판 제1쇄 펴낸날 · 2022년 10월 30일

ISBN 978-89-306-8001-1 93840

# 옮긴이의 말

한국의 영문학도들에게 제임스 조이스의 『율리시스』는 어떤 의미에서 애증의 대상이라고 할 수 있을 듯하다. 영어권에서 최고의 권위를 가진 현대 소설의 대표작으로서 20세기 모더니즘 미학의 전형이라고 할 수 있는 『율리시스』는 누구나 한 번쯤 읽어야 할 현대의 고전이다. 그러나 동시에 작품이 가지고 있는 방대한 정보, 익숙지 않은 문체와 기법, 일반적인 언어의 지시 작용을 넘어서는 불안정한 서술로 인해 일반 독자는 물론 영문학 전공자들에게조차 당혹스러울 정도의 압박감과 좌절감을 주는 작품이기도 하다. 따라서 영문학을 공부하는 사람들, 특히 현대 소설을 전공하는 사람들에게는 필수적으로 접해보아야 할 대상이지만 일반적인 리얼리즘 소설의 범주를 벗어나는 언어, 형식상의 특이성으로 인해 『율리시스』가 품고 있는 독특한 매력들, 즉 조이스 특유의 유머와 희극성, 언어와 글쓰기/읽기 간의 흥미로운 긴장 관계, 셰익스피어에 비교할 만한 언어유희와 인간 심리에 대한 통찰, 무엇보다도 평범한 소시민을 통해 드러나는 일상의 위대함은 『율리시스』만이 보여줄 수 있는 문학 예술의 매력이라 할 수 있다.

이 책의 저자인 숀 쉬한의 말대로 조이스에 대한 연구는 오래전부터 하나의 산업이었고 『율리시스』는 박사 학위를 위한 행복한 사냥터였다. 거의 모든 문학 이론과 방법론을 적용할 수 있을 정도로 다양한 문제를 제기할 뿐 아니라 어느 접근법도 『율리시스』를 모두 설명할 수 없기 때문이다. 따라서 『율리시스』는 행복한 사냥터일 뿐 아니라 마르지 않는 아이디어와 새로운 해석의 샘물인 것이다. 그러나 이론으로 무장한 사냥꾼이든 문학에 목마른 일반 독자이든 일정 수준 이상의 끈기와 집중력, 산만한 듯하지만 심층 구조 속에서 서로 연결된 정보와 이미지들을 통합적으로 이해해야 하는 부담이 사라지는 것은 아니다. 따라서 『율리시스』는 일종의 준비 단계가 필요한 측면이 있는 것도 사실이다. 국·내외에서 『율리시스』에 대한 소개서가 조이스의 다른 작품들의 경우보다 많은 것도 이 때문이다. 사실 『율리시스』에 대한 소개서 형태의 책은 작품의 출판 직후부터 있었고, 국내에서도 조이스 전문가들의 노력으로 다양한 책들이 출판되어 있다. 그러나 대부분 작품에 관한 일반적인 정보, 전기적 사항, 개괄적인 내용 주제 등을 언급하는 경우가 많다는 점에서 대동소이한 상황이다.

쉬한의 책은 몇 가지 측면에서 기존의 『율리시스』 소개서와 다른 모습을 보여준다. 독자의 입장을 고려하면서도 비평가의 문제의식을 가지고 이야기하기 때문이다. 예를 들어 일반적인 조이스와 『율리시스』에 대한 전기적 사항이나 구조 외에 작품의 가장 큰 특징인 스타일상의 특징이나 텍스트와 서술을 통해 조이스가 암시하는 미학적 세계관을 통합적으로 설명하고 있으며 산만해 보이는 정보, 비유, 독자의 인내심을 시험하는 듯한 변덕스럽고 불안정한 서술을 어떤 시각에서 즐겨야 하는지도 언급하기 때문이다.

『율리시스』의 각 장들의 시공간적 정보, 간단한 플롯 소개 등은 여타의 소개서들과 다르지 않으나 이 책의 가장 큰 특징은 각 장마다 등장하는 논제들이다. 각 장의 논제는 호메로스의 『오디세이아』와의 구조적 연관성을 시작으로 중요한 모티프와 주제를 소개하고 있는데, 단순히 기존의 잘 알려진 사항들을 나열하는 것이 아니라 꼼꼼한 독서를 수행하는 독자 또는 비평적 시각에 정통한 학자의 입장에서 매우 비판적으로 접근하고 있다. 예를 들어 단순히 호메로스, 비코, 셰익스피어와의 연관성만을 언급하는 것이 아니라 그런 연관성의 한계와 그것이 어떻게 『율리시스』 텍스트가 가지는 독특한 서술 전략으로 이어지는지를 설명하고 있으며, 각 장의 주제가 구체적으로 어떤 장면과 서술을 통해 구현되는지까지 꼼꼼하게 언급한다.

사실 논제의 내용은 최소한 『율리시스』 텍스트를 어느 정도 알고 있어야 이해할 수 있는데, 이는 기존의 『율리시스』 연구에 대한 쉬한의 비판적 시각이 직접 드러나 있기 때문이다. 『율리시스』 텍스트는 특정하고 단일한 접근법으로는 모든 요소들을 다 설명할 수 없을 만큼 다양하고 이질적인 요소들로 가득하다. 따라서 쉬한은 일반적인 비평적 시각을 통해 각 장의 주제와 논점을 소개하지만 동시에 그 한계 또는 상반되는 시각의 가능성까지 함께 언급한다. 예를 들어 쉬한은 「떠도는 바위들」에서 더블린 시내를 떠돌아다니는 인물들을 구심성과 원심성, 탈중심화된 도시의 이미지, 소우주와 대우주 등의 정형적인 접근에서 벗어나 언뜻 놓치기 쉬운 영국 식민주의에 대한 풍자라는 정치적 메시지까지 읽어낸다. 유명한 「키르케」의 환각 장면에서도 기존의 프로이트식 독법 외에 일상 언어 속에 숨겨진 식민주의의 문화적 흔적을 소개하고 있으며 당대의 영화 기법과의 유사성도 언급하고 있다.

논제의 내용들은 언뜻 쉬한의 주관적인 해석을 담고 있는 듯이 보이지만 자세히 읽어보면 (대체로) 각 장의 주제, 문체 등에 대한 기존의 비평적 시각들이 쉬한 자신의 시각 속에서 시대 순서대로 이어지는 것을 확인할 수 있다. 4장에서 그는 엘리엇의 고전적 비평에서 시작하여 모더니즘 작가들의 반응, 초기 조이스 비평가들의 비평과 후기구조주의, 그리고 최근의 후기식민주의까지의 비평의 흐름과 핵심 사항을 소개하고 있는데, 각 장의 논제에 등장하는 쉬한의 비평적 언급 역시 시대 순에 따른 비평사를 반영하고 있는 것이다. 따라서 독자는 쉬한의 논제를 일종의 『율리시스』 비평사의 한 예로 이해하는 것도 가능하다.

최근에 자주 언급되는 문학의 위기는 매체의 문제와도 관련이 있다. 전통적인 종이 인쇄물 형태의 매체를 중심으로 한 문학 예술의 창작과 소비는 디지털 시대로 접어들면서 서서히 대중적 영향력을 잃어가고 있다. 언어와 인간의 상상력 사이에서 형성되는 미묘한 이미지의 아름다움이 완전히 부정되지는 않겠지만 멀티 미디어가 보여주는 강렬한 감각적 이미지의 힘을 계속 거부할 수도 없고 그럴 필요도 없다. 소위 사이버 문학, 사이버 글쓰기 등의 새로운 유행이 디지털 매체의 적극적인 수용과 이용을 통해 이루어지고 있으며, 이로 인해 다양한 계층의 많은 사람들이 글쓰기와 읽기 행위를 일상 속에서 확장시키는 장점도 있기 때문이다.

사실 대부분의 조이스 연구자나 독자들도 『율리시스』라는 텍스트의 엄청난 위상 앞에서 감히 예술적 재창조를 꿈꾸기는 어려울 것이다. 그러나 지금까지 『율리시스』에 대한 관심이 소수의 영문학도와 텍스트 해석 문제에 국한되어 있었다면 이제 『율리시스』를 즐기고 재창조하며 대중적 문화로 확장할 수 있는 기회를 상상하는 것도 좋을 듯하다. 쉬한은 최근의 연구 동향뿐 아니라 『율리시스』와 관련된 영화, 음악, 회화 등 파생 예술 분야에 대한 정보, 문학 기행자를 위한 여행 자료까지 소개하고 있는데 이런 정보들은 작품에 대한 이해뿐 아니라 『율리시스』에서 파생될 수 있는 다양한 장르들, 즉 『율리시스』의 재창조 가능성의 실례들을 보여준다. 특히 디지털 시대에 등장한 새로운 매체들은 문학 예술의 확장, 새로운 독서 경험과 문학의 대중화에도 기여할 수 있을 것이다.

이 책은 단순히 『율리시스』에 대한 기존의 정보만을 소개하는 것에 그치지 않는다. 일종의 소개서이자 독자의 시각을 통한 비평서이기 때문이다. 다시 말해서 작가의 비평적 시각만이 반영된 것이 아니라 꼼꼼한 독자의 입장에서 비판적 읽기의 실례들을 보여줌으로써 『율리시스』에 대한 다양한 해석을 체험할 수 있게 해준다. 조이스와 『율리시스』를 공부하는 한 사람으로서 이 책을 통해 더 많은 사람들이 『율리시스』를 읽는 즐거움을 함께 나눌 수 있게 되기를 바란다.

# 차례

# 1장
# 작품의 배경

제임스 조이스는 1882년 가톨릭을 믿는 더블린의 중산층 가정에서 태어났다. 아버지 존 스태니슬라우스는 코크 지역에 부동산을 소유하고 있었고, 더블린의 집에 하인들도 두고 있었지만 집안은 점점 가세가 기울어가고 있었다. 19세기의 마지막 10년을 남겨놓은 시점에서 조이스의 가족은 더블린 남쪽의 교외 지역인 브레이의 새집으로 이사했다. 어린 조이스는 유명한 클롱고스 우드칼리지 기숙학교에 입학한다. 가장의 폭음과 실직에 따른 경제적 어려움으로 인해 그의 가족은 브레이의 안락한 삶을 떠나 더블린의 북쪽으로 이사해야 했고, 조이스도 학교를 떠나야만 했다. 몇 달 동안 크리스천 브라더스 스쿨을 다닌 후 조이스는 아버지 덕분에 더블린에 위치한 예수회 계열의 명문 중고등학교인 벨비디어칼리지에 다니게 되는데, 여기에서 조이스는 찰스 램의 『율리시스의 모험』을 처음으로 읽게 된다. 일찍부터 공부를 잘했던 조이스는 유니버시티칼리지에 입학해 그곳에서 다양하고도 깊이 있는 책들을 읽으면서 예전에 몰랐던 유럽의 여러 작가들을 접할 수 있었다. 그동안에도 그의 가족은 계속 빈곤의 늪에 빠져들고 있었다. 현대 언어를 전공한 조이스는 1902년 초 학위를 받고 졸업했지만, 한 달 전에 열네 살 된 남동생을 장티푸스로 잃는 슬픔을 겪었다. 동생의 침대 옆에서 조이스는 평소 좋아하던 예이츠의 시 「누가 퍼거스와 함께 가는가?」를 들려주었다.

아일랜드 의회파의 리더이자 아일랜드 자치운동의 대변자였던 찰스 스튜어트 파넬의 몰락과 조이스 집안의 경제적 몰락은 때를 같이하면서 조이스가 성장하던 시기의 정치적 배경을 형성한다. 파넬은 아일랜드 자치안을 상정해준 것에 대한 보답으로 글래드스턴의 자유당에 합류한다. 그러다가 1880년대 말에 파넬은 어떤 이혼 소송에 소환되면서 유부녀 키티 오세이와의 불륜관계가 대중에게 알려지게 된다. 아일랜드의 가톨릭교회와 글래드스턴은 그를 맹렬히 비난했고, 아일랜드 정당이 분열되면서 파넬은 정치적 영향력을 잃어버리게 된다. 파넬의 몰락은 지지자들에게 큰 실망감을 주었고, 존 조이스도 그중 한 명이었다. 결국 제한된 형태로나마 영국으로부터의 독립을 꿈꾸던 희망은 거의 사라졌다. 아일랜드 민족주의당이 분열되고 교회와 국가에 바탕을 둔 우익 성향의 헤게모니가 등장해 가톨릭 국가인 아일랜드를 지배하게 되었다. 아일랜드의 가톨릭교회는 세속적인 민족주의 세력을 억제하고자 했고, 지배자들이 식민통치에 대한 교회의 몫을 인정하는 한 영국과 공모하는 데에 거칠 것이 없었다.

## 아일랜드 문예부흥에 대한 거부

정치적 불안은 문화의 일선으로 옮겨갔고, 흔히 아일랜드 문예부흥으로 알려진 운동은 조이스의 삶의 초기 수십 년 동안 점차적으로 영향력을 확대해 나갔다. 잊힌 옛 노래, 서사시, 민족 신화를 재구성하는 것이 새로운 민족주의를 고취하기 위한 예술과 이데올로기상의 주된 프로젝트가 되었고, 영국계 아일랜드 엘리트들은 영국계와 토착민을 연결할 수 있는 통합적이면서도 긴밀한 민족주의적 감성을 만들어내고자 했다. 문예부흥 운동은 운동 경기에서 언어, 문학에 이르기까지 기독교 이전의 아일랜드, 신화 속의 아일랜드에서 민족 정체성의 원천을 찾았다. 영국계 아일랜드인들, 개신교도들이 중심이 되었던 문예부흥 운동은 예이츠, J. M. 싱, 레이디 그레고리, 조지 무어, 조지 러셀(AE로도 알려진)을 끌어들였다. 이 운동은 파벌주의를 배격하고자 했지만 최고의 영국계 아일랜드 문화와 토착민의 게일식 형태를 연결하려는 바람은 정치적 잔혹성에 눈을 감고 있었다. 그러나 영국계 아일랜드인의 존재 자체가 계급과 식민지 질서에 바탕을 둔 것이며 침략과 강압의 결과라는 사실을 알 만한 사람은 다 알고 있었다.

조이스는 아일랜드 문예부흥 운동, 게일족의 신화와 민속 속에 묻혀 있던 아일랜드 문학 전통의 형식에 이데올로기의 층위를 접목하려는 예이츠의 문화적 민족주의를 거부했다. 문예부흥론자들은 식민주의자들의 전형적인 형태가 공동체의 집단의식에 바탕을 둔 아일랜드 예술의 신선한 이미지에 비할 바가 못 된다고 주장했다. 조이스는 토착적이면서도 현대적인 문학을 창조하고자 하는 이상을 존중할 수는 있어도 문예부흥 운동이 신봉하는 종류의 민족주의에는 공감할 수 없었다. 그가 거부했던 것은 예술가들의 중산층적인 시각과 파넬을 비난했던 종교인들의 도덕성이었다. 조이스는 문예부흥 운동이 성적인 문제와 관련해서 아일랜드 가톨릭교회의 위선을 공유하고 있다고 보았으며, 그들의 미학적 시각을 의심한 것만큼이나 영국계 아일랜드인들의 계급 연합에 대해서도 불신하고 있었다. 조이스에게 민족주의를 표현하는 모델은 입센이었다. 초창기에 쓴 비평문에서 조이스는 영국계 아일랜드인 부흥론자들을 비웃는 동시에 아일랜드 작가들이 자신들이 속해 있는 전통에 도전하지 못한다는 사실을 슬퍼하고 있다.

## 만난 사람들

조이스는 졸업 후 더블린에서 의학을 공부하려고 등록했지만 파리의 의과대학으로부터 제안이 들어오자 1902년 말에 아일랜드를 떠나 파리로 갔다. 그러나 1903년 4월 어머니가 위독하다는 연락을 받고 계획보다 일찍 돌아온다. 그는 아버지로부터 다음과 같은 전보를 받았다. "무 위독[1], 급귀가, 부."(Nother dying, come home father). 죽기 전에 어머니는 조이스에게 가톨릭 신앙으로 돌아올 것을 간청했지만 그는 거절했다. 그의 어머니는 그해 8월에 사망했다. 조이스는 다음 해까지도 더블린에 머물렀고, 1904년 6월 16일 더블린의 나소가에서 만난 스무 살의 여성 노라 바너클과 데이트를 하기 시작했다. 그녀는 아일랜드 서부 골웨이 출신이었다. 개신교 젊은이와 사귄다는 이유로 삼촌에게 매를 맞고서는 가출을 했을 정도로 거침이 없는 처녀였다. 열두 살에 학교를 그만둔 그녀는 더블린의 어느 호텔에서 객실 청소부로 일하고 있었다. 그녀는 작가 지망생의 마음을 사로잡았다. 조이스는 그녀에게 쓴 편지에서 아일랜드에 대한 극심한 거부감을 드러냈다. "여기에는 삶이라는 것이 없습니다. 자연스러운 것도 없고 정직한 것도 없습니다. 사람들은 그저 평생토록 같은 집에서 함께 살다가 결국에는 영원히 멀어집니다."[2] 조이스는 유럽 대륙에서 영어를 가르치는 일자리를 얻었고, 1904년 10월 그들은 유럽 대륙으로 떠난다. 아일랜드인에게 해외 이주는 새로울 것이 없었다. 로마제국 말기 이후로 수많은 성직자와 학자들이 유럽 대륙으로 건너갔고, 16세기 이후로는 정치적 망명이 잇따랐다. 조이스는 자신이 그 영광스러운 전통의 일부라고 생각했다. 강경

1 모(母) 위독(Mother dying)의 오자(옮긴이).

2 Joyce (1975), p. 30.

파 민족주의자 집단인 페니언의 상당수가 수년간 파리로 망명했으며, 조이스는 아버지의 소개로 그중 조지프 케이시라는 청년을 만나게 된다. 케이시—『율리시스』 3장에서 이건이라는 이름으로 등장하며, 허구적 인물인 스티븐 디댈러스가 그와 시간을 보낸 적이 있다—에 대한 기억은 호의적이었다(63쪽 참조). 조이스가 기억하는 또 다른 인물로 비록 호의적이지는 않지만 부자이며 연줄이 든든한 트리니티칼리지의 의대생이었던 올리버 세인트 존 고가티가 있다. 조이스는 어머니가 돌아가신 후 더블린에 머물고 있을 때 그를 만났고 잠시 동안 그들은 더블린 중심부에서 남쪽에 위치한 버려진 군대용 방어탑을 숙소로 사용했다. 『율리시스』에서 고가티는 멀리건으로 등장하며, 그 탑은 소설 첫 장의 대부분을 차지하는 배경이 된다.

조이스가 노라를 만난 지 얼마 지나지 않아 이후 『율리시스』 창작에 매우 중요한 영감을 주게 되는 일이 발생한다. 어느 날 밤 조이스는 몹시 취한 상태에서 어느 젊은이의 분노를 사게 된다. 그의 여자 친구에게 집적댔던 것이다. 조이스는 폭행을 당해 거리에 쓰러져 있었는데, 그때 한 낯선 남자, 더블린에 사는 유대인이며 바람난 아내를 둔 어떤 남자의 도움을 받아 그의 집으로 가게 된다. 헌터라는 이름의 그 남자는 『율리시스』에서 레오폴드 블룸이라는 허구적 인물로 등장하며, 블룸 역시 영국 군인에게 얻어맞은 스티븐 디댈러스를 도와주고 자신의 집으로 데리고 간다.

## 트리에스테와 취리히

한동안 폴라에서 지내던 조이스와 노라는 이후 로마를 거쳐 트리에스테에 정착한다. 1905년, 조이스의 죽은 동생인 조지의 이름을 딴 아들 조지오가 태어났고, 이듬해 딸 루시아가 태어났다. 오스트리아-헝가리 제국의 전초기지이자 다국적 문화의 중심지였던 트리에스테는 다양한 언어를 사용하는 사람들이 뒤섞여 살아가는 곳이었고, 더블린처럼 식민지배에 대한 불만이 팽배해 있었다. 조이스는 세계시민주의로 가득한 그 도시의 활기찬 분위기를 좋아했다. 그는 유대인, 사회주의자 들과 어울렸고 영화와 같은 새로운 예술 형태를 받아들였다. 1909년 그는 아일랜드에 영화관을 짓기 위해 몇몇 투자자들을 설득했지만 결국 그 계획은 실패하고 말았다. 그래도 그는 아일랜드로 돌아가 의사당에 최초의 영화관을 열었다. 트리에스테에서 발행되는 민족주의 성향의 신문에 기고한 글과 그 지역의 대학에서 했던 강의를 보면 조이스는 분명 아일랜드인들이 직면하고 있던 정치적·문화적 문제에 관심을 갖고 있었다. 조이스는 아일랜드가 식민지라는 것은 부정할 수 없는 사실이며 영국의 부당한 대우는 제국의 본질이므로 거기에 대해 욕설을 퍼부어봐야 의미가 없다고 썼다. 그 대신 그는 반동 세력을 물리칠 수 있는 정신의 독립이 필요하며 그 반동 세력에는 영국의 정치 질서뿐 아니라 가톨릭교회도 포함된다고 주장했다. 그는 신페인당이 아일랜드 민족주의의 새로운 세력으로 등장하는 것을 환영했다.

조이스는 1904년 노라에게 보낸 편지에서 어머니를 이렇게 회상했다. "회색빛 안색에 암으로 수척해진 채 관에 누워 계신 어머니의 얼굴을 보았을 때 나는 희생자의 얼굴을 보고 있다는 것을 깨달았고 어머니를 희생자로 만든 그 체제를 저주했소."[3] 나중에 『더블린 사람들』로 출판될 단편들을 쓰기 시작한 것도 1904년이었다. 이야기들에는 희생의

3 Joyce (1966), vol ii, p. 48.

느낌이 가득했고 이는 식민 착취가 얼마나 가혹하게 사람들의 도덕성의 등골마저도 빨아먹었는지에 대한 날카로운 인식까지 더해져 더욱 신랄해졌다. 이는 1914년에 그의 단편들을 출판하기로 했던 더블린의 출판업자가 기소당할까 봐 불안감을 느낀 나머지 몇 가지 수정을 하자고 요청('빌어먹을' 같은 표현 때문이었다)하면서 현실적인 문제가 되기도 했다. 작가는 실망감을 느꼈고, 시인 에즈라 파운드가 그의 글에 관심을 보이자 그는 『젊은 예술가의 초상』의 첫 장을 그에게 보냈다. 그 소설은 『스티븐 히어로』라는 제목의 초기 자전적 작품에서 출발하여 1907년부터 집필해오던 것이었다.

1차 세계대전의 발발, 이탈리아와 오스트리아 간의 불화를 배경으로 조이스의 삶의 새로운 장이 시작된다. 1915년 트리에스테에 와 있던 조이스의 남동생 스태니슬라우스가 억류되면서—영국은 이탈리아와도 전쟁 중이었다—더 이상 그곳에 머무를 수 없게 되었다. 그들은 취리히에 정착했고 거기에서 조이스는 부활절 봉기 소식을 듣게 된다. 무장한 민족주의자와 사회주의자들이 아일랜드 수도의 주요 건물들을 장악하고 중앙우체국 밖에서 아일랜드가 독립된 공화국임을 선포한 것이다. 봉기가 진압된 후 대규모 처형이 뒤따랐다. 이후 영국의 통치에 대한 거부감은 더 확고하게 퍼져나가게 된다. 1916년 그해까지 조이스는 『율리시스』의 첫 번째 장을 썼다. 그 작품은 다시 트리에스테와 파리를 거치며 완성되지만 작품의 상당 부분은 중립도시이자 레닌 역시 전쟁을 피해 머무르고 있던 취리히에서 구상되었다. 『율리시스』는 1904년을 배경으로 하고 있지만 실제로는 1914년에서 1921년 사이, 즉 더블린이 영국의 식민지배에 대한 저항의 중심지였던 시기에 쓰였다. 더블린이 파괴되더라도 『율리시스』를 참고해서 다시 건설할 수 있을 것이라는 유명한 언급과 함께 그가 도시의 중심부를 묘사하고 있던 바로 그

시기에 조이스는 1916년 영국 군대가 도시 중심부에서 발포를 했다는 소식을 들었다. 영국에 대한 무장 저항이 다시 시작되었고 휴전과 평화 회담이 이어지고 2년 뒤 조약이 체결되면서 아일랜드는 비록 공화국의 지위는 아니었지만 일정 수준의 독립을 쟁취하게 된다(얼스터 지역의 여섯 개 군을 제외하고). 그러나 곧 조약에 찬성하는 집단과 반대하는 집단 사이에 갈등이 생겨나면서 아일랜드는 내전에 빠져들게 된다.

조이스 가족은 『율리시스』를 집필하는 동안 3개국 이상에 스무 번이나 새 주소를 등록했을 정도로 극히 불안정한 생활을 해야만 했다. 조이스는 취리히에서 프랭크 버전 같은 새 친구들을 사귀었고 밤늦게까지 술집에서 시간을 보냈지만 집필을 등한시한 적은 없었다. 그는 더블린에 사는 이모 조세핀에게 편지를 보내 소설에 필요한 정보와 세부 사항을 물었다. 소설의 중심인물인 블룸이 젊은 스티븐 디댈러스를 자신의 집으로 데려가지만 앞문 열쇠가 없다는 사실을 깨닫는 장면과 관련해서 조이스는 평균적인 체격의 남자가 에클스 7번가의 난간을 넘어갈 수 있는지(17.84-9) 알고 싶어 했다. 그는 경험적인 것뿐만 아니라 사소하고 일시적 정보도 원해서 이모에게 더블린에 떠도는 소문과 지역 신문을 부탁하기도 했다.

아일랜드는 조이스에게 그의 소설에 필요한 모든 것을 제공해주었다. 더블린의 작은 유대인 지역사회는 그의 허구적 인물, 아일랜드에 사는 한 유대인에게 부분적으로 소외된 정체성을 부여하는 근거를 제공했다. 『율리시스』의 중심인물인 레오폴드 블룸의 타자성은 그가 유대인이라는 사실을 통해 드러나는데, 이는 1904년 리머릭에서 발생한 반유대주의 학살사건이라는 역사적 뿌리를 가지고 있다. 유대인들은 러시아의 박해를 피해 1880년대에 처음 아일랜드에 도착했다. 그러나 그들은 아일랜드인이나 유대인 모두 억압과 떠도는 삶의 희생자들이라는 전통적 시각뿐만 아니라 반유대주의에도 직면했다. 이러한 상반된 태도는 아일랜드 민족주의 운동에서도 명백히 드러났다. 판에 박힌 듯한 문제점을 지적하며 유대인을 공격한 사람들이 있는가 하면, 그들의 역사를 언급하며 동질성을 주장한 사람들도 있었다.

조이스가 개인적으로 유대인을 알게 되고 19세기의 반유대주의 담론과 그 과정에서 유대인을 정형화하는 과정에 대해 깊은 인식을 가지게 된 것은 바로 트리에스테에서였다. 그리고 이러한 인식은 1장과 2장에서 헤인스와 디지의 반유대주의적 언급뿐만 아니라 하루 종일 주변 인물들이 블룸을 '유대인'으로 인식한다는 사실을 통해서도 작품 내내 지속적으로 드러난다. 블룸의 아버지는 헝가리 출신의 유대인으로서 이후 개신교로 개종했고 헝가리식 이름인 비락을 버리고 블룸을 채택했다. 따라서 블룸의 입장에서는 아일랜드인이자 부계 쪽으로는 분명 유대인 아버지를 둔 유대인—이러한 다원적 동화의 결과로 블룸은 아침 식사로 돼지 콩팥을 먹는다—이다. 블룸은 유대인이라는 유산을 잊지 않고 있다. 그는 아버지의 『하가다』, 즉 이집트로부터 유대인이 해방된 이야기를 자손에게 전하라는 종교적 의무사항을 적은 전례서와 아버지가 그에게 남긴 유서를 계속 간직하고 있다. 하루 종일 블룸은 아일랜드의 유대인 이민자로서 아버지가 겪은 고초를 떠올린다. 그는 지인의 장례식장에 가는 마차 안에서 동료 조문객들의 반유대주의적 언급을 침묵으로 참아내지만 그날 후반부에 가서는 술집에서 자신의 유대인 정체성을 적극 주장하고 방어한다. 그의 민족 정체성 문제는 이에 대한 블룸의 뿌리 깊은 불안감을 보여주는 「키르케」 장, 특히 그의 환상 속에 깊이 침투해 있다. 조이스가 이 문제를 얼마나 강조하고자 했는지는 마지막 조판 교정 시에 블룸의 죽은 아들 루디의 유령이 자신이 읽고 있던 책에 키스를 하기 전 글을 우측에서 좌측으로 읽고 있는 모습을 덧붙인 사실을 통해서도 드러난다. 소설의 종반부인 「에우마이오스」 장에서 블룸은 스티븐에게 불가지론을 역설하며 자신은 유대인이 아니라고 말하는데, 그가 역사적으로 유대인에게 행해진 부당함을 언급하기는 하지만 어떤 특정한 종교의 교리를 믿거나 종교 활동을 하는 것은 아니라는 의미에서 이는 사실이기도 하다. 그러나 『율리시스』의 마지막 두 번째 장에서 블룸은 그날 아내 몰리가 저지른 불륜을 수용하는 화해의 과정에서 유대인으로서의 자기정체성을 받아들인다.

블룸의 거북스러운 정체성과 아일랜드 가톨릭교회에 대한 스티븐의 관계 사이에는 그들이 자신들을 소외시키는 문화 전통 속에서 각자의 정체성을 획득하기 위해 애쓰는 인물들이라는 또 다른 유사점이 드러난다. 그들은 모두 외부인이다. 「나우시카」 장에서 블룸은 몰리가 "왜냐하면, 당신은 다른 사람들과 전혀 달라 보였기 때문에"(13.1210)[4] 자신을 선택했음을 상기하며, 같은 장 바닷가 해변에서 블룸을 관찰하던 젊은 아가씨는 그를 "외국 신사"라고 생각한다. 첫 번째 장에서 스티븐 디댈러스는 자신이 바티칸과 영국이라는 두 주인을 섬기는 하인(1.638)이라고 말하며, 이후의 장에서는 "성직자와 왕을 살해"(15.4437)할 장소라고 하면서 자신의 머리를 가리킨다. 아일랜드에 사는 유대인으로서 블룸의 타자성과 영국의 제국주의 지배와 가톨릭교회를 거부하는 인습타파주의자로서 스티븐은 조이스를 다른 모더니즘 작가들과 구분해주는 조이스만의 특성을 보여준다. 파운드, 예이츠, 엘리엇은 모두 거북스러울 정도로 우익적인 시각을 가지고 있었다. 그러나 젊어서부터 자유주의적 사회주의에 끌렸던 조이스는 좌파적 의식이 뚜렷했고, 따라서 『율리시스』에서 블룸의 유대인이라는 정체성은 미학적 문제일 뿐

---

4 괄호 안 숫자는 가블러의 판본에 따른 장(챕터)과 행 수를 의미한다(옮긴이).

아니라 정치적 문제이기도 하다.

## 『율리시스』 이후의 삶

아일랜드로부터 소외된 조이스였기에 1차 세계대전이 끝나고 나서 그가 가족과 함께 돌아갈 곳은 트리에스테였다. 그러나 트리에스테는 더 이상 매력적인 도시가 아니었기에 그들은 런던에 정착할 계획을 세웠다. 그러다 잠시 머무르려 했던 파리에서 20년 동안이나 머물게 된다. 그 기간 동안 전위문학에 관심이 많았던 부유한 영국 여성 해리엇 쇼 위버의 도움 덕에 조이스의 경제적 사정은 훨씬 나아졌다. 위버는 1917년 『젊은 예술가의 초상』을 출판해주었고 잡지 『에고이스트』의 편집자로서 『율리시스』의 에피소드들을 실어주었다. 파리에서 서점을 운영하면서 조이스를 알게 된 실비아 비치 역시 조이스의 인생에서 중요한 인물이 되었고 『율리시스』를 처음 출판해주기도 했다.

조이스가 문학가로서 명성을 얻은 것은 파리에서였다. 이는 상당 부분 파운드 덕분이었고 T. S. 엘리엇 같은 사람들이 그를 방문하기도 했다. 조이스는 1921년까지 『율리시스』의 집필을 완성했지만 교정에 철저히 매달려 1922년 책이 출판될 때쯤에는 분량이 3분의 1이나 늘어났다.

노라 조이스는 아일랜드를 그리워했고, 1922년에 아이들을 데리고 골웨이를 찾았다. 그러나 당시는 내전이 한창이었고 실제로 그녀가 돌아올 때 타고 있던 더블린행 기차가 조약 반대자들로부터 총격을 받기도 했다. 조이스는 가족의 안전에 노심초사했다. 내전이 끝난 후에도 조이스는 교회가 지배하는 보수적인 나라로 돌아갈 의향이 전혀 없었다. 평생토록 그랬듯이 파리에서도 아일랜드 소식을 전해주는 손님들은 환영했지만 조국과 민족에 대한 관점은 변하지 않았다.

조이스가 아일랜드로부터 느끼는 소외감은 역설적으로 조국에 대한 그의 사랑과 뗄 수 없는 것이었고, 그렇기에 내전이 끝나고 몇 년 후 아일랜드가 독립을 이룬 후에도 그의 태도는 변하지 않았다. 조약 반대파는 의회라는 전략을 채택했고 1932년 선거를 통해 권력을 잡았다. 그해에 예이츠와 G. B. 쇼는 아일랜드 문인협회의 창설을 제안했다. 조이스는 정중하게 그러나 단호하게 개입을 거부하면서 영국계 아일랜드인들의 문화정책에 대한 반감을 버리지 않았다. 조이스는 1941년 취리히에서 죽었다. 신부에게 그의 장례 의식을 맡기자는 제안이 있었지만 노라는 남편을 배반할 수 없다며 거절했다. 조이스와 아일랜드 가톨릭 교회와의 반감은 상호적인 것이었다. 아일랜드 정부는 조이스의 장례식에 대표단을 보내지 않았고(스위스에는 아일랜드 외교관이 두 명이나 있었다), 당시 아일랜드 수상이었던 데 발레라는 조이스가 가톨릭 신자로 죽었는지 여부에만 관심을 가졌다. 묘지에서 장례 연설을 한 사람은 영국인 목사였다. "영국이 아일랜드에 저질렀던 수많은 부당함에도 불구하고 아일랜드는 계속해서 영문학의 걸작을 만들어내면서 영원한 복수를 즐기게 될 것입니다."[5] 그가 말했다.

5 Pindar (2004), p. 134에서 인용.

# 2장 언어, 스타일, 형식

26만 자에 달하는 분량에도 불구하고 『율리시스』의 플롯은 간단하다. 소설은 1904년 6월 16일 목요일 오전 8시부터 다음 날 새벽 2시까지 하루 동안 중년의 레오폴드 블룸과 젊은 스티븐 디댈러스 두 인물이 더블린을 돌아다니는 내용이다. 두 사람의 여정은 한 번 이상 겹치지만 서로 만나 대화를 하는 것은 밤에 스티븐이 술에 취해 영국 군인과 언쟁을 벌인 후 블룸이 그를 도와주면서다. 블룸은 그를 자신의 집으로 데려가 코코아를 대접한다. 그의 아내 몰리는 위층의 침대에 누워 있다. 스티븐이 떠나고 난 뒤 블룸은 아내 옆에 눕는다. 플롯은 간단하지만 대부분의 독자들은 다음 장에 나오는 일종의 해설이 없이는 읽는 데 어려움을 느낄 것이다. 아마 초보자들은 버지니아 울프도 『율리시스』를 읽으면서 방향을 잃지 않으려고 매우 기본적인 사항을 적어두었고—"스티븐 디댈러스-디댈러스 씨의 아들/멀리건의 친구"—블룸이 신문사 편집자인 것으로 잘못 알기도 했다[1]는 사실에 위안을 받을지도 모른다. 다음 시대, 밥 딜런도 초판본을 기증받았을 때 책의 내용을 이해하는 데 애를 먹었다. "무슨 내용인지 하나도 모르겠다."[2] 일차적인 문제는 따옴표가 전혀 없다는 것이다—조이스는 그가 "정신 나간 콤

---

1 Henke (1986), p. 40에서 인용.

2 Dylan (2004), p. 130.

마"[3]라고 불렀던 것에 관심이 없었다—. 그러나 조이스가 대신 긴 대시(—)를 사용한다는 것을 알고 나면 쉽게 적응할 수 있다.

## 발전 과정

『율리시스』를 읽는 어려움은 작품이 쓰인 방식, 그리고 텍스트로서 그 방식의 발전 과정과 관련이 있다. 『율리시스』는 원래 1906년 『더블린 사람들』에 「율리시스」라는 제목으로 들어갈 단편으로 구상되었다. 2년 전 폭행으로 이어진 어느 술 취한 밤에 더블린에 사는 한 유대인이 젊은 조이스를 도와주고 집까지 데려다주었던 일(17쪽 참고)에 바탕을 둔 이야기였다. 그 단편은 구체화되지 못했지만 아이디어는 계속 유지·발전되었고, 1914년에 조이스는 어떤 소설을 쓸 준비가 되어 있었지만 당시 그것은 호메로스의 『오디세이아』를 현대적으로 다룬 작품이라기보다는 『젊은 예술가의 초상』의 후속작에 더 가까웠다. 조이스는 1914년 후반부터 1921년 10월까지 수년간 그 소설에 몰두했는데, 집필이 계속되는 도중에도 조이스는 기존의 텍스트를 개작하고 새로운 내용을 덧붙였다—작품의 에피소드들이 연재되기 시작한 후에도 계속되었다—. 그러나 초기에 쓴 글과 이후에 쓴 장들 사이에는 눈에 띄는 차이가 남아 있었다. 사실적인 대화와 내적 독백을 이용하는 전통적인 3인칭 서술은 초기 장들의 특징이며 12장 「키클롭스」까지는 서술 형식상 급진적인 발전—왜곡이 더 정확하겠지만—을 위한 보조 역할만을 수행했다. 6장부터 12장까지는 언어나 형식과 관련해서 어느 정도는

3 Joyce (1966), vol iii, p. 99.

앞으로 나올 내용과 이전에 나온 내용 사이에 텍스트상의 공유 공간이 존재한다고 할 수 있다.

초반부 6개의 장에서 스티븐과 블룸은 자신들의 경험을 반추하고 외부 세계를 해석하면서 돌아다닌다. 그들은 안정된 자아를 가지고 있는 듯이 보인다. 그러나 『율리시스』의 글쓰기가 진행되면서 인물들의 심리 전개에 대한 관심은 줄어들고 초반부의 장들에서 사용된 스타일은 더 이상 유지되지 않는다. 조이스는 초반부의 장들에서도 언어를 새로운 방식으로 사용했기 때문에 변화가 급격한 것은 아니었다. 3장 「프로테우스」에서 스티븐은 전날 밤 꿈에 바그다드의 칼리프인 하룬 알라시드가 멜론을 들이댔던 일을 떠올리며 생각한다. “거이가 생각나. 그 남자가 나를 안내해서, 말했지(I am almosting it. That man led me, spoke).”(366-7) 조이스의 친구 프랭크 버전은 “거이가 생각나”라는 표현의 비문법성에 놀라움을 표현했지만 이내 수긍하게 된다. “맞아요. 모든 사물이 프로테우스처럼 변하기 때문입니다. 모든 것이 변하지요. 땅, 물, 개, 시간, 품사들도 변합니다. 부사가 동사가 되는 거지요.”[4] 조이스가 말했다. 그는 에피소드의 주제가 해당 에피소드의 언어 형태를 규정하도록, 에피소드의 관심거리라는 중력의 힘에 의해서 언어의 궤도가 휘어지도록 의도했던 것 같다. 5장 「로터스 먹는 종족」의 꽃의 언어와 차 모티프에서도 비슷한 경우를 확인할 수 있다(66-7쪽 참조).

6장 이후부터 드러나는 분명한 차이는 더블린의 점차적인 실체화, 즉 도시 자체가 책 내용의 통합적 일부가 되어간다는 것이다. 서술자의 목소리도 6장 이후부터는 점점 객관성을 잃고 아이러니해지며 유희를 즐긴다. 예를 들어 8장 「레스트리고니아 사람들」에서 블룸은 허기를 느

---

4 Budgen (1972), p. 55.

끼고 음식 생각에 사로잡혀 있는데, 이는 식단과 시 쓰기의 관계(8.543-7)와 같은 블룸의 독특한 시각을 설명해준다. 그러나 음식에 대한 언급이 워낙 많고 다양해서 심리적 현실감의 한계를 벗어나고 있다. 그가 거리에서 죽은 찰스 파넬의 모습을 묘하게도 닮은 그의 형 존 호워드 파넬을 보았을 때 슬픔에 찬 그의 모습은 다음과 같은 생각을 촉발한다. "썩은 달걀을 먹은 모양이군. 유령에게 달린 데쳐놓은 눈."(8.508) 블룸이 이 정도로 위트가 있는 것일까? 아니면 블룸의 의식 속에 스며들어간 짓궂은 서술자에게서 나온 비유일까? 국립도서관을 배경으로 하고 있는 그다음 장의 시작 장면에서 도서관장의 발걸음이 다음과 같이 묘사된다. "그는 삐걱 소리 나는 쇠가죽 구두를 신고 신카페이스 걸음걸이로 일보 전진했다가 또 신카페이스 걸음걸이로 엄숙한 마루 위를 일보 후퇴했다."(9.5-6) 이 장면에는 『십이야』(I. iii. 136-9)와 『줄리어스 시저』(I. i. 26-9)에 대한 암시가 들어 있다. 이는 이 장에서 셰익스피어가 차지하는 중요성을 생각할 때 꽤나 적절하며, 도서관장의 고상한 체하는 발걸음은, 도서관 바닥이 그의 엄숙하고 우아한 어투에 스며들어 있는 것처럼 보이는 만큼이나 그의 공허함을 반영하고 있다. 표면 아래에는 조롱하는 듯한 어조가 흐르고 있고 교묘한 묘사는 중립적 서술자에게 요구되는 수준을 훨씬 벗어나고 있다.

어떤 한 장을 정해서 여기서부터 소설의 형식이 급격하게 변한다는 식으로 주장하는 것은 불가능하다. 어떤 독자들은 다양하게 삽입된 장면들과 더블린 거리의 지리에 의해 연결된 짧은 장들이 연속으로 이어져 있고, 블룸과 스티븐이 그 상황에서 특권적 역할을 하지 않는다는 점에서 11장 「떠도는 바위들」을 분기점으로 들 수 있을 것이다. 푸가 형식처럼 시작하는 그다음 장, 「사이렌」 역시 전통적인 소설 형식과 급격한 차이를 보여주지만 그전의 「아이올로스」의 소제목 역시 고전적인 리얼리즘 소설의 관습을 공격한다고 주장할 수도 있다. 그러나 「사이렌」에서 언어상의 새로운 무엇인가가 발생한다는 사실에도 불구하고 그 장에는 자연스러운 대화가 가득하고 오몬드 주점에 앉아 있는 동안 블룸의 내적 독백이 그곳에서 일어나는 일의 중심을 차지한다. 그 시간은 그의 아내가 불륜을 저지르는 시간이고, 블룸 또한 그 사실을 알고 있다.

## 텍스트상의 불편함

더블린의 어느 술주정꾼과 그의 은어(隱語)로 가득한 12장 「키클롭스」에는 충분히 인식할 수 있는 서술자의 목소리가 있지만 독자의 관심은 당연히 유연한 언급을 통해 텍스트에 끼어드는 패러디로 향한다. 다양한 언술 형태들—신문 기사, 어린아이의 말투, 어린이용 도서, 서사시와 성경의 언어—이 패러디의 소재가 되며, 놀라울 정도로 확장되어 결국 일반적인 소설 읽기를 방해하는 희극적 방해물 내지는 불편한 방해물이 되어버린다. 17장 「이타카」는 리얼리즘과 인물에 대한 관습적인 개념을 그 한계까지 밀어붙이는 건조한 백과사전식 스타일로 쓰여 있다. 블룸은 스티븐과 자신을 위해 뜨거운 음료를 준비하고 있고 곧 질문이 이어진다. "물을 사랑하는 자, 물을 긷는 자, 물을 나르는 자인 블룸은, 취사용 스토브로 돌아오면서, 물의 어떠한 속성을 찬양했는가?"(17.183-4) 긴 대답을 인용하는 것보다는 어느 비평가의 해설을 소개하는 것이 나을 것 같다.

물의 보편성, 민주주의적 성향, 장대함, 심오함, 끊임없는 운동성, 구성 요소의 독립성, 변이성, 정지성, 팽창성, 물질성, 기후와 사회적 중요성, 우위성,, 용해하고 용액을 유지하는 능력, 침식성, 무게, 중량과 밀도, 부동성, 색채의 변화, 분기성, 맹위성, 곡선성, 비밀스러움, 잠재적 습기, 구성의 단순성, 치료적 효능, 부력, 침투성, 범례 및 전형으로서의 확실성, 변형성, 압력, 행태의 다양성, 고체성, 순응성, 유용성, 잠재력, 해저 동물군, 편재성 늪지와 침체된 연못 속의 '유출된 유독성'을 찬양하는 450개 단어로 이루어진 대답.[5]

『율리시스』가 진행되면서 소설의 재료로서 글쓰기 자체의 위상에 대한 관심에 초점이 맞추어지고, 전통적인 서술과 인물의 발전에 대한 독자의 시선을 바꾸려는 의도가 점점 더 명확해진다. 관습적인 독자의 역할을 전복하려는 다양한 스타일이 넘쳐난다. 의식의 흐름 기법을 통해 스티븐과 블룸의 마음속으로 이끌려 들어갔던 독자들은 허세 넘치는 스타일들에 휩쓸려 유희와 유희가 이어지는 언어의 놀이터로 들어선다. 상호 주관성의 개념을 흔들어놓는 이러한 언어상의 장난은 7장에서 처음 시작되어 이후의 장들로 계속 이어진다. 『율리시스』에서 그 최종적 결과는 지금껏 신뢰할 만한 문화적 형태로 통했던 것들을 비웃고 전복시키는 떠들썩한 웃음, 놀라울 정도의 역사적 정확성과 작품 속의 지형적 개연성, 유대인 아버지를 둔 더블린의 광고 외판원인 주인공 레오폴드 블룸을 통해 확인된다. 블룸은 조이스가 노라 바너클과 처음 데이트를 했던 바로 그날 집을 나선다. 그러나 로맨틱한 감성은 그날이 몰리 블룸이 간통을 저지르는 날이라는 사실로 인해 깨어지고 만다. 초반 세 개의 장에서 스티븐이 역사의 배신, 즉 그가 깨어나고자 하는 역

---

5 Peake (1977), p. 285.

사라는 악몽과 싸워야 하듯이, 블룸 또한 이 배신과 씨름해야 한다.

이 소설의 '어려움'의 원인은 언어의 물질성에 대한 조이스의 관심 때문이다. 소설은 이질적인 스타일과 혁신적 서술 전략, 스타일상의 기형성을 결합하는 자아 반영적이고 카니발적인 작품으로 변한다. 노먼 포스터가 설계한 홍콩의 은행—외골격이 드러나고 내부의 지지 구조가 없는 건축 스타일—처럼 조이스는 언어를 뒤집어서 그 구조를 드러낸다. 텍스트 속에서 다양한 스타일이 만들어내는 관현악은 유령의 집에서 거울 속에 비친 언어를 구경하는 즐거움을 제공해주며, 이후의 장들에 대한 독서는 소설 읽기의 규범적 기준을 흔들어놓는 작가의 괴팍함을 느끼게 한다. 텍스트 내에 의도적으로 존재하거나 반영된 다른 텍스트, 즉 상호 텍스트성도 유사한 효과를 가진다. 사물에 대한 언어의 정상적인 지시 작용은 다른 단어나 다른 언어적 지시 대상을 인용함으로써 불안정해지는데, 이는 권위를 인정하는 것이 아니라 언어적 구성의 새로운 가능성을 열어놓기 위한 것이다. 기존에 확립된 언어와 세계 간의 위계적 경계는 지시 대상, 인용, 메아리, 유사물 등 전염성의 고리들로 가득한 상호 텍스트적인 다공성의 풍경으로 용해되어버린다. 호메로스의 『오디세이아』는 조이스의 상호 텍스트성을 보여주는 대표적인 예다.

베케트는 1929년, 조이스와 관련해서 관습적인 서술 구조와 『율리시스』를 특징짓는 형식의 전경화를 다음과 같이 설명하고 있다.

> 당신[독자]은 형식과 내용이 엄격하게 구분되어 둘 중 하나만 읽고도 이해할 수 있어야만 만족할 것이다. 살짝 덮인 의미의 크림을 슬쩍 핥아 흡수한다는 것은 내가 끊임없이 넘쳐나는 지적 타액 분비 과정이라고 부르는 것에 의해서만 가능하다.[6]

조이스 역시 1919년 해리엇 위버에게 보낸 편지에서 비슷한 견해를 밝힌 바 있다.

> 당신이 에피소드들의 다양한 스타일에 당황해서 이타카의 바위를 그리워하는 그 방랑자처럼 초기의 스타일을 더 선호하는 것도 이해는 합니다. 그러나 단 하루의 시간 속에 그 모든 방랑들을 압축하고 이날의 형태로 구체화하는 것은 그런 변형을 통해서만 가능하며 이는 변덕스러워서가 아닙니다.[7]

## 도식과 골격

조이스는 자신이 새로운 종류의 문학을 만들어내고 있고 따라서 독자와 비평가들이 그의 작품을 감상하려면 어느 정도 도움이 필요할 것이라는 사실을 알고 있었다. 그는 『율리시스』를 위해 대체로 비슷한 두 개의 도식을 만들었는데, 그중 첫 번째를 1920년 카를로 리나티에게 보냈고 이후 그것은 그의 이름을 따서 리나티 도식으로 알려지게 되었다. 이듬해에 발레리 라보가 그 도식을 빌렸고 1920년대에 실비아 비치의 도움으로 여러 사람들에게 알려지게 되었다. 1930년 스튜어트 길버트는 『제임스 조이스의 율리시스』에서 약간 다른 내용의 도식을 소개했다. 리나티 도식은 리처드 엘만의 『리피강의 율리시스』(1970)에 부록으로 삽입되어 있고, 길버트 도식으로 알려진 두 번째 도식은 펭귄판 『율리시스』의 소개란에서 찾아볼 수 있다. 도식은 조이스의 작품과

---

6 Beckett (1972), p. 13.

7 Joyce (1957), p. 129.

호메로스의 『오디세이아』의 관계가 어떻게 또 다른 차원에서 작동하고 있는지를 보여준다. 구조상으로 조이스의 작품은 세 부분으로 나뉜다(조이스는 1920년에 처음으로 세 부분으로 이루어진 구성에 대해 언급했다). 텔레마키아(『오디세이아』의 세 부분 중 첫 부분을 일컫는 전통적 용어)로 알려진 첫 부분의 세 개의 장은 호메로스 작품의 초기 에피소드들과 마찬가지로 한 젊은이가 아버지를 찾는 과정으로 볼 수 있다. 소설의 중간 부분인 4-15장은 블룸이 바삐 더블린을 돌아다니는 내용으로 오디세우스의 방랑과 모험에 해당한다. 노스토스('귀향'이라는 뜻의 그리스어)로 알려진 마지막 세 개의 장은 오디세우스가 고향인 이타카로 돌아가 아들 텔레마코스와 아내 페넬로페를 만나고 연적들을 물리치는 이야기를 다루고 있다.

조이스는 미국인 변호사에게 보낸 편지에서 처음으로 작품의 3부작 구성에 대해 언급했는데[8] 그 편지에서 그는 『오디세이아』의 에피소드들에서 따온 각 장의 제목들도 함께 언급한 바 있다. 그것들은 리나티 도식과 길버트 도식의 기반이기도 했지만 조이스는 그 제목들을 작품이 인쇄되기 직전에 폐기해버렸다. 그러나 오디세우스의 로마식 이름인 율리시스라는 명칭은 소설의 제목으로 살아남았는데, 이러한 선택은 그가 작품을 쓰던 시절에 그것이 그리스 영웅의 흔한 이름이었다는 사실을 반영할 뿐이었다. 도식들은 각 장면을 에피소드들(예를 들어 '주점'은 「키클롭스」로, '사창가'는 「키르케」로), 그날의 특정 시간, 신체 기관, 예술, 색깔, 상징과 기법에 대응시킨다. 몇몇 독자들은 이러한 상응관계의 상당 부분을 밝혀냈고 다각적인 소재 뒤에 숨어 있는 복잡한 계획에 대한 아이디어는 수많은 비평가들이 텍스트를 이해하는 독

8 Joyce (1957), p. 145.

자적인 발판을 구축하도록 자극했다(4장 참조).

취리히에서 조이스는 친구인 프랭크 버전에게 이렇게 말했다.

> 내 책은 인간의 육체에 대한 서사시입니다. (…) 내 책에서 육체는 공간 속에서 살고 공간을 통해 움직이며 그것은 또한 완전한 인간성의 집이기도 합니다. 내가 쓰는 말들은 무엇보다도 육체의 기능들을 표현하기 위해 맞추어져 있습니다.[9]

이와 관련해서 버전이 그것이 어떻게 인물들의 내적 세계를 설명할 수 있는지 의문스러워하자 조이스는 "그들에게 신체가 있으면 마음도 있는 거지요. 결국 한 가지니까요"[10]라고 대답했다. 조이스의 소설을 가장 잘 해석할 수 있는 방법에 대한 비평서들이 산처럼 쌓여 있다는 사실을 알고 나서 『율리시스』에 접근하는 독자들에게 이러한 통합적 개념은 상당히 도움이 된다. 비평가들이 밝혀낸 도식들과 구조들은 비트겐슈타인이 자신의 명제에 대해 충고했던 식으로 받아들이는 것이 가장 좋을 듯하다. "그 명제들을—사다리로—이용해서 그것들을 넘어서까지 기어 올라가 나를 이해한 사람이라면, 결국 그 명제들이 난센스라는 것을 알게 될 것이다(다시 말해서, 그 사람은 다 올라간 후 사다리를 걷어차 버려야 한다)."[11]

---

9 Budgen (1972), p. 21.

10 Ibid.

11 Wittgenstein (1961), p. 74.

## 스타일의 복수

소설에 나타난 호메로스의 작품과의 상관관계와 그 외의 패턴들은 거기까지였다. "그것은 문학이나 그 외의 영국적 관습에 대한 나의 반항이고, 그것이 바로 내 재능의 원천입니다. 나는 영어로 쓰지 않습니다."[12] 조이스는 자신을 부정적으로 정의한다. 영국의 문화적 민족주의가 아일랜드 문화 전통의 중심을 차지하고 있던 시기의 예술가이자 지식인으로서 조이스는 그런 흐름에 저항하는 복수심에 가득한 자세를 택했다. 이러한 거부감은 첫 세 개의 장에서 주변 인물들에 대한 스티븐 디댈러스의 불신으로 연결되고 있다. 그러나 그의 역할에는 한계가 있다. 스티븐은 강탈자들에게 둘러싸인 채 덫에 걸려 있다고 느끼고 있으며, 그 상황을 벗어나기 위해 어둠 속에서 분투하고 있다. 인물과 관련해서 보자면, 4장에서 레오폴드 블룸이 등장하면서부터 새로운 저항의 가능성이 나타나기 시작한다. 그는 아일랜드인이자 유대인으로서 식민지 아일랜드의 역사에서 게일어의 순수성을 지지하는 사람들이 민족주의를 받아들이도록 영향을 미쳤던 그 편협함에 저항한다. 블룸은 더블린 시민사회의 구성원이고 파넬의 지지자이지만 동시에 외부인으로서 자신이 속한 사회를 곁눈질로만 바라볼 수 있으며, 『율리시스』의 유머러스한 부분은 대개 그가 동료 시민들과 그들의 삶의 방식을 수용하고 처리하는 방식에서 유래한다. 블룸은 외부인이다. 할례를 받지는 않았지만 더블린의 모든 사람들은 그를 유대인으로 취급한다. 그가 남들과 본질적으로 다른 점은 그가 세속적이고 사회주의적인 성향이라는 것이다. "공짜 돈, 무료 임대, 자유분방한 사랑, 평범한 자유민의 국가

---

12 Power (1967), p. 107.

와 평범한 자유민의 교회."(15.1693)

조이스는 영국에 대한 문화전쟁을 더 깊은 차원, 소설의 인물들 중 한 명이 그 비판적이고 특이한 관점에도 불구하고 결코 성취할 수 없었던 차원으로 끌고 간다. 그 전쟁의 격전지는 언어였고 조이스는 블룸과 그 주변에 다양한 스타일의 영어를 엮어놓았다. 이 과정은 소설의 후반부에서 점점 더 분명히 드러나는데, 조이스는 가화성(可話性)을 정의하는 방식으로 교육 시스템, 인쇄 매체, 대중문화를 통해 식민지 아일랜드의 일부가 되어가는 다양한 영어의 언술들을 풀어놓는다. 그는 특정한 언술을 선택해 팰림프세스트(palimpsest)이자 독자적인 스타일로 겹쳐 씀으로써 그 형식을 드러내고 그것을 무력화한다. 예를 들어 「나우시카」는 여성 잡지와 대중 산문의 언어로 오염되어 있으며, 「키르케」는 식민화된 무의식을 구현하고, 「이타카」는 영국의 경험주의 과학을 해체한다. 영국계 아일랜드인들의 셰익스피어 숭배론을 다루고 있는 9장 국립도서관 장면에서 스티븐은 웃음을 통해 "마음의 족쇄로부터 자신의 마음을 해방"(9.1016)시키고 있는데, 사실 『율리시스』 전체를 영어의 형식들을 완전히 통달했음을 보여주는 만족스러운 웃음소리로 읽을 수도 있다. "나는 모든 언어들 위에 있는 언어를 좋아합니다. (…) 영어로 나 자신을 표현하다 보면 나 자신도 전통에 얽매이지 않을 수 없습니다."[13] 여성의 목소리를 위한 마지막 장 「페넬로페」는 그 당시까지 위계질서에 의해 격하되어 있던 "언술", 그러나 남성성에 의문을 제기할 수 있고 민족주의를 넘어 영국이나 가톨릭 관습에 오염되지 않은, 따라서 건강한 인생관마저 주장할 수 있는 언술을 보여주는데, 이는 기존의 전통에서는 찾아볼 수 없는 시도였다.

---

13 Ellmann (1982), p. 397.

「태양신의 황소」는 영국 산문 선집을 패러디하고 있다. 조이스가 행하고 있는 것에는 모방의 대상에 대한 충성심, 즉 부권에 대한 인식이 암시되어 있기는 하지만 사실 패러디라는 용어는 부적합하다. 권위의 파괴, 영국 문학의 전통 또는 영국적인 것의 전통 내에 위치하게 되는 불만을 제거하기 위한 위반의 욕망도 동시에 작용하고 있기 때문이다. 조이스는 영어로 쓰고 있고 따라서 이러한 공모 관계가 인정되기도 하지만 베일을 벗기는 행위를 통해서—스타일의 코미디를 통해서—그 관계를 위반하는 자유도 드러나 있다.

『율리시스』의 절충적인 스타일들은 호메로스의 고전적 성취를 포함하고 아우를 수 있을 정도로 폭넓은 모습을 보여주는데, 사실 조이스의 '서사시적인' 의도의 일부는 다양한 스타일과 언술들을 포함하는 호메로스의 예술을 또다시 포함하는 것이었다. 이런 식으로 호메로스와 『율리시스』를 연결하는 방식, 후자를 호메로스를 포함한 다양한 주파수들을 전파하는 일종의 전송기로 보는 시각은 18세기 이탈리아 사상가 잠바티스타 비코(1668~1744)가 호메로스를 보았던 방식과 정확하게 평행을 이룬다. 비코와 조이스의 관계는 주로 『피네간의 경야』와 관련해서 언급되지만 엘만에 따르면 조이스가 『율리시스』를 준비하고 있던 1913년에서 1914년 사이에 이미 그는 그 이탈리아 철학자를 읽은 후였다.[14]

비코에 따르면 호메로스는 한 사람의 독특한 작가가 아니라 언어적 요소를 포함한 그 사회의 문화적 레퍼토리를 통합하고 표현한 일종의 시적 "인물"이었다. "그리스의 도시들은 호메로스를 서로 자기 도시 출신이라고 경쟁적으로 주장했다. 그의 서사시에서 자기 지방의 언어에

---

14 Ibid., p. 340.

속하는 말, 문구, 방언의 형태들을 발견했기 때문이다."[15] 조이스가 다양한 스타일상의 구성 요소 중 하나로서 호메로스를 선택하고 그를 포함할 수 있도록 해준 것은 이렇듯 언술들을 가져다 활용하는 능력이었다. 호메로스를 모방하고 호메로스식의 이상을 갈망하는 것이 빅토리아 시대의 유행이었음은 잘 알려진 사실이다.[16] 앤드루 랭의 유명한 시 구절—"오디세이의 격동하는 파도와 천둥"—은 거친 아름다움, 광대함과 무한함, 역동성과 장엄함, 빅토리아 시대와는 전혀 다른 남성적인 영웅과 마술적인 요소 등 빅토리아 시대 사람들이 호메로스를 찬양했던 이유를 요약해주고 있다. 빅토리아 여왕이 서거했을 때 열아홉 살이던 조이스는 그런 식의 기성 문화를 혐오하고 거부하면서 성장했다. 조이스는 T. S. 엘리엇이 제안했던 식으로 호메로스에게로 되돌아가는 방식(135-40쪽 참조)보다는 그와 같은 상위 문화를 약화시키고 전복하려 했다고 볼 수 있다. 물론 이런 시각이 『율리시스』의 서술에 구조적 중심점을 제공하는 호메로스 작품의 중요성을 부정하는 것은 아니지만 T. S. 엘리엇이 부여했던 의미를 약화시키는 것은 사실이다.

오랫동안 조이스는 비정치적인 순수한 스타일리스트로 알려져왔는데 이러한 조이스는 이데올로기의 힘이라는 관점에서 볼 때, 고급 모더니즘의 가장 높은 자리에 위치한 멸균 처리된 조이스일 뿐이다. 이러한 모습의 조이스를 탈정전화하는 작업은 1980년대부터 시작되었다(152쪽 참조). 그들에 따르면 조이스는 자신을 영문학의 전통에 동조시키고 자신의 전위적 예술을 그 전통에 위치시키려 노력한 적이 없었다. 조이스는 그러한 전통을 따르지 않았고 오히려 전통의 외부에 머물면서 지배 문화의 담론 문법을 약화시킴으로써 그 문화의 힘과 영향력이 약화

15 Vico (2001), p. 359.

16 Jenkyns (1980).

될 수 있다는 인식을 가지고 썼다는 것이다.

## 『율리시스』를 읽는 즐거움

『율리시스』를 읽고 또 읽게 되는 즐거움은 기존의 전통을 거부하는 스타일들, 언어상의 모험, 조이스의 유머 감각, 그리고 아일랜드의 문화와 역사를 다루고 묘사하는 수많은 방식들에 있다. 작품 속의 서로 다른 스타일들과 언술 형태들처럼 『율리시스』를 연구하는 다양한 방식들 역시 관점상의 태도 변화의 결과로 인해 때로 이율배반적이다. 작품의 변화무쌍한 특성 때문에 발견해야 할 "진실"이 없다고 할 수도 있겠지만 그렇다고 해서 진실한 어떤 것이 쓰일 수 없다는 의미는 아니다. 1904년 당시에 에클스 7번가의 그 집이 비어 있었다는 사실(그래서 조이스가 그 주소를 선택했던 것이다)은 그곳에 레오폴드 블룸과 몰리 블룸을 허구적으로 살게 한 것에 어느 정도 "진실"을 제공해준다. 아마 이런 식이었을 것이다. 또 그런 이유로 해서, 앞에서 언급한 것처럼 조세핀 이모에게 보낸 편지에서 다음과 같이 물었을 것이다.

> 길거리에서든 계단에서든 평범한 체격의 남자가 에클스 7번가의 난간을 기어 올라가 난간의 제일 낮은 곳에서 몸을 낮추어 바닥에서 2, 3피트 정도에서 다치지 않고 뛰어내리는 것이 가능한가요?[17]

조이스는 작품 속에 숨겨놓은 독특한 성향의 참고 사항들로 유명하

---

17 Joyce (1957), p. 175.

지만 이런 종류의 경험주의보다 더 사실적일 수는 없을 것이다.

리얼리즘, 플롯, 인물의 개념이 유행하는 이론의 물결에 씻겨버리고 학계라는 해변에 말라비틀어진 부유물처럼 되어버렸지만 동시에 조이스는 결코 리얼리즘, 줄거리, 인물을 포기한 적이 없다는 점을 기억해야 한다. 서술을 통해 드러나는 사건보다 특정한 글쓰기 스타일이 더 중요한 「이타카」 같은 장에서도 블룸과 스티븐의 통렬함과 외로움은 "초기 스타일"로 쓰인 앞부분의 장들 못지않게 독자의 심금을 울린다.

> 「이타카」의 극사실적인 현학성을 위해 조이스가 블룸을 새롭게 다시 구현하면서 단발성의 짧은 리듬과 불꽃같은 위트로 오디세우스, 엘리야, 햄릿의 유령으로 신화화하고 그의 이름의 철자들을 분해하고 재조립하며 종국에는 그의 의식의 흐름마저 포기하는 등 조이스가 행했던 모든 것들, 이 모든 언어적 파괴 행위는 오히려 인물을 더 사실적이고 정겨운 존재로 만든다.[18]

가끔은 이론에서 멀리 떨어져 조이스의 글쓰기를 즐기는 것도 좋다. 실례들은 상당히 많다. 길거리에 나타난 멀리건의 묘사—"앵초꽃 빛깔의 조끼를 입은 그는 마치 어릿광대의 지팡이를 든 듯 파나마모자를 벗어들고 경쾌하게 인사했다."(9.489-90)—에서 인물은 자신의 외형적 이미지를 장난감처럼 가지고 놀면서, 「텔레마코스」에서 처음 느꼈듯이, 윤리적 중심이 없이 본능적으로 상황과 자아가 요구하는 역할을 수행하는 모습을 보여준다. 때로는 「이타카」의 밤하늘 묘사—"습기 찬 푸른 밤의 과일들로 매달린 별들의 천국의 나무"(17.1039)—에서 볼 수 있듯이 스스로 표현하는 시적인 언어의 아름다움도 있다. 조이스의

18 Ellmann, Maud (2008), p. 66.

유머는 일관적이기 때문에 그것을 정당화하거나 해석할 필요 없이 그 자체로 즐기면 된다. 맨더빌의 스타일로 쓰인 정어리 통조림 묘사(14.149-54)나 「나우시카」에서 마스터베이션을 끝낸 후 블룸이 인용하는 『햄릿』의 시 구절—"교대해주셔서 고맙습니다"(13.939-40)—의 즐거운 상호 텍스트성이 그 예이다.[19] 「에우마이오스」에서 스티븐과 블룸이 루크 빵집을 지나 역마차의 오두막으로 향할 때 독자는 스티븐이 입센을 생각하는 동안 블룸은 빵 냄새를 맡고 있음을 알게 된다. "빵, 생명의 지팡이, 그대의 빵을 벌지어다. 오 사랑의 빵이 있는 곳 그 어디인고, 루크 빵집이 그곳이라 하니라"(16.58-9). 『베니스의 상인』에 등장하는 노래("사랑의 빵은 어디 있나요? 마음인가요? 아니면 머리인가요?")가 떠오르지만 여기에서 스티븐과 블룸에 대한 미묘한 언급은 거부해야 할 유혹이다. 물론 같은 현상에 대해서 두 사람의 상상력은 전혀 다른 방식으로 반응하는 것으로 묘사된다. 그러나 셰익스피어에 대한 암시는 그 자체를 위한 것으로서 조이스도 자연스럽게 삽입했을 것이다. 블룸이 사이먼 디댈러스의 노래를 듣고 "테너 가수들은 여자들을 얼마든지 손에 넣는단 말이야"(11.686)라고 생각하도록 쓰고 싶은 유혹을 거부할 수 없었던 것과 마찬가지였을 것이다. 이 말장난은 블룸의 마음속에 의식적으로 떠오른 것은 아닐 것이다. 그러나 조이스는 "제기랄! 그 때문에 자네 밑구멍이 간지럽지 않을 줄 아나?"(7.241) 또는 "나는 요놈의 술이 마시고 싶어서 정말이지 가슴이 터질 뻔했다네. 하느님께 맹세코 술이 꿀꺽 소리를 내며 내 위장 밑바닥을 치는 소리를

19 "교대해주셔서 고맙습니다"(For this relief, much thanks)는 『햄릿』의 첫 장면에서 추운 밤 병사가 야간 교대자를 맞이하며 하는 말이다. 블룸은 「나우시카」에서 거티라는 소녀를 훔쳐보며 마스터베이션을 한 후 성적 긴장감을 풀어주어(relief) 고맙다는 식으로 혼잣말을 하고 있다. relief(구조, 구원, 성적 긴장의 해소)에 대한 말장난이다(옮긴이).

들을 수 있다고"(12.242-3) 같은 자신만의 고유한 표현을 사용할 수 있는 기회를 즐겼듯이, 블룸을 묘사할 때에도 그와 똑같은 심정이었을 것이다. 조이스는 말한다. "유감스럽게도 대중은 내 책에 도덕을 요구하고 도덕을 찾으려 한다. 게다가 제멋대로 심각한 방향으로 해석을 하는데, 신사의 명예를 걸고 말하건대, 내 책에 심각한 내용은 한 줄도 없다."[20] 이 말은 얼핏 건방지게 들릴 수도 있지만 실상은 그의 글쓰기를 제한하는 기존 문화제도의 주제넘은 태도를 지적하고 그것에 대한 확고한 거부를 표현하고 있을 뿐이다.

> 글을 쓸 때 작가는 고전적 스타일의 고정된 분위기와 대조되는, 그 순간의 분위기와 충동에 따라 끊임없이 변화하는 표현을 창조해야 한다. (…) 중요한 것은 무엇을 쓰느냐가 아니라 어떻게 쓰느냐는 것이다. 내 생각에, 현대 작가는 무엇보다도 모험가가 되어야 한다. 어떤 위험도 감수하고 필요하다면 실패할 준비도 되어 있어야 한다. 다시 말해서 우리는 위험하게 써야 한다.[21]

『율리시스』는 수많은 이론을 통해 워낙 많이 논의되고 해부되고 분석되었기 때문에 이 작품을 처음 접하는 경우라 하더라도, 독자는 이 문학 꾸러미의 무게를 견뎌내야 할지도 모른다. 짐을 가볍게 하는 한 가지 방법은 너무 심각하게 받아들이지 말라는 조이스의 경고를 기억하고 조이스가 자신을 오디세우스처럼 위험을 무릅쓰고 미지의 바다를 방랑하는 모험가로 생각했다는 사실을 떠올리기 바란다. 그는 "위험하게" 써야만 했다. 시대가 과거와 단절할 것을 요구했기 때문이다. 그 대

---

20 Ellmann (1982), pp. 523-4.

21 Power (1974), p. 95.

가는 소설가 알리 스미스가 깨달았듯이, 그 흔적을 따라가면서 느끼는 전율이다.

> 나는 『율리시스』의 유희, 소요학파의 철학, 장난스러움, 허세, 일상의 위대함과 위대한 일상성, 그 긍정성, 그 엄청난 예스(yes)에 열광했다. 그 작품은 당시 비평가들이 부재와 상실, 이탈과 유령들, 엘리엇식의 파편화와 절망의 시기로 보았던 모더니즘의 시기가 한편으로는 문학 형식상 엄청나게 순수한 에너지의 시기, 삶과 광채—블룸조차도—의 시기였다는 사실을 보여주는 확실한 증거처럼 보였다.[22]

22 Meade (2004), p. 44.

# 3장
# 『율리시스』 읽기

## 텔레마코스

**시간**

오전 8시

**장소**

더블린에서 남서쪽으로 몇 마일 떨어진 샌디코브 해안에 위치한 마텔로 탑(벽돌로 지어진 원형 탑)

**플롯**

의학도인 벅 멀리건, 조이스의 『젊은 예술가의 초상』에 등장하는 예술가 지망생, 옥스퍼드 출신의 평범한 영국 청년이 하루를 맞는다. 아침 식사와 우유 배달부의 도착 이후 세 사람은 해수욕장을 찾고, 기분이 상한 스티븐은 자신이 일하는 학교로 떠난다.

**논제**

『율리시스』의 첫 문단은 상당히 명료하고 예상외로 사실적이며 독창적인 표현을 보여준다. 『오만과 편견』의 시작 부분처럼 기억하기에도 좋지만, 오스틴의 도입부처럼 독자는 작가의 의도, 직접적인 언급으로 보이는 것 너머에 숨어 있는 목소리를 의심할지도 모른다. 그런 의심은 첫 문단에 바로 이어 인용되는 라틴어 미사 문구("나는 신의 제단으로 가련다")로 인해 더 강해지며, 가톨릭 미사와 서사시의 기원(祈願)이 패러디되고 있다는 것을 깨달으면서 독자는 모사적이면서 또한 자아 반영적인 『율리시스』의 언어 세계로 들어서게 된다.

『오디세이아』 제1권은 제멋대로 왕궁 안을 돌아다니며 누가 미망인과 결혼하게 될지를 확인하기 위해 기다리는 찬탈자들이자 구혼자들, 그들의 무례한 짓에 불안과 박탈감을 느끼는 불행한 젊은이 텔레마코스의 모습을 보여준다. 『율리시스』에서 스티븐은 어머니의 죽음으로 인해 파리에서 거의 1년이나 일찍 돌아왔지만 아직도 마음이 편치 않은 상황이다. 『율리시스』의 첫 권에서 찬탈자이자 구혼자는 영국의 존재와 영국계 아일랜드인들의 문화적 헤게모니의 형태로 나타난다. 그리고 그들에 대한 적대감은 스티븐, 멀리건, 헤인스의 관계에서도 드러난다.

스티븐은 멀리건의 만족스러운 자신감과 뻔뻔스러운 제안—아테네를 방문(1.42-3)하고 아일랜드를 그리스화하자는(1.158)—을 자신의 불편한 마음에 침입한 유혹의 형태로 경험한다. 멀리건은 자신의 상황에 대해 너무나 편안해 보인다. 그는 휘파람을 한번 불고는 확신에 차 항구를 떠나는 연락선으로부터 두 줄기의 휘파람 답례를 기다린다. 그는 헤인스를 쉽게 다룰 수 있다며 잘난 체하고 뻔뻔하게도 탑의 열쇠를 요구한다. 스티븐은 헤인스에게 세 명의 주인, 영국과 가톨릭교회 그리고 가끔씩 그의 봉사를 요구하는 이름 모르는 주인(1.638-41)을 섬기고 있다고 말하는데, 멀리건과 그의 동창생이 그 세 번째 주인이라고 볼 수도 있다. 이전 장면에서 스티븐은 멀리건의 면도 종지를 치워주려는 생각을 하면서 자신을 그의 종, 정확히 말해서 "종의 종"(1.312)이라고 생각한다. 헤인스에게 "대풍(大風)의 해"의 "어신"(漁神)(1.367)을 이야기하는 멀리건의 민속 대담은 패러디이기는 하지만 자신의 민족적 정체성을 통해 헤인스에게 아부하려는 비굴한 모습을 드러낸다. 어떤 때는 영국 공립학교에서 유행하는 표현—"겁 집어먹었어"(1.59), "멋져"(1.118), "혼꾸멍내줄게"(1.163)—을 쉽사리 입에 올리면서도 헤인스에게 디댈러스를 아일랜드의 재능이라고 소개하고 또 한편으로는 단기적인 이익을 위해 스티븐이 그 영국인을 거부하지 않고 함께 일하도록 은근히 부추긴다.

『오디세이아』의 첫 권은 텔레마코스가 아버지의 소식을 알아보려고 외로운 여행을 떠날 생각을 하면서 끝난다. 조이스의 첫 장도 그와 비슷한 결심("오늘 밤 나는 여기에서 자지 않을 거야. 집에도 갈 수 없어")으로 끝맺음하며, 멀리건이 바다에서 부르는 소리에 대한 대답이자 첫 장의 마지막 단어이기도 한 말은 "찬탈자"다. 그러나 호메로스와의 연관성은 결코 기계적으로 이루어지지 않으며 쉽게 예측할 수도 없다. 또한 두 사람 모두 느끼고 있고 조이스가 꼼꼼하게 관찰하고 있듯이, 스티븐과 멀리건의 사회계급적 차이는 호메로스와는 연관성이 없으며 역사적으로 구체적인 문맥에 뿌리박고 있는 정치적 차원의 일부다. 구혼자들에 대한 텔레마코스의 저항은 아일랜드를 약화시키려는 영국의 영향력, 지배자들과 타협하려는 멀리건의 동료의 자기중심적인 태도, 그리고 이에 대항하는 젊은 아일랜드 지식인의 모습으로 나타난다. 헤인스는 어느 정도 의식도 있고 진보적이기도 하다—그는 게일어도 배우고 영국의 폭정에 사과도 한다(1.648)—그러나 조이스는 그의 제국주의적이고 인종차별적인 정체성을 강조한다. 그는 "세상 모든 바다의 지배자"(1.574)이고 그의 가족의 부는 남아프리카공화국의 식민지 사업에서 온 것이며(1.156), 게다가 반유대주의자다(1.667).

굴종 문제는 늙은 우유 배달부 노파를 통해 분명하게 드러나며, 이 장에서 그녀의 역할은 조이스가 『오디세이아』와의 연관성을 얼마나 정교하게 이용하고 있는지를 보여준다. 그리스의 서사시에서 아테나 여신은 변장한 모습으로 텔레마코스를 찾아와 구혼자들을 물리치지 않는다고 그를 꾸짖는다. 아테나는 텔레마코스에게 그의 아버지가 살아 있으며 오디세우스의 소식을 찾아 길을 떠나도록 충고한다. 우유 배달부 노파는 "자신의 정복자[헤인스]와 즐거운 배신자[멀리건]에 봉사하는" 변장한 여신으로 묘사되지만(1.404-5) 그녀는 또한 굴종하는 아일랜드 그 자체(비단 같은 암소나 가난한 노파는 흔히 아일랜드를 의미하는 수식어로 쓰였다)를 암시하며, 스티븐은 그녀가 어떤 메시지를 가지고 왔는지 확신하지 못한다. 그는 그녀가 멀리건과 같은 자의 권위를 수용하는 방식에 반대하며 자신의 거부감과 굳건한 저항 정신의 가치만을 확신하고 있다. 멀리건이 비위를 맞추려고 팔짱을 끼자(1.159) 사실적인 대화는 갑자기 중단되고 크랜리를 언급하는 네 단어가 끼어들면서 독자는 갑작스레 교회를 포기하지 말라고 설득하던 스티븐의 친구의 기억을 공유하게 된다. 크랜리가 누구이고, 소설의 마지막에서 왜 스티븐이 크랜리가 말하는 신학의 안락함을 거부하는지 이해하려면 『젊은 예술가의 초상』을 읽어보아야 한다. 이런 지식은 왜 스티븐이 멀리건으로 대표되는 순종을 거부하는지를 이해하는 데에도 도움이 된다.

외롭게 쫓겨난 스티븐의 모습은 햄릿을 연상시키는데, 실제로 이 장에서는 셰익스피어와의 연관성을 확인시켜주는 언급이 상당히 많다. 멀리건은 찬탈자인 클로디어스와 유사한데, 너무 과할 정도로 슬퍼한다는 이유로 스티븐을 꾸짖을 때 특히 그렇다(이 경우 스티븐의 의식을 괴롭히는 것은 아버지의 유령이 아니라 어머니의 유령이다). 햄릿과 마찬가지로 스티븐은 자신의 고뇌에 대한 자의식에 시달리고 있다.

독자가 스티븐의 내적 사고를 공유한다는 사실은 이 장의 서술 방식의 관습적인 본질을 확인해주는 증거로 보일 수 있겠지만 서술의 흐름을 방해하면서 독자로 하여금 이후에 나올 내용을 준비하도록 돕는 순간들도 있다. 멀리건이 헤인스를 충분히 마음대로 다룰 수 있다면서 스티븐에게 친근한 척 굴 때, 옥스퍼드 출신의 학생에게 "장난"을 치는 장면과 안뜰에서 "매슈 아널드의 모습을 한 귀머거리 정원사가 앞치마를 두르고 거무스레한 잔디에서 잔디깎이를 밀고 있다"(1.172-5)라는 묘사가 뒤따른다. 텍스트에는 이 장면에 대한 의미가 나와 있지 않으며 해석도 주어져 있지 않다. 이것은 의식의 흐름의 일부로서 그의 주체성을 확인해주는 스티븐의 내적인 목소리인가? 아니면 스티븐의 곤경을 보여주는 텍스트상의 보충 설명인가? 햄릿과 마찬가지로 스티븐은 정체성을 찾고 있지만 그는 자신에게 주어진 정체성들을 거부하고 있다. 아널드는 『문화와 무정부』(1869)에서 헤브라이즘과 헬레니즘을 혼합하여 "달콤함과 빛"이라는 새로운 문화적 기질을 만들어내려는 충동을 보여주고 있지만, 스티븐은 그런 자유주의적 비전을 거부한다. 주변에서 발생하는 폭력에 조용히 귀를 닫고 있는 정원사 아널드의 꼴사나운 모습은 영국 빅토리아 시대의 자유주의에 대한 스티븐의 싸움을 암시한다.

이 장의 서술 방식에서 조이스가 관습적인 서술의 목소리를 지배하는 언어적 규준을 대상으로 장난을 하고 있다는 느낌이 드는 묘사들이 있다. "그는 고르게 그리고 조심스럽게, 말없이, 진지하게 면도를 했다"(1.99)와 같은 문장은 불필요할 정도로 꼼꼼하며, 첫 페이지를 예로 들어보아도 부사가 너무 많다. "그는 엄숙하게 말했다. (…) 활기차게 소리쳤다. (…) 즐겁게 말했다." 이런 묘사는 멀리건이 특정한 역할을 수행하기 위한 인물이라는 점을 반영하기 때문이겠지만 이렇듯 분명하게 드러나는 "에드워드 시대의 진부한 문체의 느낌"[1]은 이러한 묘사가 특정한 글쓰기 방식의 모방이자 진부한 표현에 의존하는 관습적인 소설에 대한 조이스의 가벼운 패러디일 수도 있음을 암시한다.[2]

## 네스토르

### 시간

오전 9-10시

### 장소

샌디코브에서 남쪽으로 1마일 떨어진 달키가(街)에 위치한 디지의 학교

### 플롯

스티븐 디댈러스는 하키 연습이 예정된 오전 휴식 시간 전까지 학생들을 가르치고 있다. 이날은 절반만 근무하는 날이고 급료를 받는 날이다. 디지는 신문에 싣기를 바라면서 스티븐에게 수족구병에 대한 편지를 전해준다.

스티븐은 역사와 영어를 가르치고 난 후(한 학생에게 잠시 수학도 지도한다) 급료를 받는 자리에서 디지 교장이 의도는 좋지만 남을 가르치려는 태도로 여성 혐오적이고 역사와 관련해 반유대주의적인 발언을 하는 것을 듣는다.

---

1 Kenner (1978), p. 69.

2 Lawrence (1981), pp. 38-49.

**논제**

『오디세이아』에서 텔레마코스는 이타카의 집을 떠나 아버지의 소식을 듣기 위해 필로스에 있는 네스토르의 궁전으로 향한다. 노인 네스토르는 그를 환대하면서 트로이에서 돌아오던 그리스인들의 운명에 대해 자신이 알고 있는 것을 말해준 후, 오디세우스에 관한 소식을 들으려면 스파르타로 가서 메넬라오스 왕을 만나라고 충고한다. 조이스는 이 에피소드에서 네스토르를 디지로 바꾸어 짤막한 서술을 짜내는데, 주된 목적은 역사의 본질과 온건한 연합주의자의 사고방식에 의문을 제기하는 데 있다. 좀 더 일반적인 의식론적 의심들이 요동치는 물결처럼 이 장에 흐르고 있다.

영국의 수상 글래드스턴은 아일랜드의 자치 정책을 지지하여 1886년에 이를 위한 법안을 제출했지만 그가 당수로 있던 자유당의 전적인 지지를 받는 데에는 실패했고 결국 법안은 하원을 통과하지 못했다. 그 법안은 얼스터의 신교도들을 만족시키지 못했고, 자치에 대한 그들의 정치적 반발은 아일랜드의 켈트적 정체성에 대비되는 얼스터 친영파의 영국적 정체성을 강조하는 언술상의 차이에서 문화적 표현을 발견했다.[3] 이러한 언술은 속세에 무관심하고(2.236-7) 실수투성이(2.270-2)인 가톨릭 국가인 아일랜드로부터 거리를 유지하면서 자신을 효율적인 근면성(2.331, 420)과 건전한 상식(2.229-30)을 대표하는 인물로 내세우는 디지의 언술에 그대로 반영되어 있다. 스티븐은 신교도들이 저지른 집단 학살(2.273-6)을 떠올리며 디지의 번지르르한 독단과 언변을 거부하면서 그의 편견에 침묵으로 응대한다(2.345-377). 역사에 대한 디지의 발언은 대부분 혼란스럽고 틀린 내용들이며, 얼스터 출신이

3 Gibson (2005), pp. 32-6.

라는 그의 우월한 정체성이 보여주는 바로 그 특성들만을 드러냄으로써 아이러니하게도 그의 세속적 지혜의 위상은 추락하고 만다.[4] 마지막 장면은 그의 반유대주의와 무지—그의 말과는 다르게(2.442) 유대인들은 3세기 동안이나 더블린에 살고 있었다—를 강조해 보여주면서 끝난다. 네스토르를 방문했던 텔레마코스처럼 스티븐은 알고자 했던 것을 거의 알아내지 못한다.

차이의 언술 아래에는, 디지가 동의할 만한 표현을 쓴다면, 권위 있는 지식과 무책임한 자의적 태도 사이의 대조가 흐르고 있다. 디지는 교육자로서 자신의 역할을 확실히 하고 있지만(2.191) 스티븐은 자신감이 없다(2.29). 디지는 사실을 확실하게 이해한다고 생각하는 반면(2.390-6) 스티븐은 자신이 지식을 얻을 수 있는 가능성에만 열려 있을 뿐이라고 본다(2.403). 그들의 인식론적 차이—개인의 성격 차이를 넘어서는 문제다—는 역사적 "사실들"(2.1-5)에 대한 객관적인 교리문답과, 역사로 기록된 것이 주관적으로 "기억의 딸들이 엮어 낳은"(2.7) 것일 가능성 사이의 틈새를 설명해준다. 과거의 일은 분명 발생했지만 후손을 위해 기록된 것이 반드시 그림 전체를 보여주는 것은 아니다—"기억이 그것을 꾸며낸 것처럼 보이지 않을 수도 있지만 어쨌든 이야기는 존재했다"(2.7)—또한 역사는 피로스가 어느 노파(老婆)가 던진 기와에 맞아 죽었다고 기록하고 있지만(2.48) 그 기와에 맞지 않았다면 어떻게 되었을지는 적지 않았다. 역사는 "자신들이 내쫓은 것들의 무한한 가능성의 방에 가두어둔"(2.50) 것에 "낙인"을 찍고 "족쇄"를 채워놓았는데 이는 형이상학적 추측(2.51-2)을 불러일으킨다. 이 문제는 또한 스티븐으로 하여금 발생했던 것, 즉 역사가 어떻게 영국과 아

4 Adams (1962), pp. 18-25. 디지 교장의 주장과 함께 그의 판단이 잘못되어 있음을 보여준다.

일랜드 간의 불공평한 관계를 고착시켰는지(2.42-7)를 생각하게 한다. 스티븐은 자신이 상상해본 선창의 정의가 얼마나 헤인스를 즐겁게 할지를 생각하게 되며, 자신이 "영국인을 위한 궁정의 광대"[5] 역할을 하게 될 가능성과 함께, 왜 그런 역할을 받아들이는 아일랜드인들이 있는지 궁금해한다. "전적으로 그 부드러운 애무만을 위한 것도 아니었다"(2.45)라는 언급은 지식의 확실성에 대한 그의 망설임의 표현이며, 「네스토르」 장 전체가 의심에 대한 내용으로 가득하다. 어떤 비평가들은 지식의 불확실성이 언어가 소유한 것이라 할 수 있는 의미의 권위로까지 확장된다고 보았다.

언어의 작용에 대한 의심은 스티븐의 수수께끼(2.102-7)를 이해하는 한 가지 방법이지만 그에 대한 답(2.115)은 학생들에게나 『율리시스』의 독자들에게나 이해할 수 없는 내용이다. 「네스토르」 장이 역사와 가능성의 구속 문제를 탐구하고 있다면, 조이스는 자신의 글에서 이를 어떻게 표현하고 고정된 용어를 반복하는 실수를 피하면서 어떻게 사건에 질서를 부여하는 기존의 범주를 약화시키는 것일까? 아마도 부분적으로 디지의 차이의 언술을 받아들이고, 역사에 일관성과 안정성을 부여하는 기표들의 중심을 해체함으로써 가능할 것이다. 따라서 이는 풀 수 없는 수수께끼, 해석되거나 만족스러운 해답을 줄 수 없는 문제 제기인 것이다. 엘렌 식수는 조이스의 망설임의 전략의 예로 스티븐의 수수께끼를 소개하면서 이 문제를 깔끔하게 표현하고 있다. 조이스의 망설임의 전략의 한 예로 스티븐의 수수께끼를 소개하면서, 그녀는 그

---

5 이 말은 조이스가 오스카 와일드(셰리든, 골드스미스, 쇼 등의 아일랜드 작가들을 포함하여)가 영국인들에게 어떻게 받아들여지고 동화되었는지를 설명하면서 사용한 표현이다. Joyce (2000b), p. 149. 「키르케」에서 멀리건이 광대의 옷을 입고 등장한다 (15.4166-7).

효과를, 우리가 문의 열쇠를 돌리는 소리를 듣지만 실제로는 문 자체가 없고 우리의 개념에 확신을 심어준 것이 단지 그 열쇠 소리에 불과했다는 사실을 깨닫는 것에 비유하고 있다.[6] 스티븐은 수수께끼를 냄으로써 지식의 소유자로서 디지와 같은 역할, 수수께끼의 타당성을 제공하는 의미의 공급자 위치에 서게 되지만 그가 제공하는 답—가시나무 덤불 아래에 할머니를 묻고 있는 여우—은 수수께끼의 질문만큼이나 알쏭달쏭하다. 수수께끼는 해독이 불가능하며 따라서 스스로 그 위상을 약화시킨다. 지식이 아닌 지식만을 제공하기 때문이다.[7]

## 프로테우스

**시간**

오전 11시

**장소**

더블린 중심가 쪽 샌디코브 해안 건너편, 달키 위쪽의 샌디마운트 해변

**플롯**

해변을 걸으면서 스티븐은 공간과 현상에 대해 숙고하는 자아 성찰적인 면을 보여주며 숙부와 숙모를 방문하려는 생각을 한다. 파리에서의

---

6 Cixous (1984), p. 19.

7 이 수수께끼와 "해답"에 대한 대안적 읽기로서, 수수께끼에 숨겨진 의미가 있으며 그것을 파내기만 하면 된다고 추측하는 경우도 있을 수 있으나—물론 그 냄새를 맡고 적지 않은 문학적 발굴 작업이 이루어지기도 했다—아직까지 그럴듯한 유물은 발견되지 않았다.

생활을 조롱하듯 떠올리며 그곳에서 만났던 아일랜드의 정치적 반항자를 기억한다. 스티븐은 개 한 마리와 사람들을 보게 되며 죽음에 대한 생각에 시달린다. 뒤를 돌아보자 돛배가 천천히 더블린을 향해 떠가는 것이 보인다.

**논제**

달키의 학교에서 샌디마운트의 해변까지 스티븐이 어떻게 이동했는지는 확실치 않다. 해변까지 9마일을 걸어간 것은 아니고 분명 달키에서 기차를 탔을 것이라는 데 의견이 일치하고 있지만 그가 어디에서 기차를 내렸고 해변을 거닌 것이 정확히 몇 시였는지에 대해서는 일치된 의견이 없다.[8] 텍스트에는 그의 여정에 대한 언급이 없지만 조이스 연구자들은 마치 1904년 6월 16일 학교에서 해변까지 실제로 여정이 이루어졌던 것처럼, 스티븐이 택했을 수도 있는 여정들을 각기 추정하곤 했다. 해변 가에서 이루어지는 스티븐의 형이상학적 사색 중에는 "실제로 그랬을 가능성들, 현재에 위치한 그랬을지도 모르는 순간들"이라는 문제가 자리하고 있으며, 그런 의미에서 「네스토르」 장에서 시작된 역사에 대한 생각이 계속 이어지고 있다고 할 수 있다. 차이점이라면 「프로테우스」가 훨씬 더 불친절하다는 것인데 이는 「텔레마코스」에서 간간이 등장했고 「네스토르」에서 눈에 띄게 증가했던 내적 독백이 이제 한 장 전체를 구성하고 있다는 사실과 관계가 있다. 믿을 수 없을 만큼 박식한 젊은이의 마음속에서 매 순간 떠오르는 생각들, 감각들을 묘사하고 있는 이 의식의 흐름의 장에는 단 한마디의 말소리도 들리지 않는다. 귀동냥하듯 읽어나가야 하는 독자로서는 이 장의 치밀한 내면성으

8 Gunn and Hart (2004), pp. 28-30.

로 인해 그 압축된 언어의 흐름을 따라가기가 버거울 수밖에 없다.

호메로스의 작품에서 텔레마코스는 메넬라오스의 궁전을 방문하는데 그는 모습을 자유자재로 바꿀 수 있는 바다의 신 프로테우스로부터 억지로 얻어낸 정보를 통해서 오디세우스의 운명을 알 수 있는 사람이다. 프로테우스가 모습을 바꾸며 빠져나가는 능력이 있기에 메넬라오스는 오디세우스가 칼립소의 섬에 발이 묶여 있다는 사실을 매우 어렵게 알아낸다. 스티븐 역시 이 장에서 공간에 따른 변화의 본질("가시적인 것의 형태")을 이해하려 씨름하고 있다. 「프로테우스」에 대한 인식론적 지도를 그려내기 위해서는 프로테우스처럼 변화무쌍한 이 장의 특성을 따라갈 수 있어야 한다. 산문의 흐름을 따라 이어지는 급격한 사고의 변화는 이러한 형식과 내용의 혼합 속에서 매체가 곧 메시지라는 사실을 확인시켜준다. 이것이 이 장을 읽을 때 독자들이 겪는 어려움이다. 메넬라오스가 모습이 변하는 프로테우스를 잡으려 씨름해야 했듯이 독자 또한 변화무쌍한 언어를 붙잡아야만 한다.

다음의 행 번호들을 참고하면 이 장의 전반적인 진행 내용을 따라가면서 문학, 언어학, 기독교, 철학, 역사가 뒤엉킨 단단한 매듭을 풀어내는 데 도움이 될 것이다.

3.1-9: 단테가 색깔을 통해서, 그리고 그전에 사물을 통해서 세계를 이해했던 사람들 중에서도 가장 뛰어났고 현인들의 스승("maestro di color che sanno")이라고 불렀던 아리스토텔레스의 철학을 통해 가시적인 것의 본질에 대한 추상적인 사고가 소개된다('불가피한'은 피할 수 없다는 의미이며, '다이아팬'은 투명하다는 의미다).

10-24: 스티븐은 눈을 감고 가청적(可聽的)인 것에 대해 생각한다. "나흐아인안데르"(Nacheinander: 하나하나 차례로)는 여기서 시간 속에서 사물들이 연속되는 방식을 의미하며, "네벤아인안데르"(Nebeneinander: 하나하나 나란히)는 공간 속에서 사물들이 나란히 이어지는 방식을 의미한다. 소리의 패턴 속에서 만들어지는 리듬의 기원을 들을 수 있다.

29-40: 해변 가에서 두 여인이 스티븐을 뒤따른다. 그들을 조산원으로 추측한 스티븐은 모든 사람들을 연결하여 이브에게까지 이어지는 배꼽들의 네트워크와 에덴동산에 전화를 하는 자신을 상상한다.

45-54: 자신의 출생과 이를 가능케 한 성적 행위를 생각한다. 부자관계에 대한 생각은 신의 아들이 아버지인 신과 신성동질이 아니라고 주장했던 4세기의 수도사 아리우스에 대한 생각으로 이어진다. 스티븐은 아리우스가 초래한 논쟁을 묘사하기 위해 "진성동질전질유대통합론"(constransmagnificandjewbangtantiality: '신성동질', '신성전질', '축복/장엄', '유대인', '쿵 소리'를 합친 단어)이라는 괴상한 단어를 만들어낸다.

58-103: 정오에 멀리건을 만나기로 한 사실을 떠올린 스티븐은 근처에 사는 숙부와 숙모, 조카들(세라, 리치, 월터)을 방문할 생각을 하며, 그들을 방문했을 때 벌어질 상황을 상상한다(스티븐의 아버지는 그의 처남에 대해 속물스럽고 우스꽝스러운 인물로 언급한 바 있으며, 이는 스티븐이 상상하는 장면에 그대로 반영된다).

105-119: 상당히 빽빽한 문단이 스티븐 가족의 사회적 위상, 조너선 스위프트가 주임 사제로 있었던 성 패트릭 성당, 성당에서 일어나는 괴상한 장면의 묘사로 급박하게 이어진다.

120-7: 성체(聖體)와 14세기 논리학자이자 수사였던 오컴에 대해 생각한다.

161-2: 더블린의 발전소인 피전하우스를 바라보면서 레오 탁실의 『예수의 삶』(파리, 1884)의 불경스러운 시구를 생각한다. 요셉이 마리

아에게 누가 그녀를 이런 "유감스러운 상황"(fichue position)에 빠지게 했느냐고 묻자 마리아는 비둘기(성령의 상징) 때문이라고 대답한다. 2.45-54에서와 같이 부성(父性) 문제가 이어진다.

163-8: 케빈 이건과 그의 아들 퍼트리스에 대한 첫 번째 회상. 1903년 조이스가 파리에서 만났던 추방된 페니언 당원에 바탕을 두고 있다.

74-199: 스티븐은 우체국에 너무 늦게 도착해서 전신환을 바꾸지 못한 일, 어머니의 사망 소식을 담은 아버지의 전보를 받고 예정보다 일찍 파리를 떠나야 했던 일 등 파리에서의 다양한 기억을 떠올린다(실제로 조이스가 받은 전보에 '모'(mother)가 '무'(nother)로 잘못 표기되어 있었다).

216-44: 케빈 이건과 파리의 카페에서 보낸 시간을 회상한다. 이건은 런던 교도소(클러켄웰)에 수감되었던 페니언 당원으로서, 동료들이 그를 구하려고 폭발물을 터뜨렸으나 실패하고 주변 사람들이 사망한 사건의 당사자를 모델로 한 허구적인 인물이다. 웨이트리스와의 사소한 언어 문제가 해결되고 그들은 아일랜드의 혁명주의자들, 그들의 음모와 변장에 대해 이야기한다.

245-264: 이건에 대한 기억이 계속된다. 스티븐은 그 슬픔에 찬 추방자가 다녔던 세 곳의 술집들을 찾아다녔다. 이건의 부인은 남편에게 무관심했고 그의 행적은 잊혀 "사랑도 없고, 집도 없고, 부인도 없는" 상황이다.

300-9: 바이킹이 해변에 침입했고 스티븐의 선조들은 죽은 고래를 해체한다. 스티븐은 "우리 민족"의 살육의 유산을 생각한다.

310-30: 이전에 본 적이 있는(2.294), 조개 줍는 사람들이 데리고 온 개가 짖으면서 스티븐에게 달려온다. 스티븐은 왕관을 요구했던 찬탈자에 대한 생각, 개를 무서워하는 자신에 비해 어떻게 멀리건이 물에

빠진 사람을 구했는지를 떠올린다. 이어서 시신이 발견되지 않은 어느 익사한 사람(1.672-7에서 언급됨)을 생각한다.

342-64: 개가 프로테우스가 되어 곰(2.345), 늑대(2.346), 송아지(2.348), 여우(2.361), 표범(2.363)으로 변한다.

365-9: 표범에 대한 생각이 헤인스의 꿈(1. 57)으로 이어지고 다시 헤인스가 깨웠을 때 스티븐이 꾸었던 꿈, 즉 동양인과 멜론을 들고 안으로 들어오라고 하던 사람에 대한 꿈을 생각한다.

370-98: 스티븐은 조개 줍는 사람들을 집시라고 생각하며 그들의 외국어에 자극받아 시구를 짓는다. 그는 집시 여자를 창녀라고 생각한다. 조개 줍는 사람들이 스티븐의 모자를 쳐다보면서 지나가고 스티븐은 에로틱한 내용의 시구를 새로 지어낸다.

401-7: 스티븐은 단어의 소리로 말장난을 하며 디지의 편지 아래 부분을 찢어서 거기에 시구를 적는다.

408-23: 시공간에 대한 현학적 성찰이 시작된다. 현실이라고 인식되는 것이 실제로는 장막 또는 베일 같은 것으로서, 시각을 통해 실제적인 것이라고 경험되는 것보다는 그 표식을 읽어내야 한다고 주장한 버클리(클루아인의 선량한 주교)의 아이디어에 바탕을 두고 있다. 스티븐은 보는 것에 대한 자신의 행위를 탐구한다.

424-36: 이상적인 여성이 며칠 전 거리에서 보았던 실제 인물로 변하는 것을 상상한다.

453-69: 소변을 보면서 스티븐은 소변이 모래 위에 떨어지는 쉬잇 소리를 묘사하기 위해 의성어로 된 "파도의 언어"를 만들어낸다. 극단적인 두운을 통해 모래 위를 흐르는 소변은 음소(音素)의 흐름으로 변한다.

470-81: 익사한 사람(1.673-5)을 기억하고는 시체를 건져 올리는

장면을 떠올리고, 일상의 삶 속에 내포되어 있는 죽음("살면서 죽은 자의 숨을 쉬고 있다. 죽은 자의 먼지를 밟으며 온갖 죽은 자들의 오줌 냄새 나는 찌꺼기를 먹는다")과 그것을 드러내는 바다의 변화를 생각한다.

489-502: 하늘에 구름이 낀 것을 보고 나서 스티븐은 지팡이를 집어 든다. 잡다한 생각들이 그의 마음속에 떠오른다. 멀리건이 사용하던 (1.69) 손수건을 찾고, 코를 후빈 다음 누군가 이후에 그곳에 올지도 모른다고 느낀다.

503-5: 뒤를 돌아보면서 스티븐은 세 개의 돛을 단 돛단배가 돛을 가름대에 잡아매고 더블린 항구로 흘러가는 것을 본다. 세 개의 돛은 지평선 위의 세 개의 십자가처럼 보인다. 이 인상적인 장면에서 종교적 상징을 떠올리는 사람도 있고 곧 있어야 할 일, 즉 귀향을 떠올리는 사람도 있다. 이 의미심장한 세 행은 앞의 내용과는 어울리지 않는 서정적 묘사라는 점에서 「네스토르」의 마지막 문장과 공통점이 있다.

위의 내용은 물론 완벽한 것이 아니며 이 장은 특히 주석들(181-182쪽 참조)을 참고하는 것이 도움이 될 것이다. 상호 텍스트적인 사항들을 이해하는 데에는 시간과 노력이 필요하겠지만 참고 사항들을 확인하면서 「프로테우스」의 텍스트를 이해하는 것이 좀 더 수월할 것이다. 피로스의 승리 — "그런 승리가 또다시 있으면 우리는 파멸이다"(2.14) — 처럼 자신감이 떨어질 수도 있겠지만 독자들은 더블린 항구를 향하는 마지막 돛단배의 고요한 이미지에서 용기를 얻을 수 있을 것이다. 작품 전반부의 세 개의 장에서 스티븐의 성격을 보여주는 불안정성, 유동성, 불안에 비해 어조가 상당히 다르다. 조국의 역사의 "악몽"(2.377)에 시달리고 있는 스티븐은 자신의 사고가 양극화되어 있음을 알고 있고 이는 그의 평정심을 앗아가 버린다. 전반부의 장들에 묘사된 스티븐을 언급하면서 조이스는 이렇게 말한다. "나는 이 젊은이를 손쉽게 해방시켜주지 않았다." 조이스는 또한 "그가 쉽게 변할 수 없는 모습을 하고 있다"[9]라는 사실도 알고 있었다. 변화는 가능하다. 그러나 그것은 다른 사람—아일랜드에 살고 있는 유대인—으로부터 올 것이며, 이를 확인시키려 서술은 독자를 오전 8시로 다시 데려간다. 물론 장소는 다른 곳이다.

## 칼립소

**시간**

오전 8시에서 8시 45분

**장소**

더블린의 리피강 북쪽, 에클스 7번가, 블룸의 집

**플롯**

38세의 광고 외판원인 레오폴드 블룸은 아침 식사를 준비하면서 잠시 돼지 콩팥을 사러 정육점에 들른다. 집에 도착하자 세 개의 우편물이 기다리고 있다. 카드와 딸 밀리의 편지, 그리고 아내 몰리에게 온 것이다. 그는 아침 식사와 함께 편지를 침실의 몰리에게 전해주고, 그녀는 편지가 블레이지스 보일런에게서 온 것이며 자신이 노래를 하게 될 콘서트의 프로그램을 전달하기 위해 오후에 그가 방문할 것이라고 말한

9 Budgen (1972), p. 52, p. 107.

다. 블룸은 콩팥이 타고 있는 부엌으로 급히 내려간다. 식사가 끝난 후 그는 바깥에 있는 화장실에 들러 『팃비츠』 잡지를 읽은 후 그것을 휴지로 사용한다. 늦은 오전에 지인인 패디 디그넘의 장례식에 참석하려고 검은 옷을 입는다. 근처 성당의 종이 8시 45분을 알리고 그는 디그넘에 대해 생각한다.

**논제**

『오디세이아』 제5권에서 오디세우스는 7년간 요정 칼립소의 섬에 갇혀 있다가 아테나가 제우스를 설득하는 데 성공하면서 곧 풀려나기 직전에 있다. 블룸을 오디세우스로 보는 것 외에 이 장에서 호메로스와의 연관성을 밝히는 것은 쉽지도 않고 확실치도 않다. 침실 위에 요정의 그림(4.369)이 걸려 있지만 몰리가 호메로스의 작품에서 정숙한 페넬로페에 해당하므로(보일런과의 불륜을 계획하고 있기는 하지만) 누가 칼립소에 해당하는지 불확실하다. 게다가 어떤 의미에서는 블룸을 갇혀 있는 자 또는 요정에 매혹된 추방자라고 볼 수 있지 않을까? 유대인이라는 그의 정체성은 그가 살고 있는 사회로부터 그의 독특한 입장을 두드러지게 하는 요소 중 하나다. 정육점으로 가는 동안 그는 동양을 그리워하는 백일몽에 잠기며(4.84-98), 정육점에서 고기를 싸는 신문지에서 팔레스타인에 정착할 것을 권하는 광고를 본다. 블룸은 정육점 주인인 들루가츠가 시오니스트임을 알아채고—"바로 그자라고 나는 생각했다"(4.156)—기분 좋게 팔레스타인에 정착하는 장면을 상상한다. 그러나 그는 유대인이라는 자신의 정체성을 완전히 수용하지는 못하며, 구름이 태양을 가리자 팔레스타인의 경치는 끔찍하고 삭막한 모습으로 변한다. 길을 건너던 노파(「텔레마코스」의 우유 배달부 노파를 연상시킨다)의 모습에서 블룸은 세상을 떠도는 유대인의 고난을 떠올리며, 이러한 생각은 아일랜드인과 유대인 간의 공생관계를 암시해준다. 어떤 면에서 이것이 바로 블룸이 처한 곤경이다. 그는 자신이 아일랜드인이라고 생각하지만 또한 유대인이기도 하다. 그 결과 그 어느 민족에도 속하지 못한다. 현관 바닥에 놓여 있는 편지가 분명하게 보여주듯이 그는 자신의 집에서도 주인이 아니다. 「칼립소」 장에서 드러나는 것은 블룸의 분열되고 소외된 자아가 아일랜드계 유대인이라는 정체성의 조건 속에서 구성되고 자리 잡는 방식이다. 두 민족 간의 유사성은 「프로테우스」에서 파리에서 잊힌 영웅이 되어버린 케빈 이건을 슬퍼하는 장면에서 속박당하는 유대인(시편 137: 1-2)을 연상시키는 문구를 통해 처음 제기되었다. "사람들은 케빈 이건을 잊었지만 그는 그들을 잊지 않고 있다. 그대를 기억하며, 오 시온이여."(4.263)

블룸은 앞으로의 일을 생각하고, 아침 식사와 잠자리 속에서 따뜻해진 몰리의 육체(4.233-42)에 가까이 다가가고 있다는 생각을 하면서 삭막한 느낌을 극복한다. 그의 친화성은 스티븐과는 전혀 다르게 물리적이고 감각적인 것에서 유래한다. "오줌 냄새 나는 찌꺼기"(3.479)를 먹는 자신에게 역겨움을 느끼는 젊은 미학자와 달리 블룸은 "짐승과 새들의 내장"(4.1)을 맛있게 먹으며, 세상을 받아들이는 방식도 워낙 달라서 「칼립소」 장은 소설을 새롭게 읽기 시작하는 것처럼 느껴진다. 그러나 물론 스티븐과의 유사성도 있다. 두 사람 모두 상복을 입고 있으며 둘 다 열쇠가 없고, 4.218에서 태양을 가리는 구름은 1.248에서와 같은 방식(스티븐은 구름이 한동안 우울한 느낌을 예견하는 것으로 느낀다)으로 묘사된다. 집을 떠나 멀링가에서 사진사의 조수로 일하고 있는 블룸의 열여섯 살 된 딸 밀리는 1장의 스티븐이 나오는 장면(1.684)에서 언급되는 소녀다.

「칼립소」는 읽기 쉬운 장이다. 확실한 어조의 3인칭 화자가 블룸의 세속적인 생각과 순간적인 생각들을 번갈아 가며 전해준다. 그의 세속적인 생각과 의식은 스티븐의 난해하고 지적인 의식과 달리 접근하기가 수월하다. 바로 설명되지 않는 사항을 사소한 정보를 통해 미리 알려주는 경우도 있다. 처음 집을 나서면서 블룸은 모자 안쪽을 뒤져(4.70) 자기 이름이 적힌 흰 종잇조각을 찾아보며, 부적처럼 가지고 다니는 감자도 확인한다. 루디가 언급되는 문맥(4.419)은 낳자마자 죽은 아들이 있음을 암시한다. 이런 순간들 중 첫 번째는 곧 다음 장의 순간들로 되돌아간다.

## 로터스 먹는 종족

**시간**

오전 9시 30분에서 10시 30분

**장소**

리피강 남쪽 제방의 서 존 로저슨 부두(블룸은 스티븐이 달키의 학교까지 걸어가던 비슷한 시간에 집을 나와 그곳까지 1마일 정도 걷는다), 웨스틀랜드 로 우체국 쪽으로 이어지는 남쪽 거리와 조금 더 남쪽에 있는 대중목욕탕

**플롯**

블룸은 필명을 이용해 우체국에서 편지 한 통을 수령한 뒤 편지를 뜯자마자 지인인 C. P. 매코이의 방해를 받는다. 혼자가 된 그는 서신을 교환하고 있는 여성인 마사 클리퍼드가 보낸 은밀한 답장을 읽는다. 근처

성당에 들어가 미사가 진행되는 것을 보고 난 후 약국으로 가서 아내에게 줄 스킨로션을 산다. 거리에서 또 다른 지인 밴텀 라이언스가 말을 걸어오는데, 그는 그날 애스콧 골드컵에 출전하는 경주마들에 관심이 있다. 버리려(throw away) 하던 참이라며 블룸이 그의 신문을 건네자 밴텀 라이언스는 그 말을 경마에 대한 힌트로 생각한다(throwaway는 경주마의 이름이다). 그런 사실을 모른 채 블룸은 디그넘의 장례식에 가기 전 목욕탕으로 향한다.

**논제**

호메로스와의 연관성—오디세우스와 그의 선원들이 물을 구하기 위해 로터스 먹는 종족의 섬을 방문한다—을 알면 이 장을 이해하는 데 도움이 된다. 오디세우스의 선발대 세 명이 친절한 그 섬의 거주자들을 만나고 그들은 선발대에게 연꽃 열매를 권한다. 그 열매는 사람들의 의식을 흐리게 하고 고향을 잊게 만든다. 선발대를 억지로 배에 태워 급히 출발함으로써 오디세우스는 다른 선원들이 그 병에 감염되는 것을 피한다.[10] 조이스의 작품에서 블룸의 생각과 경험은 여러 측면에서 로터스 먹는 종족을 연상시키며 오디세우스처럼 그는 곤경을 잘 처리하고 여행을 계속한다.

블룸이 상점 창문을 통해 차 광고를 보면서 동양의 나른한 이미지를 떠올리는 장면(5.29-34)에서부터 호메로스와의 연관성이 시작되며 이는 이후 우체국에서 영국의 군인 모집 포스터를 볼 때 군인들이 최면에 걸린 듯이 보이는 장면(5.65-74), 여물을 먹던 말들이 넋이 나간 듯 보이는 장면(5.213-220), 이 주제와 관련한 코믹한 장면의 하나로서 성

10 Lattimore (1967), pp. 139-40 (82-104행).

당에서 영성체를 받는 사람들이 인류학적 시각을 가진 블룸에게는 종교라는 아편의 희생자로 보인다는 점(5.340-368), 밴텀 라이언스는 도박에 빠져 있고 C. P. 매코이는 한 번 더 여행 가방을 빌릴 수 있을 것이라는 착각에 빠져 있다는 사실(5.149, 5.178-82) 등으로 이어진다.

「로터스 먹는 종족」은 자아가 어떻게 매혹적인 유혹에 굴복하는지를 보여주는, 희극적으로 묘사된 장면들로 가득하며 블룸 자신도 감각적인 유혹에 맞서 싸워야만 한다. 그는 속살을 볼 수 있을까 싶어서 길 건너편에서 마차에 오르는 여자를 관찰하면서 동시에 매코이와 대화를 이어가려 애쓴다.

블룸의 행로를 더블린 지도상에 정확히 표기하는 것이 가능한데—조이스가 인물들이 돌아다니는 장면들을 묘사할 때 행했을 법한 일이다—지형적인 측면과 관련해서 언급할 만한 사항이 있다. 그는 우체국까지 직선으로 난 길을 지나는 대신 빙 둘러서 돌아간다. 이는 그의 여정의 은밀한 성향과 일치하지만 동시에 로터스를 먹은 후의 나른함을 반영하는 것으로서, 이런 나른함은 술통에서 맥주가 흘러나오는 상상에서처럼 이 에피소드 전체에 스며들어 있다. "엄청난 뿌연 맥주의 홍수가 새어나와 한꺼번에 흐르며 평평한 땅에 온통 개펄을 이루며 굽이쳐 흘렀다. 널따란 잎사귀의 꽃처럼 생긴 거품과 함께 느릿느릿한 샘을 이루고 있는 액체의 소용돌이."(5.315-7) 이 문장은 블룸이 기찻길의 아치 아래에 서서 마사 클리퍼드가 보낸 편지의 봉투를 찢는 장면에 이어 등장한다. 그는 고액의 수표를 그런 식으로 찢어버릴 수 있을지, 술을 팔아서 얼마나 벌 수 있을지(이 장에 언급된 식물성 마약 목록에 아편, 담배, 귀리, 성찬식용 과자를 포함해서) 생각한다. 덜컹거리는 기차가 머리 위로 지나가자 객차에 맥주 통이 실려 있을 것이라는 생각이 떠올라 위의 문장이 등장한 것이다.

문제는 이것이다. 여기에 등장하는 목소리는 누구의 목소리인가? 바로 전의 문장("내가 배럴이라고 했나? 갤런이지. 어쨌든 약 100만 배럴이지")은 분명 블룸의 내적 독백의 일부이고 그다음의 문장("그는 만성절 성당의 열려 있는 뒷문에 다다랐다")은 마찬가지로 확실히 3인칭 서술이다. 이 객관적인 목소리가 문제의 문단("정거장으로 들어오는 기차가…")을 시작하고 있지만 땅 위를 흐르는 맥주의 이미지는 양쪽의 중간 어디쯤에 위치하는 듯하다. 인물의 마음속에서 생겨났을 가능성도 있지만 그 언어는 블룸의 언어가 아니며 거품이 만든 "널따란 잎사귀의 꽃"이라는 표현은 이 장 전체를 흐르는 꽃 모티프의 일부다.[11]

이 장에 나타난 호메로스와의 유사성이 특정한 주제, 즉 마약성 식물 로터스가 독자를 관습적인 서술과 소설 형식의 전통적 특성을 벗어나는 곳으로 이끌 정도로 확장되는 방식은 뒤로 갈수록 분명해질 『율리시스』의 특징—언어를 위한 언어라고 불릴 만한 것—을 미리 보여준다는 점에서 꽃의 이미지가 가진 중요성이 있다. 이는 사실 조이스의 입장에서도 상당히 오랜 시간을 들인 과정이다. 이 장이 처음 등장했던 때(1918년 7월, 『리틀 리뷰』)와 3년 후 최종적인 형태의 완전한 소설로 출간되었을 때를 비교하면 분명히 알 수 있다. 1920년부터 1921년 사이에 이 장을 개작하면서 조이스는 꽃의 모티프를 집중적으로 강조했는데, 예를 들어 블룸이 마사의 편지를 두 번째 읽는 장면을 묘사하면서 여러 가지 꽃 이름들을 흩뿌려두었다. 이런 언어학적 허세의 순간들—서술의 흐름을 방해하는 순간들—은 계속 이어지며 이로 인해 독자는 어쨌든 블룸의 성격에 더 몰입할 가능성이 있다. 그는 연극 〈리어〉(Leah)의 광고 포스터를 보면서 자신의 아버지를 생각하는데, 유대

11 이 장에서 하나 이상의 서술자의 목소리가 작동하고 있는 또 다른 예로는 Kenner (1978), p. 73-4를 참고하라.

인 이민자로서 그의 아버지가 겪었던 고난은 블룸의 기억을 지배하고 있다(5.194–209).

마지막으로 시간과 관련된 문제를 언급해야 할 것 같다. 블룸이 성당을 떠날 때 그는 10시 15분임을 알아차린다(5.462). 약국 방문과 밴텀 라이언스와의 만남을 고려해볼 때 그가 목욕탕에 들어간 것은 대략 10시 30분이다. 그는 장례식장으로 가는 마차를 타려면 오전 11시경에는 디그넘의 집에 도착해야 한다. 그런데 이 경우 전차로 10분이 걸리기 때문에 이 장의 마지막 문단이 묘사하는 그의 목욕은 그리 여유로울 수가 없다. 아마도 이 때문에 예상되었던 블룸의 마스터베이션(5.503–5)이 이루어지지 않는 것으로 보인다. 오디세우스처럼 우리의 주인공 블룸은 급히 로터스 먹는 종족의 섬을 떠나 여행을 계속해야 한다.

## 하데스

**시간**

오전 11시에서 낮 12시

**장소**

샌디마운트에서 도심을 지나 더블린 북쪽의 글래스네빈 공동묘지까지

**플롯**

더블린 남쪽 샌디마운트에 있는 디그넘의 집에서 블룸은 세 사람의 지인을 만나 함께 마차를 타고 반대편의 공동묘지로 향한다.

**논제**

이 장에서 호메로스와의 연관성, 즉 고국 소식을 듣기 위해 하데스의 지하세계로 향하는 오디세우스의 여정은 구조적인 면—장례를 치르기 위해 공동묘지를 방문하는 블룸—과 주제적인 면—죽음과 상실에 대한 생각이 장 전체에 스며들어 있다—모두에 적용되며, 이는 「하데스」의 에피소드를 좀 더 일관되고 집중된 장으로 만들어준다. 어떤 의미에서 이 장은 「프로테우스」와 평행을 이룬다. 물론 이번에는 블룸의 마음과 심정을 통해서 묘사되지만 「프로테우스」보다는 훨씬 더 쉽고 즐겁게 읽을 만하다.

블룸은 동료 더블린 사람들과 사회적 관계를 주고받는 상황에 처해 있지만 동등하게 받아들여지지 않으며 주변 인물로만 남는다(다른 사람들은 서로 이름을 부르는 사이이지만 블룸에게는 성만 부른다). 동료들의 반유대주의로 인해 불편함을 느끼는 블룸은 유대인인 루벤 J. 도드에 대한 우스꽝스러운 이야기(6.251–91)를 꺼내지 못한다. 상실에 대한 생각이 블룸의 의식에 스며들어 있지만—생후 수 주 만에 죽은 아들 루디와 아버지의 자살에 대한 말 못할 상처—장례식장으로 가는 마차 속의 동행인들에게는 알려지지 않는다. 블룸은 죽음의 영향을 받은 모든 이들에게로 자신의 동정심을 확대하지만 정작 그는 죽음에 영향을 받지 않고 죽음의 최종적 성격을 인정하면서 기독교 신학의 불합리한 면을 비웃는다. 그는 죽음과 육체의 소멸을 큰 두려움 없이 수용하며, 불굴의 오디세우스처럼 지하세계로부터 무사히 귀환한다. 공굴리기 놀이 때문에 원한을 가지고 있는 건방진 멘튼이 그에게 무례하게 굴어도 블룸의 활기찬 기분을 방해하지는 못한다.

소설 초반부의 6장에 도달한 만큼 지금까지 읽은 내용을 되짚어보는 것도 좋을 듯하다. 텍스트 내의 수많은 비유와 참조 사항들을 살펴볼 시간이 없었던 독자라면 그냥 지나친 세부 사항들이 상당히 많을 것이다. 그러나 그렇다고 해서 그것이 서술을 따라가거나 인물들을 구별하고 텍스트를 즐기는 데 큰 장애가 되는 것은 아니다. 스티븐의 지성은 부담스러울 정도이지만 그의 불안은 그렇지 않다. 멀리건과의 편치 않은 관계도 해소되지 않았다. 그는 12시 30분에 십 주점에서 만나기로 한 약속(1.733-4)을 지킬 것인가? 블룸의 행적이 본격적으로 진행되면서 독자와 인물 간의 상호 주관성의 정도도 증가하며, 그의 동정심, 호기심, 휴머니즘 그리고 아내 몰리와의 관계를 둘러싼 불확실한 관계는 그가 많은 독자들의 사랑을 받는 원인이 된다. 여섯 개의 장들에서 공통적으로 의식의 흐름 기법이 사용되며 이와 함께 서술을 이끄는 3인칭의 목소리가 존재한다. 그러나 여러 번 언급했듯이 언어가 이야기의 요구에서 벗어나 다양한 차원에서 언어 자체에 대한 관심을 요구하는 경우가 있다. 예를 들어 「칼립소」의 첫 페이지에서 고양이의 야옹 소리를 묘사하는 단어에 사용된 묵음의 'g'가 'gnaw'나 'gnome' 같은 단어를 연상시키는 경우, 「프로테우스」를 끝맺는 그 정교하게 이루어진 문장들, 「로터스 먹는 종족」에서 꽃의 언어를 암시하는 모티프 등이 대표적이다. 또한 시간상의 상호관계(「텔레마코스」와 「칼립소」에서 동시에 태양을 가리고 있는 구름)나 아버지를 찾는 텔레마코스 역할의 스티븐과 아들을 잃은 블룸이 운명적으로 만나게 될지도 모른다는 폭넓은 인식 등 에피소드들이 서로 연결되면서 의미가 생성되는 경우도 있다. 「하데스」에서 블룸이 마차 창문을 통해 샌디마운트를 걷고 있는 스티븐을 보는 장면이 등장한다. 두 사람의 여정은 여기에서 처음으로 만나게 되는데, 이는 「프로테우스」의 전반부에서 스티븐이 회상하는 꿈(3.365-9)이 블룸이 이후 스티븐에게 내미는 도움의 손길을 예감하게 하는 것일 수 있다는 구체적 가능성을 제공한다.

복잡 다양한 패턴과 주제들을 살피는 문학 비평가들에게 『율리시스』가 지닌 텍스트상의 풍요로움은 일종의 금광과 같다. 한 가지 예로 앞부분의 여섯 개 장과 관련해서 리처드 엘만의 주장을 살펴보자. 그는 조이스의 작품이 세 부분으로 구성된다고 보았으며 — 앞의 세 장이 스티븐과 관련되어 있고, 뒤의 세 장은 블룸과 관련되어 있음을 생각해보면 상당히 일리 있는 주장이다 — 역사를 신정 시대, 귀족 시대, 민주 시대로 나누어 진보적 방식으로 각 시대들이 반복된다는 사상을 피력한 잠바티스타 비코의 이론이 영향을 주었다고 언급하고 있다. 다음의 내용을 보자.

> 첫 번째 장은 미사로 시작해서 신부로 끝나며 블룸의 경험에 해당하는 네 번째 장은 조지 성당의 뾰족탑으로 시작해서 "하늘 높이" 울리는 그 성당의 종소리로 끝난다. 두 번째와 다섯 번째 장은 귀족정치 시대라는 주제에 대한 서로 다른 변주곡이다. 스티븐은 부잣집 아이들이 다니는 학교에서 가르치고 있고 군주와 왕자들에 대한 교장의 이야기를 듣는다. 한편 블룸은 마차에 오르려는 귀족풍의 여자를 훔쳐보며 영국계 아일랜드 성향의 트리니티칼리지와 킬데어가의 클럽에 대해 생각한다. 세 번째와 여섯 번째 장에서는 스티븐과 블룸 모두 좀 더 민주적인 시각을 보여준다. 스티븐은 "상신들은 다른 사람들의 주인이나 노예가 되지 않을 겁니다"라며 선의의 시각을 보여주고, 블룸은 죽음의 민주적 성격에서 적절한 비유를 발견한다. 이렇듯 비코식의 시각에서 볼 때 「프로테우스」의 마지막 장면에서 로사비아선(船)의 갑작스러운 출현은 변화, 회귀, 스티븐이 처한 상황의 재구성을 암시한다. 「하데스」의 마지막에서 블룸은 명계(冥界)의 암흑에서 나와 일종의 재생의 문을 지나는데 이는 일곱 번째 장의 시작 부분에 나오는 **출발**, **배달** 이미지를 통해 확실해진다.[12]

조이스가 비코의 이론을 알고 있었다는 것은 분명한 사실이다. 그러나 그가 의식적으로 위에 언급된 패턴에 따라 작품을 구성했는지, 위의 해석이 여섯 개 장을 이해하는 데 진정 통찰력을 제공해주는지는 불확실하다.

## 아이올로스

**시간**

낮 12시

**장소**

더블린 중심가, 『프리맨스 저널』과 『이브닝 텔레그래프』지의 사무실

**플롯**

알렉산더 키스라는 이름의 식료품상을 위해 광고를 따내는 일을 하는 블룸은 기존의 광고 도안을 얻어 편집장 나네티에게 가지고 간다. 편집장은 도안의 수정을 받아들이지만 3개월간 광고를 유지할 것을 요구한다. 블룸은 동의를 얻기 위해 키스에게 전화하고 사무실에서 사이먼 디댈러스, 네드 램버트, 맥휴 교수를 만난다. 실직한 법정 변호사 J. J. 오몰로이, 편집자 마일스 크로퍼드와 레너헌, 스포츠 신문 기자가 합류한다. 오래지 않아 램버트와 디댈러스가 술집으로 떠나고 전화를 한 후 블룸은 근처 경매소에 있는 키스를 만나러 떠난다. 스티븐 디댈러스가

12 Ellmann (1972), p. 53.

오매든 버크와 함께 아구창에 대한 디지의 편지를 가지고 도착한다. 연설에 대한 대화가 이어지고 다들 술집으로 향한다. 거리에서 블룸이 다시 나타나 새 광고를 2개월만 게재하는 것에 대해 편집장의 동의를 구한다.

**논제**

호메로스의 작품에서 오디세우스와 선원들이 아이올리아 섬을 방문하는 에피소드는 조이스에게 이 장을 수사학과 저널리즘의 광풍으로 가득하게 구성하도록 해주었다. 섬에서 아이올로스는 오디세우스에게 바람이 가득 들어 있는(그리스인들을 고국으로 돌려보낼 바람은 제외하고) 자루를 준다. 선원들은 거기에 황금이 들어 있을 것이라 생각해 자루를 열게 되고, 그 순간 거기에서 나온 바람이 그들을 섬으로 다시 돌려보낸다. 조이스는 바람을 비유적으로—과장되고 허세에 찬 말, 목소리는 크지만 의미는 없는 언어—사용하며 이 장에서 다양한 방식으로 이를 적용한다.

가장 눈에 띄는 것은 텍스트를 분리하고 있는 커다란 수사학적 제목들이다. 표제를 닮은 이 제목들은 1921년 조이스가 이 장을 개작할 때 덧붙인 것으로, 배경이 신문사인 만큼 적합해 보일 수도 있지만 갑작스럽고 방해가 되는 것도 사실이다. 전체적인 의도는 형식과 내용의 변덕스러운 과장에 있는 듯하다. 익명의 이 표제들은 단일한 의식에 의거한 것이 아니므로 작가의 목소리보다는 인쇄물을 연상시키며 평이한 것("간결하게 그러나 요령 있게")에서부터 문학적인 것과 대중적인 것을 재미있게 뒤섞은 것("소피스트는 헬레네의 높은 코를 납작하게 때린다. 스파르타 사람들은 어금니를 간다. 이타카 사람들은 펜을 대표자로 뽑는다")까지 매우 다양하다. 표제들은 갈수록 사소해지면서 그전의 표제들이 가졌던 정치적 날카로움("왕관을 쓴 자")을 잃어버려 마치 의미 있는 언어 사용의 감소를 보여주거나 단순히 희극성을 즐기고 있는 듯하다.

눈에는 덜 띄지만 글쓰기가 자의적으로 스스로를 드러내는 모습은 1918년 10월 『리틀 리뷰』에 처음 이 장이 발표되었을 때 사용되었던 수사학적 비유에서도 발견되는데, 조이스는 3년 후 최종 수정 단계에서 이 기법을 상당 부분 보충했다. 이 수사학적 기법의 대부분은 독자의 눈에는 잘 보이지 않지만 "신문사의 신사들"의 첫 문장처럼 확연히 드러나는 경우도 있다.[13] 문제의 이 문장은 원래 반복이라는 수사학적 기법의 직접적인 예로 두 번이나 등장했지만 1921년에 조이스는 이 효과를 교차대구법이라는 좀 더 세련된 형태로 통합시켰다. "터벅터벅 소리 나는 커다란 신발을 신은 짐마차꾼들이 프린스의 창밖으로 술통을 굴려 귀에 거슬리게 꽝꽝 울리면서 양조장의 짐수레 위에 꽝꽝 부딪쳐 소리 나게 실었다. 터벅터벅 소리 나는 커다란 신발을 신은 짐마차꾼들에 의해서 프린스의 창밖으로 굴려진 귀에 거슬리게 꽝꽝 소리 나는 술통들이 양조장의 짐수레 위에 꽝꽝 소리 내며 실렸다."(7.21-24) 문장의 구조가 그대로 드러나고 스스로 유희를 즐기고 있는데, 이 부분이 언어가 작용하는 방식과 관련해서 이 장이 보여주고자 하는 사항의 일부임을 이해하기 위해서 독서 중에 이것이 교차대구법의 예라는 것을 알아야 할 필요는 없다. 블룸이 키스 광고의 효율성에 관심을 가지듯이 신문사 사무실의 인물들은 좋은 연설과 좋은 저널리즘의 조건이 무엇인지 토론한다. 이 장은 전체적으로 인물들의 내적 사고보다는 언어가 어떻게 작동하는지에 더 관심을 가지고 있는 듯하다. J. J.

13 Gilbert (1969), pp. 172-6에 그 목록이 나와 있다.

오몰로이의 담배에 누군가 불을 붙여주는 장면에서 그 흥미로운 예를 발견할 수 있다. "저 미묘한 순간을 되새겨보건대, 우리 두 사람의 그 이후의 전체 인생 과정을 결정지었던 것은 그 자체에 있어서 극히 사소한 저 조그만 행위, 저렇게 성냥을 켜는 행위에 지나지 않는다는 것을 나는 그 후로 종종 생각해왔었다."(7.763-5)[14] 이것이 스티븐의 생각이든 아니든 상관없이—분명하지도 않고 그런 의도인 것 같지도 않다—여기에는 19세기 소설에 나타난 관습적인 텍스트상의 멜로드라마를 대상으로 한 장난이 드러나 있으며, 따라서 사람들은 고의적으로 대충 끼워 넣은 "that"의 반복이 그런 점잖은 조롱의 일부가 아닐까 의심하게 된다. 그 언급은 『율리시스』의 플롯과도 상관이 없다—성냥불이 스티븐의 삶에 영향을 끼치지는 않는다. 그러나 또 다른 소설의 관습 속에서는 수사학적 효과를 가질 수 있으며 이런 의미에서 조이스가 언어의 설득적 특성을 살리고자 했던 이 장에서 그 중요성을 가질 수 있는 것이다.

독자들은 이 장의 스타일과 다각적인 암시들의 공격을 받으면서 마치 서로 다른 방향으로 바람에 흩날리듯 오고 가는 수많은 인물들의 서술을 힘겹게 따라가야 하지만 아마도 블룸만큼 힘든 상황은 아닐 것이다. 오디세우스처럼 그는 자신의 목적을 방해하는 역경들과 싸워야 한다. 첫째로 나네티는 광고를 3개월 동안 유지하라고 요구한다. 키스를 만나서 그의 동의를 얻어야 하고, 전화를 했지만 편집자와 통화를 하지 못한다. 블룸이 신문사로 돌아왔을 때 크로퍼드는 최종적으로 거절을 하고, 그는 술집으로 향하는 크로퍼드를 잡아야 한다.

---

14 원문은 다음과 같다. "I have often thought since on looking back over that strange time that it was small act, triial in itself, that striking of that match, that determined the whole aftercourse of both our lives."(옮긴이)

이 장 안에 바람이 불고 있다면 그 바람은 실패의 바람이고 마비로 이끄는 유혹의 언어다. 신문사 사무실에 모인 사람들은 한때 잘나갔지만 이제는 한물간 사람들로서 아일랜드의 가톨릭 지식인들이다. 파넬의 지도력을 기대했었지만 그의 몰락과 함께 실패의 쓰라림을 느껴야 했던 세대이기도 하다. 넬슨 기념탑(더블린 중심가에 있는 영국 해군 제독의 기념비)에 올라간 늙은 여인들에 대한 스티븐의 이야기는 바로 이런 역사적 문맥에서 의미를 가진다.[15] 그 비전은 한편으로 약속의 땅을 내려다보던 모세의 비전에 대한 아이러니한 응답이다. 이집트 통치하에 있는 모세와 유대인들의 고난은 존 F. 테일러의 연설에 대한 대화에서 등장하며, 맥휴 교수가 떠올리는 그 연설(7.823-70)은 테일러의 웅변에 대한 찬사이자 말의 힘에 대한 경고다. 모세는 유대인의 복종을 요구하는 이집트 군주들의 수사와 달변에 귀를 닫았는데 일찍이 맥휴의 경고—"우리는 말에 의해서나, 말의 음에 의해서 속아 넘어가서는 안 됩니다. 우리는 로마를 제국적이고, 고압적이고, 명령적인 것으로 생각하고 있어요."(7.483-5)—는 그리스의 정신적·언어적 우월성(아일랜드의 우월성을 암시한다)이 로마의 물리적 힘에 도전받았을 때(영국의 아일랜드 정복) 절망적일 정도로 무기력했다는 그의 주장(7.489-95, 561-70)과 맥락을 같이한다. 크로퍼드는 역사와 관련해서는 유감스러울 정도로 부정확하지만 자신이 "불 속의 살덩이이고 우리는 지옥에서 눈 뭉치가 될 기회를 여태껏 갖지 못하고 있소"(7.481-2)라고 말하면서 실패를 인정하고 있다.

이 장에서 가끔 보이는 멋진 말들과 달변은 별로 문제될 것이 없지

---

15 그 의미가 불명확하기 때문에 스티븐의 비유에 대해서는 다양한 해석이 가능하겠지만 단호할 정도로 비수사학적인 스타일은 실망과 실패를 말해주며 맥휴는 그 비유에 관심을 가지면서 그것이 표현하는 이루지 못한 느낌을 인식한다(7.1035-7, 1061).

만, 정치적 힘에 대항하는 유일한 무기로는 전혀 성공적이지 못하다. 만약 언어의 힘이 그 자체를 즐기기 위한 것이고, 신문사 사무실에서 지나간 일이나 일화나 교환하는 추억의 방식으로나 즐기는 것이라면 그들의 분별력도 그들이 비웃고 있는 댄 도슨의 거품 가득한 헛소리(7.239-330)보다 나을 것이 없다. 1907년 트리에스테에서 조이스는 이와 크게 다르지 않은 시각을 보여주면서 아일랜드의 문화사에 대한 강의를 끝맺는다. 그는 아일랜드인이 "고대 그리스 이래로 가장 뛰어난 이야기꾼"이라는 오스카 와일드의 말에 동의한다는 듯이 인용하고는 곧바로 다음과 같이 덧붙였다. "그러나 아일랜드인들이 달변가이기는 하지만 혁명은 말로 이루어지지 않습니다."[16]

혁명은 일하는 사람들에 의해 이루어진다. 그리고 「아이올로스」 장의 특징 중 하나는 노동의 세계를 집중적으로 보여준다는 데 있다. 신문사 사무실에 모인 사람들이 연설과 저널리즘에 대해 큰 소리로 떠들어대다가 결국 술집으로 향하는 반면 『프리맨스 저널』의 인쇄공들은 신문 제작에 여념이 없다. 조이스는 기계 소리, 활자 세팅 소리 등을 꼼꼼하게 기록한다. 문이 삐거덕거리고 가위를 휘두르며 소년이 신문을 들고 들어오고, "기계들이 4분의 3 박자로 쩔꺽거렸다. 쿵, 쿵, 쿵"(7.101), "쉴트"(7.174), 포장지가 바닥에 떨어지고, 최종 원고를 살펴보고, 활자들이 거꾸로 조판되고 있으며, 신문 배달 소년들이 신문을 기다린다. 길거리에서는 다른 노동자들이 소음의 향연에 참여한다. 전차의 목적지를 알리는 소리, 구두닦이들의 외침, 우편배달부는 편지 자루를 내던지고, 양조장 마차꾼은 흑맥주 통을 나른다. 블룸도 일을 하고 있다. 따라서 독자 또한 수많은 보조 인물들이 오가는 이 장을 따라가

16 Joyce (2000b), p. 126.

야 하고, 그들이 하는 말의 특정한 역사적 본질을 이해하려면 열심히 일해야 할 것이다.

## 레스트리고니아 사람들

**시간**

오후 1시에서 오후 2시까지

**장소**

더블린 중심가: 블룸은 색빌 거리(오코넬 거리)를 걸어 내려가 오코넬 다리를 건너 웨스트모어랜드 거리를 지나 트리니티칼리지를 지나서 그래프턴 거리와 듀크 거리로 걸어간다. 도슨 거리를 가로질러 몰리스워스 거리와 킬데어 거리로 들어선다.

**플롯**

오코넬 다리로 향하던 블룸은 부흥회를 알리는 전단지를 받는다. 그는 스티븐 디댈러스의 여동생을 목격하고, 다리를 건너다가 갈매기에게 케이크 조각을 던져준다. 그는 오랜 친구인 브린 부인을 만나는데, 그녀의 남편은 익명의 카드를 받은 후 법적 절차를 밟는 중이며, 브린 부인으로부터 지인인 퓨어포이 부인이 병원에 있다는 얘기를 듣게 된다. 그는 버튼 식당으로 향하지만 게걸스럽게 점심을 먹고 있는 사람들을 보고는 근처의 데이비 번 주점에서 식사를 한다. 블룸의 지인인 노지 블린이 그곳에 있었고 블룸이 화장실에 간 사이에 패디 레너드, 톰 로슈포드, 밴텀 라이언스가 들어온다. 블룸은 그곳을 떠나 키스 광고를 모으려 국립도서관으로 걸어가다가 맹인 청년이 길을 건너는 것을 도와준다. 블레이지스 보일런이 다가오는 것을 보고 그는 방향을 바꾸어 국립박물관 문을 지나간다.

**논제**

리나티 도식에 따르면 이 장의 기법은 "내장 연동"이다. "내장 연동"은 소화기관이 규칙적으로 수축하며 음식을 소화시키는 과정을 일컫는 생리학 용어이며, 이 장의 "기관"은 식도이다. 조이스는 이를 문학적으로 변용하여 글쓰기에 적용시켰고, 따라서 이 장은 자신의 소설이 "인간 육체의 서사시"(34쪽 참조)라는 조이스의 주장을 인상적일 정도로 재미있게 미학적으로 구현하고 있다. 그러나 이런 글쓰기는 지극히 꼼꼼하고 손이 많이 갈 수밖에 없었고, 이런 의미에서 버전의 그 유명한 두 문장 이야기도 과장이라고만 할 수는 없을 것이다.

> "오늘 하루 종일 그 부분을 열심히 썼습니다." 조이스가 말했다.
> "상당히 많이 쓴 모양이군요." 내가 말했다.
> "두 문장입니다." 조이스가 말했다. (…)
> "전에도 말했지만", 조이스가 말했다. "내 책은 현대의 『오디세이아』입니다. 작품의 각 에피소드들이 율리시스의 모험들에 대응합니다. 나는 지금 「레스트리고니아 사람들」 에피소드를 쓰고 있는데 율리시스가 식인종을 만나는 모험에 해당합니다. 여기에서는 주인공이 점심을 먹으러 가는 중입니다. 『오디세이아』에는 유혹의 모티프가 있는데 바로 식인종 왕의 딸입니다. 내 책에서는 상점 창문에 걸린 여성의 비단 속옷이 등장하지요. 주인공에 대한 유혹의 효과를 나는 이렇게 표현했습니다. '포옹의 향기가 그의 온몸을 공격했다. 이름 없는 굶주린 육체로, 그는 묵묵히 사랑을 갈망했다.' 그것이 얼마

나 다양한 방식으로 배열될 수 있는지 당신이 직접 볼 수 있을 겁니다."[17]

어디에나 음식과 소화의 이미지가 가득하고 또 다양하지만 과한 경우는 찾아볼 수 없다. 음식과 소화는 때로 심리적 차원에서도 작용한다. 예를 들어 블룸은 정기적으로 몰리와의 즐거웠던 기억을 만끽하고 또 어떤 때에는 찬탈자 보일런이 곧 자신의 집으로 갈 것이라는 생각을 떨쳐버리기도 한다. 블룸이 레몬 상점을 지나가는 첫 문단에서 음식은 가톨릭교회와 영국의 존재를 부각시킨다. 크리스천 브라더스 스쿨의 학생이 크림을 살 때 블룸은 상점에 걸린 영국 왕실의 제휴업체라는 광고를 보게 된다. 복음주의자의 전단지는 블룸에게 어떻게 종교가 순교와 피의 희생을 먹고사는지(도위와 토리, 알렉산더는 당시 부흥 운동가들의 이름이다)를 떠올리게 한다. 또 열다섯 명의 자식을 가진 가족의 일원으로서 스티븐의 여윈 여동생을 보자, 그는 그녀의 고충을 여성에 대한 가톨릭교회의 태도라는 문맥에서 바라본다.

이 장의 내장 연동식 리듬은 길을 걷는 동안 블룸의 위장의 변화 상태, 그리고 그와 관련된 그의 생리적 상황—이는 그의 생각과 감정에도 영향을 미친다—의 변화를 따라 이루어진다. 처음에는 그도 배가 고프지 않았기 때문에 음식을 필요로 하는 다른 사람들의 경우만을 생각한다. 영국 제국주의자 조지프 체임벌린이 트리니티칼리지에서 명예학위를 받게 되면서 발생한 시위 때에 경찰에게 쫓겨 위기에 처할 뻔했던 일을 생각(8.419-40) 하면서도 그는 낙천적이다. 그러나 우울감이 그를 사로잡고—"나는 억지로 먹여져 토할 것 같은 기분이야."(8.495)—이는 존 호워드 파넬을 보기 전까지 세상에 대한 그의 관

17 Budgen (1972), p. 20.

점에도 영향을 미친다. 죽은 형제 찰스 스튜어트를 묘하게 닮은 호워드 파넬의 슬픈 표정에 블룸은 위트 있는 진단을 내린다. "썩은 달걀을 먹은 모양이군. 유령에게 달린 데쳐놓은 눈."(8.508) 블룸은 시인 A. E. 러셀이 어느 여자에게 이야기하는 것을 쳐다보다가 다시 음식을 보게 되자 그의 관찰 내용도 달라진다(8.533-50). 이어서 그는 몰리와의 관계에 대해 잠시 혼란스러운 감정을 느낀 후 브라운 토머스 상점의 유리창을 보며 몰리에게 무언가를 사주려 생각하지만 곧바로 보일런이 방문할 것을 떠올린다(8.620-33). 그가 버튼 식당에 도착할 즈음에 그의 텅 빈 위가 육체적 욕구를 심화시킨다. 식당의 모습에 대해 그가 느끼는 역겨움은 매우 강력한 표현들로 이루어져 있는데(8.650-93) 음식 섭취를 묘사하는 어휘들—"쭉 들이켜고 걸신들린 듯 씹으면서 (…) 꿀꺼덕거리고 (…) 침을 뱉으며 (…) 급히 집어삼키면서"—과 "젖은 콧수염을 훔치고 (…) 술꾼의 눈 (…) 맥주 같은 오줌" 등의 남성적 육체성에 대한 묘사는 독자에게도 역겨움을 불러일으킬 만하다.

오디세우스는 배를 섬에 정박시키지 않았던 덕택에 식인종으로부터 도망칠 수 있었다. 블룸은 식당에서 도망쳐 데이비 번 주점에서 쉴 곳을 찾으며 그곳에서 치즈샌드위치와 와인 한 잔으로 소박한 점심을 즐긴다. 즐겁고 감각적인 산문(8.897-916)에 나타나 있듯이, 내장 연동은 신체의 균형을 바로잡아주었고, 그는 호스 언덕에서 보낸 몰리와의 시간을 추억하며 여유를 즐긴다. 주점을 나선 후 보일런이 다가오는 것을 보고 마음의 동요를 느끼자 산문 또한 동요하기 시작하고, 블룸은 다른 것들을 찾는 척하면서(8.1188-93) 급히 발길을 재촉한다.

## 스킬라와 카립디스

**시간**

오후 2시

**장소**

국립도서관의 어느 사무실

**플롯**

스티븐은 시인 A. E.(조지 러셀), 도서관장 리스터, 도서관 보조원, 수필가 이글링턴, 부관장 베스트와 함께 있다. 스티븐은 자신의 셰익스피어론을 펴기 시작하고, A. E.는 약속 때문에 일찍 떠난다. 앞에서 스티븐이 주점에서 만나자고 보낸 전보를 받고 멀리건이 나타나 합류한다. 키스 상점의 광고 디자인이 실린 지난해 신문을 찾기 위해 블룸이 도서관에 나타난다. 스티븐과 멀리건이 도서관을 떠나려 할 때 블룸이 그들 사이를 지나간다.

**논제**

이 장에서 호메로스와의 연관성은 여섯 개의 머리를 가진 괴물 스킬라와 소용돌이인 카립디스 사이를 위태롭게 항해하는 율리시스의 모습으로 나타난다. 위험한 지역을 헤치고 나아간다는 주제는 분명해 보이지만 언뜻 보아서는 이러한 모티프가 어떻게 이 장의 구조나 내용을 구성하는지 이해하기 어렵다. 분명하게 알 수 있는 연관성은 거의 마지막에 이르러 스티븐이 도서관을 나서려다 뒤에 누군가가 있는 것을 느끼고는 그가 지나가도록 동료인 멀리건에게서 떨어지는 장면에서 비로소 등장하는 것 같다. 그 사람은 바로 블룸이다. 국립박물관에서 그를 본 적이 있기에 멀리건은 간단히 인사말을 건네지만 스티븐과 블룸의 만남은 아무런 언급 없이 지나간다. 그러나 이 장면은 분명 의미를 함축하고 있다. 블룸이 초래한 스티븐과 멀리건 사이의 공간은 「텔레마코스」에서 처음 등장했던 멀리건과의 결별을 암시하기 때문이다. 스티븐은 생각한다. "헤어지자. 때는 지금이다. 그럼 어디로?"(9.1199)

도서관을 나서면서 두 젊은이 사이를 지나가는 블룸을 율리시스의 모습으로 본다고 하더라도 그가 어떤 위험을 피해가고 있는지는 불확실하다. 게다가 이 장에서 블룸은 거의 등장하지 않으며, 등장하더라도 잠깐에 불과하다. 이 장에서 중심적으로 다루어지고 있는 것은 셰익스피어에 대한 해석 문제이며 이는 스티븐과 그의 문학 동료들 간의 대립의 장이 된다. 이 문학 토론에서 스킬라와 카립디스의 의미를 찾아내기란 쉽지 않은 만큼 독자는 이 장에서 단 한 가지의 핵심적 대립구조보다는 다양한 적대적 구조들에 주목하는 것이 호메로스와의 연관성을 이해하는 데에 더 도움이 될 것이다. 예를 들어 젊은 예술가 스티븐의 혼란스러운 의식을 중심으로 부성(父性)과 개인의 정체성 문제를 살펴볼 수도 있을 것이다. 빌렸다가 갚지 않은 돈을 생각하면서 그는 라캉식의 주체로서 상상적이고 불변하는 자아 주체성을 확립하려 애쓴다.

> 가만있자. 5개월. 세포는 온통 변하고 있다. 나는 지금 다른 나다.
>
> 파운드를 빚진 것은 다른 나다.
>
> 음. 음.
>
> 그러나 나, 완전한 원형, 형상들 중의 형상, 영원히 변하는 여러 형상들 밑에 있기 때문에 기억에 의해 존재하는 나다.
>
> 죄를 범하고 기도하며 단식하던 나.

콘미가 회초리에서 구해준 아이.
나, 나와 나. 나. (9.205-12)

우연의 가능성을 금지하는 극작가의 고정된 정체성을 주장하는 스티븐의 셰익스피어 이론은 바로 이런 필요성과 맥을 같이하는 것으로 볼 수 있으며, 스티븐은 단지 웃음(9.1016)을 통해서만 아버지를 찾는 노고에서 그 자신을 해방시킨다. 셰익스피어는 "말로써 세계를 재단하는 통제하는 주체가 아니라 인물에서 인물로 옮겨가며 구현되는 덧없는 주체가 된다."[18] 비평가들이 이 장에서 무슨 일이 벌어지고 있는지에 대해 서로 다른 설명들을 찾아 헤맸지만 좀 더 설득력 있는 분석은 조이스가 보여주고 있는 문화적·정치적 상황과 관련된 것들이다. 따라서 A. E.의 아일랜드 시선(詩選)에서 제외된 것에 대한 스티븐의 완고한 반응, "이것을 보라, 기억하라"(9.294)라는 말은 자신의 정체성을 찾을 기회를 놓친 것을 암시한다기보다는 아일랜드 문예부흥에 대한 적대적 반응으로 이해하는 것이 더 낫다.

이 장의 중심 문제인 토론 내용으로 돌아가 보자. 여기에서 독자의 역할은 셰익스피어 이론을 전개하는 스티븐의 박식함을 계속해서 따라가는 것이다. 빈번하게 등장하는 문학적 인유들, 특히 셰익스피어와 관련된 것들이 상당한 어려움을 야기하며, 그것들을 모두 완벽히 이해하려면 읽는 속도는 달팽이 걸음이 될 수밖에 없다. 그러나 다행히도 논쟁을 따라가는 데 꼭 완벽한 이해가 필요한 것은 아니다. A. E.가 스티븐은 초대받지 못했던 그 저녁 시간의 문학 모임에 참석하기 위해 떠나는 장면에 등장하는 짧은 대화들(9.269-344)에서 볼 수 있듯이, 스티

---

18 MacCabe (1979), p. 121.

븐의 셰익스피어 이론은 여러 가지 이유로 중단되곤 한다. 인물들이 계속해서 오가는 가운데 스티븐의 이야기를 끝까지 듣는 사람은 이글링턴뿐이다. “A. E. I. O. U.”로 끝나는 장난스러운 결론(9.192-213) 전에, 셰익스피어의 언어로 표현되었고 앞 장들(그리고 『젊은 예술가의 초상』에서)의 장면들을 떠올리는 자기 질문으로 이어지는 내용, 즉 A. E.가 스티븐에게 돈을 빌려준 사실을 회상하는 장면처럼, 스티븐 자신의 대화에 간간이 흩뿌려지는 그의 내적 의식의 순간들이 있다. 연극 형식으로 이루어진 부분(9.893-933)에서는 화자의 목소리가 완전히 사라지고 연극 극본처럼 화자의 이름이 등장하는데, 그중 ‘매기린존’은 실제 인물인 부도서관장 윌리엄 매기와 존 이글링턴을 합친 것으로 줄리엣이 로미오에게 묻는 말, “이름이 무슨 상관인가요?”라는 그의 말은 또 다른 농담거리가 된다.

셰익스피어 이론들 중 하나(9.130-5)로, 스티븐은 『햄릿』의 마지막 장면의 시체를 세는 장면(“아홉 개의 생명이 그의 아비의 단 하나의 생명 때문에 스러지고 말았지”)에서 보어전쟁 시절에 세워진 포로수용소를 떠올리며 이를 다시 영국 제국주의의 폭력성(“카키복의 햄릿 같은 자들이라면 총 쏘기를 주저하지 않지”)으로 연결시킨다. 이어서 그는 셰익스피어를 무대에 올리기 전(9.164-73), 17세기의 한 장면—“드레이크 제독과 같이 항해한 수부(水夫)들이 땅바닥의 구경꾼들 사이에서 소시지를 씹고 있어요”—을 묘사하면서 셰익스피어를 고뇌하는 젊은 햄릿이 아니라 죽은 아들 햄넷(열한 살에 죽은 셰익스피어의 아들)을 부르는 노왕(老王)의 유령으로 등장시킨다. 따라서 만약 셰익스피어가 죽은 왕의 유령과 동일시된다면 앤 해서웨이는 부정한 왕비가 된다. 셰익스피어를 향한 그녀의 유혹과 그녀의 부정으로 인한 결혼생활의 파멸은 셰익스피어의 글쓰기에 심각한 정신적 영향을 미쳤고(9.454-64),

그들의 화해는 손녀딸이 태어남으로써 비로소 가능했다(9.421-35).

스티븐은 셰익스피어의 삶과 그의 작품 간의 연관성을 다른 작품들에까지 확장해 셰익스피어 숭배론을 날카롭게 폭로한다(9.741-60). 『베니스의 상인』은 당대의 반유대주의를 이용했고, 사극(史劇)들은 뻔뻔할 정도로 수구적이며, 『템페스트』—캘리번을 아일랜드의 연극무대에 등장하는 인종차별주의자의 전형("팻시 캘리번")과 유관하도록 묘사—는 식민주의자의 성향과 결탁하고 있다. 스티븐은 이어서 『햄릿』으로 돌아온다. 앤 해서웨이는 시동생들인 에드먼드, 리처드와 부정을 저지름으로써 결혼생활을 망쳤고(9.983-92), 그로 인한 그녀 남편의 고통이 그의 전 작품에 반영되어 있다(9.997-1015). 그는 자신의 인생경험을 정신분석학적으로 우리 모두 잘 알고 있는 방식으로 극화한다. "우리는 강도, 거인, 늙은이, 젊은이, 아내, 과부, 사랑하는 형제들과 만나면서, 우리들 자신을 통과하며 걸어가는 거요. 그러나 언제나 결국에 가서 만나는 것은 우리 자신이지."(9.1044-6)

친영파 아일랜드 지식인들은 스티븐의 이론을 경청하지만 셰익스피어에 대한 그들의 순화되고 탈역사화된 시각은 스티븐의 시각과는 정반대다. A. E.에게 그것은 원리의 문제—"예술은 우리에게 사상을, 무형의 정신적 본질을 계시해주지 않으면 안 되는 거야"(9.48-49)—이며, 베스트는 작품을 감상할 때 예술가의 전기(傳記)를 고려하는 것은 매우 불합리하다는 점에서 A. E.의 의견에 동의한다. 리스터는 셰익스피어를 스티븐의 설명에 등장하는, 성적으로 상처 입은 인물이 아니라 "아름답고 무능력한 몽상가"(9.9-10)로 보고 있다. 스티븐(그리고 조이스)의 시각에는 친영파의 문화정책, 엘리트주의와 아일랜드 문예부흥의 비현실적인 미학, 그리고 셰익스피어의 순수한 영국적 본질을 강조하는 시각을 그대로 수용하는 그들의 태도에 대한 반감이 흐르고 있다.[19] 이러한 사실은 한편으로 셰익스피어에 대한 우상화를 폭로하는 모습에 드러난 스티븐의 공격적 태도를 설명하는 데 도움이 되지만 셰익스피어 언어의 풍요로움과 서정성을 축복하는 스티븐의 다원주의적 설명 너머에는 상당히 긍정적인 면도 찾아볼 수 있다. 셰익스피어 원문의 단어, 문구, 문장을 흉내 내고 다시 쓰는 경우를 포함해서 셰익스피어의 작품들에 대한 조이스의 광범위한 언급은 텍스트의 차원에서 가장 인상적이며, 비록 영국 문화의 자국주의 성향을 공격하고 있지만 그가 셰익스피어의 언어를 즐기고 있다는 사실은 누구도 부정할 수 없다.

## 떠도는 바위들

**시간**

오후 3시

**장소**

더블린 거리

**플롯**

이 장은 모두 19개의 짧은 장면들로 이루어져 있으며, 대체로 같은 시각에 다른 장소에서 발생하는 다른 사건들을 언급하는 내용이 삽입되어 있다. 다음은 각각의 장면들과 삽입된 장면을 요약한 것이다.

장면 1(10.1-205): 예수회 성직자 존 콘미 신부가 고(故) 패트릭 디

19 Gibson (2005), pp. 60-80; Platt (1998), pp. 73-86.

그님의 장자에게 일자리를 알아봐 주려고 아르테인에 있는 어느 학교로 향하고 있다. 전차를 타기 전 그는 거리에서 데이비드 쉬히 MP의 부인과 전당포 업자 맥기네스 부인을 만난다. 전철에서 내려 맬러하이드가를 따라 걸으면서 그는 옛 생각에 잠겨 그가 쓰고자 했던 책, 남동생과의 불륜을 의심한 남편 때문에 영지에 감금되었던 벨비디어 백작부인에 대해 생각한다.

삽입 장면(10.56-60)은 무용 선생인 데니스 J. 매기니 씨가 거리에서 맥스웰 부인을 지나치는 모습을 보여준다.

장면 2(10.207-26): 장의사 밑에서 일하는 코니 켈러허가 상점 밖에서 있고, 경찰 57C가 지나가다가 전날 저녁에 있었던 괴상한 일을 언급한다.

두 개의 삽입 장면(10.213-4, 10.222-3)이 등장하여 콘미 신부가 전철을 타는 장면과 에클스가의 어느 창문에서 (몰리 블룸이) 동전을 던지는 장면을 보여준다.

장면 3(10.228-56): 외다리 수병(水兵)이 에클스 7번가(블룸의 집)의 창문에서 던져진 동전을 줍는다.

삽입 장면(10.236-7)은 J. J. 오몰로이와 램버트 씨(장면 8 참조)에 대해 언급한다.

장면 4(10.259-97): 스티븐의 여동생들인 케이티와 부디가 맥기네스 부인에게 책을 저당 잡히려다 실패한 후 집으로 돌아간다. 그들의 큰언니 매기는 그들에게 또 다른 여동생 딜리가 아버지(장면 11 참조)를 만나러 갔다고 말한다.

삽입 장면은 콘미 신부(10.264-5), 딜리가 아버지를 만나게 될 경매장의 벨소리(10.281-2), 부흥회 전단지(10.294-7)(「레스트리고니아 사람들」에서 블룸이 오코넬 다리에서 던진 것일 가능성이 높다)가 리피강을 따라 떠내려가는 모습(장면 13에서도 언급된다)을 보여준다.

장면 5(10.299-336): 블레이지스 보일런이 상점에서 과일 바구니 배달을 부탁한다.

삽입 장면(10.315-6)은 이름이 언급되지 않지만 블룸으로 추측되는 인물이 길거리 행상인의 매대에서 책을 보고 있음을 보여준다.

장면 6(10.338-66): 스티븐이 이탈리아인 음악 교사인 알마다노 아르티포니와 대화한다. 아르티포니는 스티븐에게 그의 아름다운 목소리를 포기하지 말라고 말한다.

장면 7(10.368-96): 블레이지스 보일런의 사무실에서 비서인 던 양이 자신의 고용주와 통화한다. 독자들은 이 부분에서 처음으로 오늘 날짜가 1904년 6월 16일임을 알게 된다.

한 문장으로 된 삽입 장면이 두 개 등장한다. 첫 번째(10.373-4)는 톰 로슈퍼드가 자신이 발명한 기계장치(장면 9 참조)의 움직임을 묘사하고, 두 번째는 헬리의 문방구를 광고하는 샌드위치 보드맨을 언급한다(10.377-9).

장면 8(10.398-463): 종자 상인 네드 램버트(「아이올로스」 장에서 사이먼 디댈러스와 함께 있던)가 10세기 성 마리아 사원의 오래된 회의장이었던 종자 상점에서 아일랜드 교회의 사제인 휴 C. 러브와 이야기하고 있다. 그들은 J. J. 오몰로이(「아이올로스」 장에서 마지막으로 등장)와 만난다.

첫 번째 삽입 장면(10.425)은 존 호워드 파넬(장면 16 참조)을, 두 번째(10.440-1)는 장면 1에서 콘미 신부가 보았던 여성(10.201-2)을 언급한다.

장면 9(10.465-583): 톰 로슈퍼드(「레스트리고니아 사람들」의 술집 장면에서 등장한다)가 자신이 고안한 발명품, 극장에서 현재 상연 중인 공연의 순서를 알려주는 장치를 레너헌(「아이올로스」 장에 등장하는 스포츠 신문 기자), 매코이(「로터스 먹는 종족」 장에서 블룸과 만남), 노지 플린(「레스트리고니아 사람들」의 술집에서 등장)에게 보여주고 있다. 레너헌은 오몬드 호텔에서 음악회 프로모터인 블레이지스 보일런을 만나게 되면 그에게 언급해보겠다고 말한다. 레너헌과 매코이는 로슈퍼드가 하수에서 사람을 구한 영웅적 행위를 언급하며 떠나다가 블룸이 행상인의 매대에서 책을 고르는 모습을 본다.

첫 번째 삽입 장면(10.470-5)은 법원 외부의 관계자들을 언급하고, 두 번째(10.515-6)는 총독의 마차 행렬(장면 19 참조)을, 세 번째(10.534-5)는 고 패트릭 디그넘의 아들(장면 18 참조)을, 마지막(10.542-3)은 몰리 블룸이 그녀의 집 창문 뒤쪽에 방을 세 놓는다는 쪽지를 붙이고 있음을 보여준다(장면 3 참조).

장면 10(10.585-641): 블룸이 몰리에게 줄 책을 고르고 있다(「칼립소」 장에 몰리가 책을 사달라고 부탁하는 장면이 나온다).

두 개의 삽입 장면(10.599-600, 10.625-31)이 각각 매기니 씨(장면 1 참조)와 법률가들 중 한 명(장면 9 참조)을 언급한다.

장면 11(10.643-716): 스티븐의 여동생 딜리 디댈러스가 딜런의 경매소 밖에서 아버지를 만난다. 그녀가 돈을 달라고 하자 아버지는 내키지 않은 듯 몇 푼을 건네준다.

트리니티칼리지의 스포츠 경기(10.651-3)가 첫 번째 삽입 장면의 주제다. 두 번째(10.673-4)는 톰 커넌(장면 12 참조), 세 번째(10.709-10)는 총독의 행렬(장면 19 참조)을 보여준다.

장면 12(10.718-98): 차 상인 톰 커넌은 자신이 따낸 주문에 만족하지만 총독의 행렬을 보지 못했다는 것을 깨닫고 실망한다.

첫 번째(10.740-1)는 사이먼 디댈러스가 카울리 신부(장면 14 참조)

를 만나는 장면을 언급하고, 두 번째(10.752-4)는 전단지(장면 4에서 언급된다)를, 세 번째(10.778-80)는 데니스 브린을 언급하는데 「레스트리고니아 사람들」에서 블룸이 그의 아내를 만난 적이 있다.

장면 13(10.800-80): 스티븐이 초보자용 프랑스어 책을 산 여동생 딜리를 만난다.

이 장면에서 삽입된 내용들은 모두 독자가 이미 알고 있는 인물들을 언급하고 있다. 첫 번째(10.818-20)는 「프로테우스」 장에서 스티븐이 보았던 두 여인(3.29-34)을 언급하고 있고, 콘미 신부의 여정(10.842-3)이 두 번째 주제다.

장면 14(10.882-954): 사이먼 디댈러스가 파산한 카울리 신부를 만나는데, 카울리 신부는 루벤 J. 도드(묘지로 향하는 마차에서 블룸이 하려던 재미있는 이야기의 주체)에게 빚을 지고 있어서 그에게서 벗어나고자 한다. 그들은 벤 돌러드를 만나고 돌러드는 집주인에게 우선권이 있기 때문에 집과 관련해서 도드의 문서가 효력이 없다며 카울리를 안심시킨다.

두 번째 삽입 장면(10.928-31)은 카울리의 집주인 하이 C. 러브 사제에 대해 언급한다. 첫 번째(10.919-20)는 괴상한 인물, 카셀 보일 오코너 피츠모리스 티스덜 파렐(「레스트리고니아 사람들」 장에서 처음 언급된다. 8.295-303)에 대한 것이다.

장면 15(10.956-1041): 묘지로 가는 마차에서 블룸과 함께 있었던 두 사람, 마틴 커닝엄과 파워 씨가 친구인 존 와이즈와 함께 고(故) 디그넘의 가족을 위한 모금 활동에 대해 이야기한다. 그들은 지미 헨리와 부집행관인 키다리 존 패닝을 만난다. 총독의 행렬 소리에 그들의 대화가 중단된다.

첫 번째 삽입 장면(10.962-3)은 다음 장(11.65-66)에서 등장하게 될 두 명의 주점 여종업원을 언급하며, 두 번째(10.970-1)는 편집국장 나네티(「아이올로스」 장에서 등장)를, 세 번째(10.984-5)는 블레이지스 보일런을 언급한다.

장면 16(10.1043-99): 멀리건과 헤인스가 스티븐에 대해 이야기하며 차를 마시고 있다.

삽입 장면은 외다리 수병(10.1063-4)과 강 위의 전단지(10.1096-9)를 언급한다.

장면 17(10.1101-20): 음악 교사 아르티포니, 카셀 보일이라는 인물과 맹인 소년이 같은 방향으로 걷다가 카셀 보일이 방향을 바꾸는 바람에 맹인과 부딪친다.

장면 18(10.1122-74): 젊은 패트릭 디그넘이 돼지고기를 사들고 집으로 향한다.

장면 19(10.1176-1282): 아일랜드에 대한 영국의 지배를 보여주는 총독의 행렬이 바자회 개회식을 위해 더블린 시내를 가로지른다.

**논제**

이 장은 오후 중반 시간대의 블룸과 스티븐을 묘사하고 있지만 그들의 존재는 같은 시간에 일상을 보내고 있는 수많은 다른 인물들에 대한 묘사와 다를 것이 없다. 시공간을 교차하는 다양한 삶의 모습은 삽입 장면들을 통해 더욱 강조되며, 이는 수많은 서술들이 도시의 생명을 이어주는 교차점이고 전체는 부분에 의해 정의된다는 사실을 독자들에게 끊임없이 상기시킨다. 디킨스의 후기 작품이건 복잡한 현대 스릴러물이건 무관해 보이는 일련의 인물들과 사건을 접할 때 독자는 점점 퍼즐 조각들이 맞추어지면서 그림 전체가 드러날 것이라고 생각하게 된다. 이 작품의 전반부에도 대체로 무관하게 보이는 부분들이 드러나 있다.

그런데 이 장에서는 모든 부분들이 작품의 정확히 중간 부분에 위치한 한 장에 몰려 있다. 물론 몇몇 연결고리들이 만들어지고 추측도 가능하지만—보일런이 팔을 뻗어 외다리 수병에게 동전을 던져주는 그 여성을 위해 꽃을 사고 있다—대부분의 그 작은 에피소드들은 플롯으로 이어지지 않는다. 던 양은 작품에서 더 이상 역할이 없으며 우리는 콘미 신부, 매기니, 아르티포니에 대해서 더 이상 알지 못한다. 디그넘의 아들이나 스티븐의 가난한 여동생의 운명도 알 수 없다. 일찍이 등장했거나 언급되었던 중요하지 않은 인물들—코니 켈러허, J. J. 오몰로이, 네드 램버트, 사이먼 디댈러스, 커닝엄, 파워, 매코이, 레너헌—은 그 후로 소식이 없거나 계속 중요하지 않은 인물로 남는다. 소설은 전통적으로 대화에 큰 가치를 두었고 특정한 대화는 한 명 또는 그 이상의 인물들에게 의미 있는 결과를 초래한다. 그러나 「떠도는 바위들」의 대화는 특정한 결과로 이어지지 않는다.

그렇다면 이 장은 핵심도, 전체적 형태도 없이 탈중심화된 도시인의 경험을 보여주는 소우주적인 역할을 하는 것일까? 인물들이 각자 무엇인가를 추구하면서 도시의 풍경을 가로질러 움직인다. 그들은 서로 만나기도 하지만 그다지 의미는 없다. 클라이브 하트의 글은 모더니즘 미학에서 「떠도는 바위들」이 가지는 위상에 대한 고전적인 논의를 다루고 있다.[20] 일상의 짤막한 대화, 젊은 패트릭 디그넘에 대한 묘사(10.1165-74)처럼 플롯이라는 용어로 정당화할 필요가 없는 구절들도 있다. 하지만 그것들은 인생살이에 대한 중요한 어떤 것을 포착하기 때문에 설득력을 가진다. 그러나 동시에 도시의 삶에 대한 전체적인 그림을 구성하는 여러 가지 장면들에서 도출되는 의미, 그리고 이 장의 시

20 「떠도는 바위들」, Hart and Hayman (1974).

작과 끝이 교회와 국가라는 두 가지—「텔레마코스」에서 스티븐이 섬기고 있다고 생각하는 두 주인—의 틀로 짜여 있다는 사실은 이 장에서 진행되고 있는 것이 무엇인지에 대한 단서를 제공한다. 주어진 현실에 만족하는 콘미 신부는 총독 및 그의 수행단과 마찬가지로 도시를 가로질러 가는데, 조이스는 그들의 권위를 드러나지 않게 의문시한다. 남자 친구와 숲에서 나오는 젊은 여성의 "거칠게 끄덕이는 데이지꽃들"과 치마에 붙은 나뭇가지들을 "천천히 조심스럽게" 떼어내는 모습(10.199-202)은 신부의 영성에 대한 육감성의 도전을 보여준다. 총독에 대한 반응들도 다른 제스처들을 통해 짓궂게 대비된다. 예를 들어 사이먼 디댈러스는 화장실에서 나오면서 바지의 단추를 잠그지 않은 듯이 보이는데(10.1200-1) 무심코 한 듯한 이런 행동은 사실 포들 강물이 "충성을 맹세"(10.1197)하듯이 "흐르는 오물의 혀"를 내미는 장면만큼이나 무례해 보일 수 있다. 파넬의 형은 노골적으로 체스 게임에 더 집중하고 있고(10.1226), 멍하니 쳐다보는 시선들(10.1230, 1260, 1261)도 드물지 않다.

이 책에 나타난 여러 세부 사항들과 달리 총독의 행렬은 1904년 6월 16일에 실제로 있었던 일이 아니다. 조이스는—버전은 조이스가 더들리 백작과 콘미 신부가 지나간 길을 붉은 잉크로 표시한 더블린 지도를 펴놓고 작업하는 것을 보았다[21]—더블린의 풍경을 식민지배하의 도시로 구성하고 강조하기 위해서 그 장면을 삽입했다. 「떠도는 바위들」은 권력의 분포, 더블린 시민들의 식민지 주민화와 이에 대한 개인적 경험이라는 문맥 위에 구성되어 있다. 블룸과 스티븐 모두 외부인이다. 스티븐이 영국인 관광객들을 보고 "창백한 얼굴들"(10.341)이라 지칭하

21 Budgen (1972), pp. 124-5.

면서(1904년에도 그들은 영국인이 아니라고 보기 어려웠다) 식민지 국민이라는 자신의 입장을 드러내지만,[22] 블룸과 스티븐 모두 이 장의 마지막 장면에는 등장하지 않는다. 비굴한 모습의 톰 커넌이건 보일런을 대하는 보잘것없는 상점 점원이건, 신교도 성직자의 비위를 맞추고 있는 네드 램버트나 몰리 블룸에 대한 이야기로 자신의 이미지를 유지해보려고 애쓰는 나약한 레너헌(10.566-74)이건 다른 인물들도 변화하는 권력관계에 사로잡혀 끊임없이 타협을 시도해야 한다. 그들은 떠도는 바위들에 직면한 선원과 같다. 율리시스가 스킬라와 카립디스로 가는 대안을 택함으로써 피해갈 수 있었던 그 도전에 직면한 것이다. 이 장에서 조이스가 식민지 통치에 대한 굴종과 저항의 패턴을 얼마나 정교하게 보여주는지를 알기 위해서는 역사적 비유를 통한 세부적 분석이 필요하겠지만, 처음 읽어보아도 「떠도는 바위들」이 아일랜드 사회를 해부하는 과정에서 심리적 개연성의 수준을 넘어서고 있다는 것은 분명하다.[23] 몇몇 비평가들이 주장하듯이 변화가 그렇게 급격하고 예기치 못하게 이루어지지는 않지만 『율리시스』는 분명 「떠도는 바위들」 이후로 더 확실한 방향으로 전개될 것이고, 차이를 묘사하는 일반적인 방식, 즉 스타일의 전경화(前景化)는 다음 장에서 더 분명해진다.

---

22 한때 트리니티칼리지 더블린의 학장이었으며 『율리시스』를 "그 섬의 원주민들을 위해 따로 대학을 세우는 것은 실수"라는 생각의 증거로 보았던 J. P. 마하피의 어휘를 반영한 언급(Kiberd (1996), p. 327에서 인용).

23 Gibson (2005), pp. 81-102; Platt (1998), pp. 86-98.

## 사이렌

**시간**

오후 4시

**장소**

부둣가 오몬드 호텔의 주점과 식당

**플롯**

주점의 종업원들인 청동색 머리카락의 두스 양과 황금빛 머리카락의 케네디 양이 주점의 뒤편에서 차를 마시기 전에 총독의 행렬이 지나가는 것을 보고 있다. 사이먼 디댈러스가 들어오고 이어서 보일런과 약속이 있는 레너헌이 등장한다. 강의 반대편 부둣가를 따라 걷고 있던 블룸은 문구류를 사러 멈추었다가 멀리서 보일런이 마차를 타고 가는 것을 본다. 그는 보일런을 따라 오몬드 호텔로 향하고 밖에서 만난 리치 굴딩과 함께 식당으로 들어선다. 벤 돌러드와 카울리 신부가 들어오고 보일런과 레너헌은 주점을 떠난다. 굴딩과 식탁에 앉아 식사를 하면서 블룸은 사람들이 주점에서 노래하는 소리를 듣는다. 그는 마사 클리퍼드에게 답장을 쓴다. 변호사 조지 리드웰과 톰 커넌이 주점 사람들과 합류하고 사이먼 디댈러스가 "까까머리 소년"(1798년 봉기 때 그의 고해성사를 듣는 신부로 가장한 군인에게 잡혀 처형된 어린 반역자)을 부르려 할 때 블룸은 떠날 준비를 한다. 보일런이 블룸의 집에 도착하고, 두고 온 소리굽쇠를 가지러 맹인 피아노 조율사가 지팡이를 두드리며 오몬드 호텔로 되돌아간다. 주점을 떠난 블룸은 상점 창문을 통해 로버트 에밋(영국인에게 처형당한 또 다른 애국자)의 마지막 말을 읽으면서 방귀를 뀐다.

**논제**

호메로스와의 연계성을 생각해본다면 왜 이 장면을 처음 읽을 때 앞에 나오는 행을 건너뛰어도 되는지 이해할 수 있을 것이다. 오디세우스는 두 사이렌의 노래가 그의 배를 바위들로 이끌어 침몰시킬 것이라는 경고를 듣고 선원들에게 밀랍으로 귀를 막고 자신의 몸을 돛대에 묶게 한다. 절대 풀어주지 말라는 명령에 따라 선원들은 그의 처절한 애원을 무시했고 결국 사이렌들의 노랫소리를 지나 안전하게 항해한다. 조이스는 풍부하고 다양한 방식으로 음악을 「사이렌」의 주제로 삼고 있으며, 여러 문맥에서 선택한 텍스트로 이루어진 서곡(序曲)으로 이 장을 시작하는데, 이는 곧이어 이 장의 이야기로 다시 등장하게 된다. 이 63행의 서곡 내용은 처음에는 거의 의미가 없어 보이지만 이 장을 이해하고 과정을 다 따라간 후에는 다시 되돌아가 읽어볼 만하다.

푸가 형식(이 장의 구성과 관련해서 조이스가 언급한 비유다)의 음악을 들을 때처럼, 이 장의 이야기를 따라가는 것은 텍스트가 호텔의 주점과 식당, 에클스가로 향하는 보일런과 맹인 피아노 조율사의 지팡이 소리 모티프 사이를 오가면서 발생시키는 서로 다른 주제들을 함께 따라간다는 것을 의미한다. 그리고 이 모든 것의 종결부는 속이 부글거리는 것을 암시하는 의성어의 형태로 이어지고 있으며, 따라서 '했다'(Done)라는 말이 단순히 가스를 방출하는 것 이상의 의미를 갖게 한다. '했다'라는 이 말은 로버트 에밋이 법정에서 한 마지막 말("나의 조국이 지상의 다른 나라들 사이에 당당히 자리 잡을 때, 그때에야 비로소 내 비명(碑銘)이 쓰일 것이다. 나는 이제 다 했다")이기도 하지만 63행의 "시작하라!"(Begin!)가 이야기의 시작을 지시하듯이, 이 장의 내용이 다했다는 것을 보여주기도 한다. 또한 이 말은 에클스가에서 이루어진 불륜 행위를 지칭하는 것으로 볼 수도 있는데, 실제로 블룸은 이 장 전체에 걸쳐 임박한 그 행위에 대한 생각에 사로잡혀 있으며, 호텔을 떠난 후 그는 그때쯤 불륜 행위가 끝났음을 알고 있다.

물론 이 음향학적인 장의 중심은 음악이지만 독특한 문학 텍스트를 구성하는 특정한 측면들에 초점을 맞춘 다른 비평적 접근도 있다. 사실 지난 수년간 이 장에 대한 서로 다른 해석들이 『율리시스』의 역사를 수놓고 있다. 이 용어를 폄하하려는 것은 아니지만, 소위 자유주의적 휴머니즘은 블룸의 결혼 문제에 초점을 맞추어 그의 부부관계가 그가 주점에서 듣는 음악을 통해 변조되고 있다고 본다. 이에 따라 오페라 〈마르타〉(11.658-751)에 등장하는 노래, 잃어버린 사랑과 그로 인해 마르타의 귀환을 애원하는 그 사랑 노래는 몰리와의 행복했던 시절에 대한 블룸의 추억, 그리고 보일런이 그의 집에 도착했을 때 곧 발생할 일에 대한 그의 불편한 의식으로부터 분리될 수 없다. 그의 불편한 심리는 전투에서 아버지와 형제들을 잃고 홀로 남아 고난을 겪는 어린 반역자에 대한 노래, '까까머리 소년'을 들으면서 그와 몰리 사이에 더 이상 부부관계가 없다는 생각을 하는 장면에서도 드러난다. "나도 마찬가지야. 내 종족의 마지막 한 사람인 거지. 밀리는 어린 학생이고. 아마 내 잘못일 거야. 자식이 없으니. 루디. 이제는 너무 늙었어. 그러나 혹시. 혹시 아니면? 아직은 혹시?"(11.1066-7). 그러나 블룸은 자기 연민에 빠지거나 음악의 매혹에 빠져들지도 않으며 몰리에 대한 사랑을 잃어버리지도 않는다. 율리시스와 같이 사이렌의 유혹에 저항할 수 있는 지혜가 있기 때문이다. 그는 노래가 끝나기 전에 호텔을 나서며, 등을 두드리는 여파(11.1139-45)를 피한 것을 다행스러워한다. "대기 속이 훨씬 자유롭지. 음악. 신경을 거슬리게 하는 거다."(11.1182) 유죄 판결을 받은 애국자의 마지막 말을 읽으면서 음악에 맞춰 뀌는 그의 방귀는 전투적인 애국주의의 감성적 호소에 대한 저항으로 해석된다.

순수한 언어 중심적 접근법은 인물 분석을 제쳐두고 이 장에 나타난 자의식적 글쓰기 실험, 음악적 효과를 위해 언어를 변조하는 과정에서 서술의 일관성을 방해하는 과정을 강조한다. 이에 따라 텍스트는 청각적 논리, 음악적 말장난과 언어 게임을 통해 스스로를 표현하는 텍스트상의 과잉(213-17행의 "최대한 빨리"에서처럼)을 보여준다.[24] 사이렌의 유혹은 언어로 구현되는 유혹으로 변하며 '까까머리 소년'에 대한 리디아 두스의 반응을 묘사하는 문장은 애욕과 희극, 음악과 관음증을 훌륭하게 보여준다.

> 불쑥 내민 미끄러운 맥주 펌프의 손잡이 위에 리디아가 그녀의, 토실토실한, 손을 가볍게, 올려놓았다, 저의 손에 그걸 맡겨요. 불쌍한 까까머리의 생각에 온통 넋을 잃고. 앞으로, 뒤로: 뒤로, 앞으로: 닦인 손잡이 꼭지 위로(그녀는 그의 눈을, 나의 눈을, 그녀의 눈을 알고 있다) 불쌍하다는 생각에 잠긴 듯 그녀의 엄지손가락과 손가락이 움직였다: 앞으로 움직였다, 다시 제자리로 돌아갔고, 조용히 만지면서, 그런 다음 손가락의 미끄러운 깍지를 통해, 불쑥 나온 차고 단단한 하얀 에나멜 막대기를 아주 매끄럽게, 천천히 아래로 훑어 내렸다.(11.1110-17)

자크 라캉의 정신분석 이론도 「사이렌」의 언어에 대한 또 다른 접근을 통해 텍스트의 해체에 힘을 더한다.[25] 예를 들어 콜린 맥케이브는 이 장에서 글쓰기의 물질성과 주체에 대한 목소리의 상상적 통일성 사이

---

24 Lawrence (1981), pp. 90-100.

25 Attridge et al (1984); MacCabe (1979), pp. 79-103.

에서 대립 관계를 발견한다. 철자와 단어 사이에서 이루어지는 이 장의 글쓰기 행위에 대한 유희는 의미를 구성하는 차이의 방식을 드러낸다. 에런 피개트너(Aaron Figatner)라는 이름이 "피그개더(Figather)? 무화과 모으기(Gathering figs)를 생각하게 되지"(11.149-50)라든지, 카울리 신부의 생각, "그가 그 상ㅎ을 수습했던 거야. 타이트한 바ㅈ. 멋진 생ㄱ"(He saved the situa. Tight trou. Brilliant ide)(11.483-4) 같은 경우가 대표적이며, 이런 식으로 사이렌의 목소리 같은 순수한 목소리의 존재를 약화시키는 것이다. 음악에 도취된 사람들 사이에서 이루어지는 블룸의 편지 쓰기 행위는 독서 행위에 초점을 맞추고 있으며, 더 이상 지워지지 않은 기표들은 이 장이 보여주는 정치적 의미를 전달하기 위한 것으로 인식되어왔다. 목소리가 제공하는 상상적 통일성은 '까까머리 소년'에 나타난 민족주의에 대한 호소와 연결되는데, 감상적 애국주의는 과거와의 허구적인 그리고 마비된 소통을 통해 의미와 주체성을 고정시키려는 또 다른 형태의 언술, 즉 "무한한한"(endlessnessness)(11.750) 환상이다. 『율리시스』에 대한 다른 수많은 이론적인 독해들과 마찬가지로, 후기구조주의적 해석도 자의적이고 편파적으로 흐를 위험이 있으며, 이 장의 핵심 요소로서 글쓰기/목소리의 대립을 강조하는 시각도 이런 주장에 쉽게 포함되지 않는 문제들, 즉 텍스트상의 복합성이나 정치적 복합성을 보여주는 다른 독해들을 무시하고 있다.[26]

26 Nolan (1995), pp. 62-8.

## 키클롭스

**시간**

오후 5시

**장소**

바니 키어넌 주점

**플롯**

빚 수금업자인 이름 없는 화자는 시티즌이라고 알려진 남자를 만나기 위해 기자인 조 하인스와 합류한 뒤 바니 커어넌 주점으로 향한다. 술에 취해 잠들었던 밥 도런이 깨어나 그곳에 있었고, 앨프 버건이 도착해 일행에 합류하고 자신이 가지고 있던 사형 집행인들의 탄원서를 보여준다. 디그넘 가족을 만나기 전 마틴 커닝엄과 주점에서 약속이 있어 밖에서 기다리던 블룸은 시티즌의 부름을 받고 주점으로 들어온다. 네드 램버트가 들어온 후 시티즌이 반유대주의적 언급을 할 때쯤 블룸에 대한 시티즌의 반감은 더 노골적으로 변한다. 레너헌과 존 와이즈 놀런이 주점으로 들어오고 대화 분위기가 부담스러워진 블룸은 커닝엄을 만나러 떠난다. 스로어웨이라는 이름의 경주마(「로터스 먹는 종족」에서 블룸이 무심결에 언급했던 바 있다)가 그날의 골드컵 경주에서 우승했고 레너헌은 블룸이 마권업자에게 상금을 받으러 갔다고 생각한다. 커닝엄이 두 명의 친구와 함께 들어오고 블룸도 들어오자 네 사람은 떠날 준비를 한다. 극단적인 반유대주의자인 시티즌은 블룸의 응수에 분노하며 그에게 비스킷 상자를 던지고, 그의 개가 블룸을 뒤쫓아 간다.

**논 제**

『오디세이아』에서 오디세우스와 선원들은 키클롭스 종족 중 하나인 외눈박이 괴물의 동굴에 사로잡힌다. 오디세우스는 그에게 포도주를 먹이고 그가 잠들자 불타는 나무 기둥으로 그의 눈을 찔러 장님으로 만든 후 선원들과 함께 배를 타고 탈출한다. 복수심에 가득한 거인은 바다 위의 그들을 향해 바위를 던지지만 오디세우스의 배를 비껴간다. 오랫동안 호메로스와의 연관성은 교훈적인 방식으로 이해되어왔다. 블룸은 강한 힘에 대항해서 자신의 가치를 주장하는 영웅이고, 외국인을 혐오하는 시티즌은 자신보다 문명화된 상대에 비해 우둔한 식인종 거인이다. 시티즌은 호전적인 민족주의를 대표하고 블룸의 평화주의적이지만 확고한 저항 정신은 휴머니스트의 윤리적 행동이고 자유주의적인 저항이다.

이런 종류의 문학적 대수학(代數學)이 가진 골치 아픈 한계는, 앞서 플롯 요약에서 볼 수 있듯이, 이 장의 가장 큰 특징, 즉 누가 봐도 명백히 드러나 있고 제멋대로 이륙해 자신만의 항로를 따라가고 있는 삽입 서술들에 있다. 이 서술들은 주점의 대화와 사건을 목격하는 더블린의 어느 이름 없는 사람의 목소리와는 분명히 다르며, 따라서 「떠도는 바위들」에 삽입된 경우와는 본질적으로 다르다. 1956년에 이미 휴 케너는 삽입 서술에 아일랜드 문예부흥의 텍스트가 배경으로 깔려 있음을 지적한 바 있는데, 역사적으로 좀 더 정확한 분석은 후기구조주의라는 우회로를 지나 거의 반세기를 기다려야 했다.[27] 세계를 표기하는 서로 다른 방식들의 유희, 메타서사가 제공하는 완결성에 대한 거부 등 자유분방한 언술들의 집합체라기보다는 영국계 아일랜드 지식인들의 다양

---

27 Kenner (1987), p. 255; Lawrence (1981), pp. 101-19; Platt (1998), pp. 142-56; Gibson (2005), pp. 103-26.

한 언술들, 특히 역사지리학적 언술들이 이 삽입 서술들의 풍자적 목표물이라는 것이 분명해 보인다. 고대의 음유시인들과 그 목록, 이중 형용사를 가진 영웅 등 아일랜드 역사에 대한 문예부흥론자들의 묘사는 아일랜드 역사의 신화적 시대를 떠올리게 하며, 조이스는 그들의 과거에 대한 향수, 민족정신의 순수성이라는 주장의 허위성을 이유로 그러한 언술들을 가혹하게 비웃는다. 전설 속의 영웅 쿠 훌린과 충성스러운 그의 사냥개 대신 우리는 시티즌과 그의 개 개리오웬을 보게 되며, 문예부흥론자들이 조작한 낭만주의는 이를 비꼬는 언술들로 인해 이 장의 전반에 걸쳐 희극적으로 묘사된다. 이상화된 것에 대한 시적 언어와 고대의 영웅담에 대한 웅변조의 어투, 가짜로 지어낸 신문 기사체의 언어와 문예부흥론자들의 신지학에 대한 관심 사이에는 같은 종족으로서의 유사성이 있다. 이에 반해 역동적이고 신랄하고 노골적인 구어성(口語性) 등 더블린의 민중문화는 그러한 삽입 서술들을 정면으로 반박한다. 더블린의 은어는 패러디의 대상이 되지 않는다. 대체로 이름 없는 화자의 목소리를 통해 드러나는 그러한 언어의 역동성은 분노 속에 과장된 시티즌의 언어의 외부에 위치한다. 그 화자는 시티즌을 "경칠놈의 광대놈"(12.1794)이라 생각하며, 조 하인스는 아일랜드를 지배하는 독일계 군주에 대해 놀라울 정도의 간략하고 역사적으로도 정확한 비판—문예부흥론자들의 역사에서 가장 부족한 부분—을 보여준다. "그리고 그 프로이센 사람들과 하노버 왕조에 관해서는, 조가 말한다, 선거후(選擧侯)인 게오르크 이래로 그 독일의 방탕자와 이미 뒈진 그 헛배부른 늙은 암캐에 이르기까지 왕좌에 앉아서 소시지를 먹는 개자식놈들에 대해서는 우리 이제 그만 얘기해도 되지 않겠나?"(12.1390-2)

블룸 역시 사랑에 대한 이야기로 시티즌과 언쟁을 벌일 때 정확한 단어를 찾지 못하고 유감스러울 정도의 부정확성을 보이는데, 이로 인해 그도 비웃음의 대상이 된다.

> 사랑은 사랑을 사랑하는 것을 사랑한다. 간호사는 새로운 약제사를 사랑한다. A 14호 순경은 메리 켈리를 사랑한다. 거티 맥다월은 자전거를 가진 청년을 사랑한다. M. B.는 어떤 미남 신사를 사랑한다. 리 치 한은 키스해주는 차 푸 초를 사랑한다. 코끼리 점보는 코끼리 앨리스를 사랑한다. (…) 당신은 어떤 사람을 사랑한다. 그리고 이 사람은 저 다른 사람을 사랑하는데 왜냐하면 모든 사람은 누군가를 사랑하기 때문이고 그러나 하느님은 모든 사람을 사랑한다.(12.1493-501)

시티즌은 사실 비평가들이 묘사하듯이 그 정도로 무식하지는 않다—그의 몇몇 역사적 판단은 조이스의 시각과 동일하다—. 그러나 그의 표현 방식, 극단적인 흑백논리는 문예부흥론자들의 허구적 역사만큼이나 제한적이고 무용하다. 그의 반유대주의는 그가 강력하게 설파하는 인종주의적 민족주의와 공명하며, 블룸이 그에게 예수가 유대인이었다고 말했을 때 그의 광기 어린 반응—"저 놈을 내가 십자가에 못 박아줄 테다 기필코"(12.1812)—에서 볼 수 있듯이 우스꽝스러운 장면에서도 유머는 찾아볼 수 없다.

## 나우시카

**시간**

오후 8시

**장소**

샌디마운트 해변

**플롯**

세 명의 소녀, 시시 카프리, 에디 보드먼, 거티 맥다월이 시시의 쌍둥이 남동생들, 에디의 어린 남동생과 함께 해변에 있다. 근처 디그넘의 집에 들렀던 블룸도 해변에 와 있었고 그와 거티는 서로를 의식한다. 다른 두 소녀가 동생들을 데리고 마이러스 바자에서 쏘아올린 불꽃놀이를 보기 위해 떠나고 거티와 블룸만 남는다. 두 사람 사이의 거리가 가까웠고 거티는 불꽃놀이를 보려고 다리와 속옷을 드러내며 몸을 젖히고 블룸은 수음(手淫)을 즐긴다. 거티가 떠나고, 블룸은 해변에 남는다.

**논제**

처음 770행은 거티의 언술이라고 할 수 있다. 비록 1인칭 서술은 아니지만 드러난 대상이 거티의 의식이기 때문이다. 조이스는 에드워드 시대 여성용 삼류소설의 언어를 사용한 이 서술을 "감상적이고 쉽고 마멀레이디(mamalady) 같은 문체"[28]라고 불렀다. 많은 비평가들이 이 장의 전반부를 감상적인 로맨스 소설에 대한 풍자라고 보았으며, 따라서 이 장을 그런 시각에서 읽을 수도 있다. 그러나 그럴 경우 거티를 특정한 언술 형식의 결과물로 보게 되고 조이스의 입장에서 그녀를 의도적으로 조롱하고 있다고 보게 되는 측면이 있다. 그녀는 스타일에 의해서 구성되는 주체, 스타일에 따라 정의되는 언어적 구성물이 되며 독자적 위상을 가지기에는 심각할 정도로 제한된 인물이 된다.[29] 그러나 『율리

---

28 Budgen (1972), p. 210.

29 "거티는 이 언어의 우주에 너무나 완전히 흡수되어 있어 그녀의 존재 자체가 의식

시스』의 여타 부분들과 마찬가지로 이 장에서는 눈에 보이는 것보다 더 많은 것들이 진행되고 있으며 텍스트로부터 계속해서 의문점이 생겨난다. 거티는 스티븐 디댈러스와 거의 동갑이고 스티븐이 「프로테우스」 장에서 걸었던 그 해변에 와 있다. 그녀는 일정 부분 스티븐과 유사한 면—배움에 대한 관심, 자유로워지고 싶은 욕구, 감각적인 것에 대한 욕망—이 있으며, 스티븐의 열망을 공유한다고까지 할 수는 없지만 그 열망을 어느 정도 패러디하고 있다.[30] 서술 스타일은 그녀를 여성잡지에 등장하는 소설이나 광고에서 볼 수 있는 영국식 여성적 아름다움과 동일시하지만 다음에서 볼 수 있듯이 좀 더 개인화된 의식, 그녀의 환상을 채우고 있는 모델로는 정의될 수 없는 구체적이고 현실적인 모습이 드러나는 순간들도 있다.

> 끝이 뾰족한 손가락을 한 그녀의 손은 예쁘게 정맥이 드러나 보이는 설화석고와 같았으며 레몬주스처럼 투명했기 때문에 고급 연고라도 바르고 있는 듯싶었다, 비록 그녀가 밤에 잘 때는 규칙적으로 산양 가죽 장갑을 낀다든지 우유 목욕을 한다든지 하는 얘기는 사실과 달랐지만. 버사 서플이 언젠가 거티와 찐하게 다툼의 칼을 뽑았을 때 (…) 거티에게는 타고날 때부터의 우아함, 즉 일종의 여왕다운 차가운 '오만함'이 서려 있었는데, 그것은 그녀의 섬세한 손과 높은 아치를 이룬 발등에서 분명히 증명되고 있었다.(13.89-98)

거티를 묘사하는 세부적인 서술의 상당 부분이 빅토리아와 에드워드 시대의 여성용 광고—"고급 연고"는 비탐의 스킨 크림에 쓰인 광고 문

---

스러울 정도다." Killeen (2005), pp. 152-3.

30 Scott, Bonnie Kime (1987), pp. 66-7.

구였다—와 연결되는데 〈여왕의 편지〉나 〈숙녀의 화보〉와 같이 「나우시카」에서도 언급되는 여성 잡지들에는 미용 제품 광고가 정기적으로 실리곤 했다. 인종주의적 어감이 섞인 그 잡지 광고의 이상적인 모습, 즉 하얀 피부에 대한 선망은 거티에게 버사 서플의 장난을 떠올리게 하고 이어서 그녀는 "찐하게"라는 속어를 강조하거나 다툼의 칼을 뽑았다고 표현하면서 자신의 불편한 마음을 드러내는데, 이런 표현에서 거티의 본 모습이 순간적으로 드러나며 게다가 그녀가 기억하는 그 말싸움은 자신이 갖추고 있다고 생각하는 "타고날 때부터의 우아함"과는 어울리지 않는다. "오만함"[31]이라는 말의 속어적 의미가 암시하듯이 거티에게는 눈치가 빠르고 기민한 면이 있는데 이는 독자들에게 그녀의 형편이 좋지 않고 다른 삶을 꿈꾼다는 것을 암시한다.

「나우시카」의 후반부는 길게 이어지는 블룸의 내적 독백으로 이루어진다. 조이스가 예술에 대한 친구의 의견에 비판적으로 답한 내용을 생각해보면 블룸이 왜 그토록 매력적인 인물인지 그 핵심을 이해할 수 있을 것이다.

> 리얼리즘의 경우, 우리는 현실세계를 이루고 있는 사실들, 낭만주의를 휴지조각으로 만들어버리는 예기치 못한 현실에 집중합니다. 사람들의 인생을 가장 불행하게 하는 것은 어떤 실망스러운 낭만주의, 어떤 이루어질 수 없거나 잘못 이해한 이상입니다. (…) 자연은 전혀 낭만적이지 않습니다. 자연에 낭만을 주입한 것은 우리들입니다. 이것은 거짓된 태도, 자기중심주의이고 다른 모든 자기중심주의처럼 불합리한 것입니다.[32]

---

31 "'오만함, 거만함'뿐 아니라 '빈틈없는, 일할 준비가 되어 있는'이라는 의미의 속어이기도 하다.": Gifford and Seidman (2008), p. 385.

32 Power (1974), p. 98.

블룸은 자기중심주의자가 아니며 거티에게 일어난 일이나 자신의 시계가 멈추었을 때 보일런과 몰리에게 일어난 일—"오, 녀석이 했던 거다. 그녀 속에. 그녀가 했던 거다. 당했던 거다"(13.849)—을 생각하면서도 사실을 그대로 인정한다. 그는 시계를 닦는 데에 상어 간 오일이 필요하다는 것을 떠올리며 정액 묻은 셔츠를 가다듬는다. 그는 무감각하거나 무관심하지도 않다. 그는 병원에 있는 디그넘 부인을 방문하려고 하고 항상 그렇듯이, 몰리를 행복한 마음으로 떠올리지만 동시에 인생의 우발성과 우연의 일치를 받아들인다. 이 장의 그 균형 잡힌 종결부에 표현된 고요한 느낌은 시작 부분의 문단과 일치하지만 둘 사이에는 낭만주의와 사실주의만큼이나 큰 차이가 있다.

## 태양신의 황소

### 시간

저녁 10시

### 장소

홀레스 29-31번가, 국립 산부인과 병원

### 플롯

블룸이 병원에 도착해 한때 알고 지냈지만 지금은 고인이 된 의사 오헤어(14.94-106)에 대해 물은 후 퓨어포이 부인의 안부를 물어보고 그녀가 아직 난산으로 힘들어한다는 소식을 듣는다(14.111-22). 블룸은 벌에 쏘였을 때 그를 치료해주었던 의사 딕슨을 만나고 술자리에 초대받는다(14.123-40). 레너헌(「키클롭스」에서 마지막으로 등장했음)과 몇몇 의과대학 학생들—빈센트 린치, 매든, 프랜시스 '펀치' 코스텔로, 크로터스—, 그리고 스티븐과 함께 자리하고 있다. 아기를 포기하고 임산부를 살려야 하는지에 대한 토론(14.202-59)이 끝나자 대화는 음란한 방향으로 흐르고 큰 천둥소리에 스티븐이 겁을 먹자 블룸이 그를 안심시킨다(14.408-28). 수족구병에서 시작된 지루한 이야기가 끝나자(14.529-650) 앨릭 배넌과 함께 멀리건이 들어오고 대화는 더 음란해진다. 멀리건은 「스킬라와 카립디스」에서 언급되었던 저녁 문학 모임에 헤인스가 나타났던 일을 섬뜩하게 묘사한다(14.1010-37). 낙담한 블룸은 자신의 젊은 시절과 죽은 아들을 떠올리고(14.1038-77), 동물들이 삭막한 땅 위를 가로지르고(14.1078-109), 하늘에서 여성적인 어떤 광채가 나타나 루비빛의 삼각형으로 변하는 장면을 상상한다. 그것은 바스 맥주의 적색 삼각형이었다. 레너헌이 술을 마시고 싶어 하는 것을 인지한 블룸은 그에게 술잔을 채워주고(14.1174-97) 성과 유아 사망에 대해 사람들과 이야기한다(14.1223-309). 씁쓸해하는 스티븐을 보면서 블룸은 가든파티에서 어린 스티븐을 처음 보았던 일을 떠올린다(14.1356-78). 모두 버크 주점으로 향하고(14.1391) 그곳에서 스티븐은 술을 두 잔씩 돌린다. 어느 시점에서 멀리건이 기차역에서 헤인스를 만나(14.1027) 마텔로 탑으로 돌아가기 위해 곤경에 빠진 스티븐을 남겨둔 채 슬며시 사라진다(14.1536-40). 스티븐과 린치는 홍등가로 향하는 기차를 타러 떠나고 블룸은 그들과 동행한다(14.1572-5).

**논제**

이 장은 처음 읽을 경우 상당히 어렵다. 일련의 영국 산문 스타일들이 내포되어 있어 스타일과 내용을 분리하기가 불가능하기 때문이다. 이 장의 에피소드는 세 개의 3중 중복 기원문, 즉 라틴어와 아일랜드어로 이루어진 외침("남쪽 홀레스가로 가세"(14.1)), 태양에 대한 풍요로움의 외침(홀레스가 병원의 원장 이름이 알렉산더 혼이다), 그리고 출산 시 산파의 외침(14.5-6)으로 시작된다. 이어지는 세 문단은 라틴어의 구조와 어휘를 사용하여 켈트족에게 출산의 중요성을 설명하며 이어서 앵글로색슨 시대의 산문과 중세 영어 등이 등장한다. 장의 마지막에 이르러서는 피진 영어, 런던 토박이 어투, 속어, 엉터리 시가 뒤섞여 나타나고 스티븐, 린치, 블룸이 길을 지나며 보게 되는 복음주의 포스터에서 촉발된 가스펠 스타일로 끝을 맺는다. 펭귄판과 옥스퍼드 월드 클래식판의 『율리시스』에는 산문 스타일이 바뀔 때마다 표시가 되어 있는데, 예를 들어 167-276은 토머스 맬러리의 문체, 429-73은 존 버니언의 『천로역정』의 문체, 845-79는 에드먼드 버크 등 18세기의 에세이 작가들, 1078-1109는 드 퀸시, 1310-43은 디킨스, 1379-90은 존 러스킨의 문체 등으로 구별되어 있다.

계속 변해가는 서술 스타일을 따라가면서 동시에 플롯 서술까지 구별하느라 고생해야 하는 독자의 입장에서는 영국 산문 스타일의 형태에서 드러나는 의미의 본질과 관련해서도 난감해할 수밖에 없다. 이 장에서 호메로스와의 연관성에 대해 조이스가 버전에게 언급했던 내용은 오랫동안 액면 그대로 받아들여져왔다. 오디세우스의 부하들이 어느 섬에서 신성한 소를 죽이게 되고 그 대가로 배가 파괴되고 부하들이 수장된 이야기는 조이스에게 피임이 다산과 풍요로움에 대한 범죄라는 아이디어를 제공해주었고 그에 따라 조이스는 이 장에 대해 이렇게 말했다. "블룸은 정자, 병원은 자궁, 간호사는 난자, 스티븐은 태아인 셈이지요. 자, 어때요?"[33] 조이스의 이 허풍스러운 마지막 말은 별로 진지해 보이지 않지만, 엘만은 이 장의 첫 부분이 라틴어식이라는 점에서

교조적인 면이 있기는 하지만 블룸이 등장하면서 현실적으로 변하고 이어 수 세기에 걸친 산문의 발전 과정이 순서에 맞춰 전개되고 있다고 보았다. 마지막을 장식하는 스타일—1440행부터 시작하는 속어와 엉터리 시의 혼합물—은 "쏟아져 나온 태반으로서 아직 예술적 형태를 갖추지 못한 형태"로 간주되었고 시작 부분에 나타난 스타일이 과도한 질서를 보여주듯이, 그 양쪽의 극단 사이에서 펼쳐지는 영어의 유기적 발달과 대조를 이루게 된다는 것이다.[34]

이 장의 마지막에 등장하는 스타일에 대한 엘만의 해석은 비록 신빙성은 떨어지지만 태아의 성장과 영어라는 언어의 역사적 발전 과정 사이의 유사성 문제를 이해할 수 있게 해준다는 장점이 있다. 그러한 상호 연관성은 출산이 자연스러운 아홉 달 동안의 과정의 최종 결과물이듯 영국 산문이 시간에 따라 성장하고 성숙해져서 표현의 정점에 이른다는 의미에서 임신 과정을 연상시킨다. 그러나 미국의 기독교 부흥 운동을 모방한 문체가 출산이라는 창조적 행위의 정점에 부여된 상징적 의미를 유지하기에는 너무나 부족하다는 사실을 고려해볼 때 이러한 목적론적 시각은 마지막 단계의 스타일에 와서는 붕괴되어버린다.

> 프리스코 해안에서 블라디보스토크까지 이 지구의 절반을 영광으로 끌어올린, 알렉산더 J. 크라이스트 다위, 그것이 내 이름이야. 하느님은 그렇게 값싼 싸구려 한 푼짜리 니켈 동전은 아니란 말이야. 자네한테 말하지만, 하느님은 공정하시고도 비상하게 훌륭한 상업적 조화를 띠고 계신 거야. 하느님은 여전히 가장 장엄한 존재이니 자넨 그걸 잊지 말란 말이야.(14.1584-8)

---

33 Joyce (1957), p. 140.

34 Ellmann (1972), p. 136.

어떤 비평가들은 오히려 「태양신의 황소」에서 스타일의 발전이 전혀 없다는 데 이 장의 중요성이 있다고 본다. 조이스는 영국 남성의 산문(여성 작가는 포함되어 있지 않다) 생성 과정을 역사적 시각에서 연대순으로 보여주고 있지만 거기에서 긍정적 의미나 시간에 따라 성숙해지는 문학 전통이라는 느낌은 찾아볼 수 없다. 조이스는 문예 선집들—그는 주로 조지 세인스버리의 『영국 산문 리듬의 역사』(1912)와 윌리엄 피콕의 『맨더빌에서 러스킨까지의 영국 산문』(1903)을 참조했다[35]—을 뒤져보고는 패러디를 통해서 발전하는 전통이라는 개념을 약화시키고 있다. 즉 영국의 문학 전통을 부정하고 있는 것이다. 패러디는 희극적인 방식으로 이루어지는데, 예를 들어 조이스의 설명에 따르면, 블룸이 수정시킨 태아인 스티븐은 마지막 부분에서 세상에 나오자마자 출생의 외침으로 근처의 주점을 외친다. "버크 주점으로!"(14.1391)

패러디를 칭송의 형태로 읽을 수 있고 「태양신의 황소」가 특정 스타일을 대표하는 영국 작가들에 대한 존경을 희극적인 형태로 표현했다고 볼 수도 있겠지만 실제로 조이스의 글에서는 그런 측면을 찾아볼 수 없다. 그는 다양한 스타일을 자신의 장난스러운 유머 감각에 맞추고 있는데, 예를 들어 올리버 골드스미스의 스타일(14.799-844) 후에 등장하는 문단에는 "경칠 놈"(God's body)을 "Gad's bud"(14.808)로, "젠장"(damn)을 "Demme"(14.810)로 사용하는 등 18세기 어투도 들어 있지만, "여자가 애를 배고 있는지"(if she ain't in the family way)같은 표현이나, 840-4행의 런던 토박이 문법도 등장한다. 이런 식으로 혼합

35 Hart and Hayman (1974)의 책 중, James S. Atherton의 「태양신의 황소」에는 조이스가 인용한 작가들, 세인스버리와 피콕의 선집에 등장하는 그들의 글의 일부분이 소개되어 있다.

된 문체는 세인스버리와 피콕의 선집에 등장하는 자료에 매혹된 모습과는 거리가 멀 뿐만 아니라 오히려 시대착오와 모방을 목적으로 희극적 채굴작업을 벌이는 작가들의 특징이다.[36] T. S. 엘리엇은 버지니아 울프에게 『율리시스』가 "19세기 전체를 파괴해버렸고 (…) 영국의 글쓰기 스타일들의 무용성을 드러냈다"라고 말했는데 이는 너무 독단적인 듯하다. 조이스가 다양한 산문 스타일들의 가치를 인정했다는 사실을 슬쩍 피해갔고, 영국 제국주의 언어의 소외와 모순적 태도를 활성화시키는 웃음을 무시해버렸기 때문이다. 게다가 「태양신의 황소」에서 조이스는 고의적으로 경계를 지우고 전복적인 방식으로 문화적 차이를 조명하고 있다. 마지막 부분의 스타일은 토머스 칼라일(1775-1881)의 모방에서 시작해서 조이스가 "피진 영어, 흑인 영어, 런던 토박이 영어, 아일랜드어, 네덜란드 이민자의 속어와 엉터리 시의 끔찍한 혼합물"[37] 이라고 언급했던 언어의 바벨탑으로 이어지는데, 이 마지막 목소리에는 이산적(離散的)이고 주변화된 목소리만 들릴 뿐 빅토리아 시대 문인의 목소리는 찾아볼 수 없다.

## 키르케

**시간**

밤 12시

---

36 휴 케너는 세인스버리의 선집에서 머콜리의 문단을 택해 「태양신의 황소」에 등장하는 조이스식의 "방식"을 비교하고 있는데, 이를 통해 조이스가 어떻게 자신의 자료들을 이용했고 창조적 목적을 위해 어떻게 변형시켰는지에 대한 자세한 예를 볼 수 있다. Hugh Kenner, *Joyce's Voices*, pp. 106-9.

37 Joyce (1957), p. 139.

**장소**

더블린의 사창가 지역과 타이론가에 위치한 벨라 코언의 사창가

**플롯**

시시 카프리와 에디 보드먼이 사창가 지역에 등장하고 두 명의 영국 병사 카와 콤프턴이 스티븐과 마찬가지로 사창가를 향해 걸어가고 있다. 블룸은 스티븐을 놓치고(15.635-9) 급히 서두르다가 청소차에 치일 뻔한다(15.174-7). 이름 없는 자(15.212)에서부터 블룸의 부모, 몰리, 창녀들, 거티 맥다월, 브린 부인의 환상이 뒤따른다.

블룸이 개에게 먹을 것을 주고 이어서 여러 가지 죄목들, 특히 성적인 잘못들로 인해 재판을 받는다(15.675-1267). 재판 장면이 사라지고 블룸은 벨라 코언의 사창가에 도착해 창녀 조와 이야기(15.1283-352)를 나눈 후, 동료 더블린 시민들로부터 엄청난 찬사(15.1364-618)와 비난(15.1712-62)을 연이어 받는다. 블룸은 순교자가 되어 화형을 당하기 전 여덟 명의 아이를 낳는다(15.1821).

조는 블룸을 음악실로 인도하는데 그곳에서는 스티븐이 린치와 대화를 나누고 있다(15.2087-2124). 블룸의 조부(15.2304)와 스티븐의 아버지(15.2654)를 포함하여 다양한 인물들이 등장한다. 사창가 여주인 벨라 코언이 들어오고, 그녀의 말하는 부채가 블룸을 복종시키자 벨라는 남성인 벨로로 변해 하녀로 변한 블룸에게 굴욕적인 행위를 시키며 그를 모욕한다(15.2835-3218). 에클스가에 위치한 블룸의 집 벽에 걸려 있는 그림 속의 요정이 물질화되어 등장하고 블룸의 바지 단추가 떨어지는 것(15.3439)을 신호로 그는 평소의 모습으로 돌아온다. 블룸은 조에게 주었던 감자 부적을 돌려받고 스티븐의 계산을 도와준 후 손금을 본다. 이어서 블룸이 보일런과 몰리의 정사를 즐기는 아첨꾼으로 변

하는 환상이 이어진다(15.3756-816).

스티븐, 린치, 블룸 사이에 많은 대화가 오가고 사이먼 디댈러스가 새와 여우 사냥개로 변해 나타나고, 기수 없는 다크 호스(dark horse)와 개릿 디지 교장이 등장한다(15.3820-4004). '내 애인은 요크셔 출신'을 연주하자 춤이 이어지고(15.4005-154), 스티븐의 어머니가 유령의 모습으로 나타난다. 괴로워하던 스티븐은 어머니의 유령과 말싸움을 벌이고 지팡이로 샹들리에를 깨버린다. 벨라는 보상을 요구하고 블룸이 남아 문제를 해결한다.

블룸은 사창가를 떠나 스티븐을 따라가다가 스티븐과 두 영국 병사 간의 시비에 휘말린다. 구경꾼들 중에 에드워드 7세가 포함되어 있다(15.4459). 스티븐이 병사에게 맞아 쓰러지고 두 명의 경찰이 도착한다. 블룸은 반쯤 의식을 잃은 스티븐의 옆에 남고, 열한 살이 된 죽은 아들 루디의 환상을 본다. 루디는 미소를 짓고 있지만 블룸을 쳐다보지는 않는다.

**논제**

「키르케」를 읽는 다양한 방식들은 개인의 주체성에 바탕을 둔 리비스(Leavis)식의 인문주의적 비평과 1880년에서 1920년까지 아일랜드와 영국의 식민지 관계에 뿌리를 둔 역사적 시각의 연구 사이의 분리를 반영한다. 상당히 최근까지 프로이트식의 접근법은 이 장의 에피소드들이 보여주는 환각적 특성을 인간 의식의 내면성을 꿈과 비슷한 것으로 표현한 것이라고 보았다. 즉 억압된 두려움과 욕망이 정신의 무대 위에서 표면화되면서 형태와 역할이 바뀌는 장면들이 연출된다는 것이다. 밤에 꿈을 꾸는 사람이 과거의 힘들었던 상황들을 재활성화하듯이, 「키르케」는 『율리시스』의 텍스트로 되돌아가, 해결되지 않고 남아 있는 순간들을 재구성한다. 이런 맥락에서 「하데스」의 장례식에서 처음 등장했고 매킨토시라고 잘못 호칭된(6.891-4) 것으로 알려진 그 남자가 다시 등장해 블룸을 비난하는데(15.1560-4)[38], 블룸에게 그 남자의 익명성은 불편함의 한 원인이며 마찬가지로 불확실한 자기정체성에 대한 하나의 증상이기도 하다. 죽은 아버지가 나타나고 자신이 남자에서 여자로 변하는 장면 등 블룸의 다른 불안들도 노골적으로 드러난다. 앞의 역전 상황에서 다양한 성적 변태성으로 인해 비난받던 죄인 블룸은 칭송받는 시민으로 변한다. 스티븐의 무의식도 발가벗겨지며 어머니가 등장하여 영원한 저주를 경고하는 장면에서 극에 달한다.

블룸이 자기부정을 극복하고 스티븐을 교활한 포주로부터 보호해주고 영국 병사와의 갈등 후 그를 구해주는 모습에서 볼 수 있듯이 「키르케」에 대한 정신분석학적 독해는 블룸을 긍정적인 방향에서 보게 해준다. 쓰러져 있는 젊은이를 내려다보면서 처음으로 그를 스티븐이라고 호칭하는 장면은 아버지를 대신하는 인물이 아들을 대신하는 인물을 만나는 것이라고 할 수 있다. 오디세우스가 텔레마코스를 만나는 이 장면은 루디의 유령이 확인해주듯이 상당히 중요한 심리학적 의미를 지니며, 따라서 이 작품의 정점을 이루는 장면으로 보일 것이다. 그런데 루디의 외형, "바이올렛빛 나비매듭이 달린 상아 막대"를 쥐고 조끼 호주머니에서 새끼 양이 얼굴을 내밀고 있는 루디의 모습과 스티븐이 예이츠의 「누가 퍼거스와 함께 가는가?」(스티븐이 죽어가던 어머니에게 읊어주던 시)를 중얼거리고 블룸이 이를 퍼거슨이라는 어떤 아가씨를

---

38 매킨토시 코트를 입은 남자는 총독의 행렬 때 길거리에서 목격된 바 있었고 (10.1271-2) 「키클롭스」에서도 언급되며(12.1497-8), 「태양신의 황소」의 마지막 부분에서 스티븐도 그를 목격한다(14.1546). 잠자리에 들면서도 그 남자는 블룸의 마음을 계속 사로잡는다. "그 매킨토시는 누구였지."(17.2066)

언급하는 것으로 착각하는 장면은 마지막 장면의 그 정점을 약화시키고 있다. 휴 케너는 내면성을 벗어나는 이 마지막 장면을 놓치지 않는다. 그는 루디의 유령에 대해 이렇게 말한다. “우리가 보게 되는 한 소년, 특이한 옷을 입고 히브리어로 된 책을 읽고 있는 그 소년보다 더 '객관적'인 것이 또 어디에 있을까? 그러나 우리 자신, 그곳이 아니라 여기 영어 단어들로 쓰인 책 앞에 앉아 있는 우리를 제외하면 아무도 그를 보지 않는다.”[39]

「키르케」의 영어 문제는 앤드루 깁슨의 『조이스의 복수』에 나타난 독특한 해석을 뒷받침하고 있다. 꼼꼼한 텍스트 분석을 통해 깁슨은 더블린 사람들의 영국화된 무의식 속에 영국의 지배력이 남아 있는지의 여부, 즉 환각 장면들에 스며들어 있는 영국인의 목소리에서 들을 수 있는 억압된 것의 귀환에 관심을 기울인다. 대표적인 예를 들자면, 블룸이 왜 사창가 지역을 돌아다니느냐는 브린 부인의 말에 관습적이고 점잖은 어조의 영어로 대답하는 장면을 들 수 있다. “어떻게 지내시오? 그 후로 꽤 오랜만이군요. 참 얼굴빛이 좋아 보입니다. 정말이라니까요. 요즘에는 날씨가 참 좋거든요.”(15.399-401) 예의 바른 영어는 존경의 표현이지만 깁슨에게 “「키르케」에 나타난 진짜 골치 아픈 타자는 프로이트의 이드(id)가 아니라 낯선 이디엄(idiom)이다.”[40] 「키르케」에서 볼 수 있는 과도함의 축제, 문화적 규범들이 혼란스럽게 뒤섞인 장면은 바흐친이 말하는 카니발이며 이런 의미에서 아일랜드인에게 부과된 영국 문화의 효과를 비웃는다고 할 수 있다. 매슈 아널드(15.2514: 「텔레마코스」(1.172-5)에서 처음 등장한다)가 술 취한 필립과 술 안 취한 필립의 가면을 쓰고 등장하는데 프로이트와 상관없이 저명한 문

39 Kenner (1978), p. 93.
40 Gibson (2005), p. 192.

학가를 영국의 속물 지식인 중 한 명으로 변형시키고 있는 것이다. 총독의 행렬이 지나가는 동안 스티븐의 거친 발걸음과 보조를 맞추어 소년들은 "나팔을 불고 북을 둥둥 치면서" "나의 애인은 요크셔 출신이라네"(10.1249-57)라는 노래를 조롱하듯 부르고 있다.

「키르케」를 정신분석학적 측면에서 접근하는 것은 당연한 일이겠지만 이 에피소드는 심리소설의 정석을 훨씬 뛰어넘는다. 이 장의 끝맺음을 장식하는 마지막 장면은 너무나 순진하고 단순해서 그 심리학적 중요성이 크게 축소되고 있을 뿐 아니라 다양한 환상들과 연관된 다른 것들도 플롯이나 인물에 대한 반향이 별로 없거나 아예 없는 경우도 있다. 이 외에 더블린 소방서 대원들에 의해 블룸이 화형을 당하는 장면에서 등장하는 가톨릭 호칭 기도의 흥미로운 패러디가 있다.

> 블룸의 신장이여, 우리를 위해 기도하소서
> 목욕탕의 꽃이여, 우리를 위해 기도하소서
> 멘튼의 스승이여, 우리를 위해 기도하소서
> 프리맨의 광고 외판원이여, 우리를 위해 기도하소서(15.1941-4)

호칭 기도는 이어서 8행까지 이어지면서 블룸의 다양한 면모들(스승, 광고 외판원, 프리메이슨 등)이나 그와 관련된 품목들(신장, 비누, 감자)이 「칼립소」('블룸의 신장')에서 「키르케」('전염병과 역병을 막아주는 감자')까지 시간 순서대로 나열된다. 이 기도는 블룸의 하루를 요약하고 있지만 그의 마음속의 투사, 그의 내적 독백의 극화를 넘어서는 것으로 보인다. 마치 『율리시스』라는 책이 책 자신과 블룸에 대한 묘사를 반성적으로 되돌아보고 있는 듯하다.

이 장의 스타일은 영화 같은 요소가 있는데 이는 조이스가 영화에 관심이 있었고 트리에스테에서 영화관에 자주 갔다는 사실(18쪽 참조)과 도 관계가 있다. 초창기의 영화 트릭에는 「키르케」에서 블룸의 노래하는 비누나 벨라의 말하는 부채처럼 살아 움직이는 사물들이나 형태 변형 등의 기법이 있었다. 또한 『율리시스』에서 볼 수 있는 언어상의 기형성이 영화관의 스크린에서 최초로 볼 수 있었던 움직이는 그림들의 특성을 시각적으로 비틀어낸 것이라는 의견도 있다.[41]

## 에우마이오스

**시간**

밤 12시 40분에서 1시

**장소**

관세청 근처 버트 브리지에 있는 마차꾼의 오두막 주점

**플롯**

지치고 아직 정신을 차리지 못한 스티븐은 블룸을 따라 역마차의 오두막으로 향하고 그곳에서 그들은 알코올이 없는 음료를 마시며 잠시 휴식을 취한다. 마차를 잡지 못한 그들은 걷기 시작하고 도중에 스티븐의 아버지의 지인인 야경꾼 검리의 초소를 지나간다. 그곳에 살던 스티븐의 지인인 콜리가 스티븐에게 돈을 빌린다. 역마차의 오두막에서 몇몇의 이탈리아인들이 돈 문제로 다투고 있고 블룸은 동료에게 커피와 번

41 Williams (2003).

빵을 사주며 둘은 그곳의 사람들과 일부가 된다. 어느 수부(水夫)가 자신의 여행에 대해 이야기하고 창녀가 창 밖에서 들여다본다. 스티븐과 블룸은 이러저러한 대화에 열중하고 오두막 주인은 아일랜드 문제와 관련해서 영국을 비난한다. 대화는 파넬에 관한 이야기로 이어지고 블룸은 스티븐에게 몰리의 사진을 보여주며 스티븐의 안위를 걱정한다. 두 사람 사이의 동질성을 느끼면서 같이 일할 수 있을 것이라는 생각에 블룸은 스티븐에게 에클스가로 함께 갈 것을 제안한다. 두 사람은 출발한다. 스티븐은 연장자의 팔에 기댄 채 음악과 그 외의 문제에 대해 이야기하고 두 사람은 목욕탕까지 아침에 왔던 그 길을 다시 되돌아간다.

**논 제**

처음 읽는 독자라면 이 장을 어떻게 읽어야 할지 알기 어려우며 호메로스와의 연관성도 보이는 바와는 다르다. 『오디세이아』에서 오디세우스는 결국 고향으로 돌아오지만 구혼자들의 위협 때문에 변장을 한 채 우선 그가 신뢰하는 돼지치기 에우마이오스의 오두막으로 향한다. 오디세우스는 아들에게 자신의 정체를 밝히고 그들은 구혼자들을 처치할 계획을 세운다. 산양 껍데기로 알려진 역마차의 오두막 주인은 에우마이오스에 해당하는 듯 보이고, 오랫동안 기다렸던 블룸과 스티븐의 만남은 오디세우스와 텔레마코스의 만남과 평행을 이루면서 어떤 질서에 대한 방향을 제시하는 듯하다. 아들이 없는 아버지인 블룸은, 아버지가 있지만 아버지의 이상적인 이미지를 가지지 못한 젊은 남자를 구해준다. 그날 하루의 여정에서 그들의 행로는 한 번 이상 교차한 바 있으며, 결국 만나게 된 그들은 새로운 관계를 더 공고하게 할 어떤 공통의 명분을 찾게 된 것이다. 그러나 화자의 목소리와 이 장의 글쓰기 스타일을 생각해보면 그렇게 될 것 같지 않다. 그들이 함께하는 시간은 절정의 순간과는 거리가 멀고 고전적인 사실주의적 텍스트의 정점으로 보기에도 어울리지 않는다.

「에우마이오스」의 화자인 무명의 더블린 남성의 설명은 마치 자신이 보고하는 것의 상당 부분에서 그 정확성을 확신하지 못하는 듯 묘하고 두서없는 방식으로 이루어진다. 블룸이 이탈리아어를 찬미하지만 실제로는 그 언어가 천박하게 사용되고 있다거나, 수부와 잘 안다는 사이면 디댈러스나 산양 껍데기의 정체, 즉 1881년 영국 행정부의 두 유명 인사가 피살된 후 피닉스 공원에서부터 가짜로 마차를 몰아 사람들을 유인했던 제임스 피츠해리스라는 사람이 있었던 것은 사실이지만 산양 껍데기가 정말 그 사람인지 등 불확실한 내용이 많으며 블룸의 정체성마저도 의문시된다. 신문에 난 디그넘의 장례식에 조문 온 사람들의 명단에 그의 이름이 "L. 붐"(16.1260)으로 오기되어 있다.

우리가 이 장에서 읽고 있는 것의 대부분을 지배하는 불확실성의 원리는 자신의 여행과 모험담으로 주위 사람들을 즐겁게 해주고 있는 수부 D. B. 머피에게도 적용된다. 아내와 7년이나 떨어져 살며 수년간 온 세상을 여행하다 집으로 돌아온 수부(16.419-21)는 오디세우스를 연상시키는 인물로 보이지만 그런 예상은 그의 진짜 배경에 대한 의심으로 인해 바람이 빠져버리는데, 이런 사실은 이 장의 언어—장황하지만 부정확하고 가끔은 의심스러운—가 보여주는 전반적인 묘사에도 똑같이 적용된다. 가끔은, 이 에피소드를 시작하는 첫 문장인 "준비 단계로 무엇보다도 우선"에서처럼, 불필요한 말이 너무 많다. 어떤 의미에서, 새로운 장의 시작 부분이라면 어느 것도 우선적으로 준비 단계가 아닌 것이 없다. 그런데 더 큰 문제는 언어가 너무 장황하다는 것이다.

얼마 후에 우리의 두 몽유병자는 남의 눈에 잘 띄지 않는 한쪽 모퉁이에 무사히 자리 잡고 앉아 있었으니, 벌써부터 와서 음식을 먹으며 술을 마시고 있던, 그리고 여러 가지 이야기꽃을 피우고 있던 방탕아들과 불량아들 및 그밖의 정체를 알 수 없는 인간 '호모속'(屬)의 표본 같은 잡다한 무리들로부터의 날카로운 시선과 부딪혔는데, 그들에게 이 두 사람은 분명히 호기심의 대상이 되어 있는 것 같았다.(16.325-30)

이 장의 서술은 독자로 하여금 블룸 자신을 연상시키는 스타일로 이루어져 있고 그의 의식이 이야기에도 영향을 미치는 것으로 보인다. 실제로 이 장은 블룸의 장이라고도 불리는데, 진부한 표현과 에둘러 말하기, 잡다한 지식을 특징으로 하는 그의 느슨한 관용구로 쓰여 있기 때문이다. 그러나 한편으로는 중요한 차이가 있는데, 부정확한 문법과 혼합된 은유를 특징으로 하는 이 스타일을 인물의 기능으로만 한정할 수는 없다. 사실 블룸은 말이 많지 않고 학력도 높지 않지만 불확실하고 감정도 없는 화자보다 더 통찰력 있고 흥미롭다. 이 장을 블룸의 장이라고 하는 것은 아마도 그의 자화상, 즉 그가 자신을 보고 싶어 하고 남들에게 보이기를 바라는 방식이 과장된 산문을 통해 가끔씩 드러나기 때문일 것이다. 휴 케너는 블룸이 이탈리아어를 칭송하는 장면(16.334-347)을 지적하면서 인용 문구의 과다함과 지나친 우아함이 블룸이 추구하는 이미지와 밀접하게 관련되어 있다고 주장한다.

『오디세이아』 13권부터 16권까지 나타나는 정체성과 속임수의 유희는 「에우마이오스」에서도 중심적인 위치를 차지한다고 볼 수 있으며—조이스가 율리시스 슈도안젤로스(Ulysses Psuedoangelos: 가짜 전령 율리시스)라고 불렀던, 기원이 의심스러운 그 수부의 중요성을 이해한다면—이러한 사실은 언급된 내용의 상당 부분을 뒤덮고 있는 신뢰성의 부족과 불신의 분위기를 설명하는 데 도움이 될 수 있다. 디그넘의 장례식에 대한 신문 기사(16.1248-61)처럼, 시티즌과의 만남에 대한 블룸 자신의 설명(16.1081-7)도 정확한 것만은 아니다. "이름들처럼 (…) 소리란 사기꾼입니다"(16.362)라고 스티븐은 말한다. 비평가 매릴린 프렌치는 스티븐과 블룸이 서로 의사소통하면서 느끼는 어려움과 그와 관련한 괴상한 문장 구조를 설명하면서, 이 에피소드의 언어에 어떻게 속임수가 만연해 있는지를 지적한 바 있다.[42] 이런 아이디어를 조금 더 확장한다면, 화자의 목소리가 그런 속임수의 일부이고 독자는 이 목소리에서 블룸의 생각을 듣는 것으로 생각할 수 있지만 실제로는 또 다른 사기꾼이 활동하고 있을 가능성도 있다. 이런 사실은 블룸 자신의 온전한 정체성을 고정시키는 어려움을 미해결 상태로 남겨놓는다.[43] 어쨌든 「키르케」는 블룸의 정체성의 본질이 얼마나 변화무쌍한 것인지를 보여주었고, "그가 자신의 가슴으로부터 털어놓은 모든 속임수 가운데서 엄격하게 정확한 복음(福音)이 될 만한 본래의 많은 가망성은 일견하여 없다 할지 몰라도 그것이 전적으로 날조된 이야기는 아니라는 것 또한 확실히 가능성의 범위 내에 두어야 하리라."(16.826-9) 블룸은 "긍정적인 날조들"(16.781)[44]을 말하는데 사실 그 자신이 그 날조들 중 하나인지도 모른다. 또한 「에우마이오스」 전체의 언술에서처럼, 방금 인용한 문장의 장황하고 복잡한 표현이 언어의 본질에 내재한 잠재적 기형성에 대한 유희이고, 조이스가 이를 통해 "올바른 영어"를 희생시키면서 희극화한 경우로 보는 것도 가능할 것이다. 이런 식으로 볼 때 이 장의 스타일은, 스티븐이 멀리건이 벗어던진

---

42 French (1982), p. 211.

43 Osteen (1992).

44 positive forgeries. 『율리시스』 원문에는 "진짜 날조들"(genuine forgeries)로 되어 있다(옮긴이).

신발을 신고 있다는 것도 모르고 블룸이 멀리건을 멀리하도록 충고하면서 "내가 자네 입장이라면"(If I were in your shoes)(16.281)이라고 하거나, 멀리건이 빵의 양쪽에 버터를 바른다는 것을 모르고 추가로 멀리건이 "자신의 빵 어느 쪽에 버터가 발라져 있는지를 안다"(1.447)라고 말하는 장면에서처럼, 조이스가 자신의 습관적인 유머를 드러내면서 동시에 영어의 관습에 대해 가하는 공격의 일부이자 꾸러미라고 할 수 있다. 언어는 교묘한 것으로서 사람들이 생각하는 만큼 분명하고 확고한 것이 아니다. 조이스는 언어의 규범적 규칙의 부재를 조롱하고 즐기고 있는 것이다.

블룸과 스티븐이 대화를 나누며 에클스가를 향해 "나란히"(16.1880) 걷는 마지막 장면에서 그들의 관계는 전혀 감상적으로 묘사되지 않는다. 두 사람 사이에는 큰 차이가 존재하는 것이 분명하다. 그러나 이탤릭체로 쓰인 가사는 결혼을 축하하는 노래 '등 낮은 마차'의 일부다. 상반된 것들의 결합이라는 식의 아이디어는 다음 에피소드에서 전개된다.

## 이타카

**시간**

새벽 1시에서 2시까지

**장소**

에클스 7번가

**플롯**

블룸은 열쇠를 잊어서 난간으로 올라가 부엌으로 향하는 곳으로 내려간 다음 촛불을 들고 위층으로 올라가 문 앞에서 기다리고 있던 스티븐에게 현관문을 열어준다. 그는 두 사람을 위해 코코아를 준비하고 옷장 위에 있는 찢어진 두 장의 마권을 보고는 그것이 보일런이 골드컵 경마에 걸었던 마권이고 자신이 밴텀 라이언스에게 자신도 모르게 스로어웨이라는 우승마 이름을 알려주었음을 깨닫게 된다. 대화 중에 스티븐은 아일랜드 시를 읊고 블룸은 「아가서」에 나오는 히브리 시를 암송한다. 스티븐이 살인 의식(儀式)에 대한 반유대적인 노래를 부를 때까지 서로 다른 언어와 인종이 비교된다. 블룸은 자신의 딸을 생각하고 스티븐에게 자고 갈 것을 제안한다. 그는 제안을 거절하지만 두 사람은 다시 만나기로 동의한다. 뒷문을 통해 나가면서 그들은 정원에서 선명한 밤하늘을 쳐다보게 되고, 블룸은 천체의 여러 측면들에 대해 생각한다. 두 사람은 소변을 보면서 몰리가 누워 있는 침실의 불 켜진 창문을 올려다본다. 악수를 한 후 스티븐은 블룸의 집에서, 그리고 이 책에서 떠나버린다. 행선지는 알려지지 않는다. 블룸은 안으로 들어가 위층의 거실로 가다가 가구의 위치가 바뀌었다는 것을 알게 된다. 사창가까지의 전차비와 그곳에서 지불한 돈은 생략한 채, 책상에 앉아 하루 동안 쓴 돈을 계산해보다가 그는 자신이 꿈꾸던 집에서 이상적인 삶을 사는 모습을 생각해본다. 그는 마사 클리퍼드가 보낸 편지를 두 개의 잠긴 서랍 중 하나에 넣어두는데, 다른 서랍에는 재정과 개인 관련 서류들, 그의 아버지의 유언장이 들어 있다. 자신의 인생을 생각하면서 블룸은 새로운 곳으로 떠날 것을 생각해보고 자신을 별들 사이의 방랑자로 상상해본 후, 그날의 일들을 생각하면서 침대로 향한다. 옷을 벗고 침대로 향한 그는 몰리의 반대편 끝에 머리를 두고 누워 보일런이 그곳에 남긴 인상을 느낀 후 그 전날 그곳에서 있었던 일에 대한 자신의 감정을 정리한다. 그가 몰리의 엉덩이에 키스하자 몰리가 깨어나 하루 동안의 일을 듣게 되고 그는 선원 신바드를 꿈꾸며 잠에 빠져든다.

**논 제**

앞에서 전혀 볼 수 없었던 「이타카」의 이 '비문학적' 스타일은 1904년 6월 17일 새벽에 블룸과 스티븐 사이에서 발생한 일을 엄격할 정도로 과학적이고 객관적으로 보이는 방식으로 묘사하고 있다. 조이스는 버전에게 다음과 같이 썼다.

> 나는 「이타카」를 수학 방정식 형태로 쓰고 있습니다. 모든 사건들이 그들의 우주적·물리적 등가물로 용해되고 (…) 그래서 독자들은 모든 것을 알게 될 것입니다. 아주 대담하고 냉정하게 알게 됩니다. 하지만 그로 인해 블룸과 스티븐은 천체의 일부가 됩니다. 그들이 바라보는 별들처럼 방랑자가 되는 것입니다.[45]

조이스의 말대로 「이타카」의 교리문답은 블룸의 나이, 키, 몸무게와 책장 속의 내용물뿐 아니라 루디가 죽은 지 10년 넘게 결혼생활에서 성관계가 없었다는 사실까지 블룸에 대한 정보의 금광을 마련해준다. 「에우마이오스」의 백과사전식 스타일은 가치 있는 정보가 드러나기는 하지만 그것은 블룸과 스티븐의 소변 줄기의 패턴(17.1192-8)에 대한 비합리적 비교, 블룸과 물에 대한 질문에 뒤따르는 450개 단어로 이루어진 대답(17.185-228) 또는 뒷문의 자물쇠를 여는 과정(17.1215-9)

---

45 Joyce (1957), pp. 159-60.

에서 사용되는 과도할 정도의 기술적 전문용어에서 볼 수 있듯이, 이 장의 비개성적인 논리에 굴복하며 차별 없이 적용된다. 조이스의 유머 감각은 여전히 날카롭게 살아 있어 어떤 한 에피소드의 특정 스타일이 독자적인 논리를 따르도록, 그리하여 허구적 서사의 외부에서 길을 잃도록 허용한다.

눈에 띄는 독특한 점은 화자의 병리학적이고 무개성적인 산문을 통해서, 또는 그런 산문에도 불구하고 블룸과 스티븐의 본질적 휴머니티가 드러나는 방식에 있다. 표면적으로는 그들의 만남으로 인해 그들 중 누구도 변화되었다고 보기 어려우며—"그들의 친교가 함께 코코아를 마시고 소변을 본 것에 근거한다고 볼 경우, 그들의 관계와 그 중요성이 일시적일지도 모른다고 의심해야 하지 않을까?"[46]—반유대적인 내용의 "리틀 해리 휴스"를 부르는 것(17.802-28)은 편협함이라기보다는 스티븐이 자기 자신을 희생자로 수용한다는 것, 예술가로서 그가 지불하는 대가로 본다는 것을 의미한다. 그러나 조이스가 그들을 묘사하는 틀은 두 사람 모두를 서로 외롭고 "무한소(無限小)의 단시간 동안에 막간의 희극을 형성하는 정해진 인간의 생명, 70년의 연수(年數)에 비교하여 측정할 수 없을 정도로 무한히 먼 영겁으로부터 무한히 먼 미래에 이르기까지, 소위 항성(恒星), 실질적으로는 언제나 움직이고 있는 방랑자들"(17.1052-6)에 의해 왜소화된 시공간 속에서 고립된 천체들로 수렴시키는 문맥 속에 위치시킨다. 삶의 찰나성은 근처 교회의 종소리에 맞추어 마지막 헤어짐에 동행하는 죽음에 대한 상호적 의식을 알려주며, 작별 행위를 연대감의 순간으로 만들어준다. 스티븐은 어머니와 죽은 자에 대한 기도를 생각하고, 블룸은 고(故) 패디 디그넘을 떠올리

46 Schwarz (1987), p. 250.

게 한 아침의 장례식 참석자들을 회상(17.1230-4)하기 때문이다. 그들은 서로 헤어져 제 갈 길을 가지만, 스티븐에게서 "미래의 운명"(17.780)을 보았던 블룸은 "대격변의 황홀한 악센트"(17.786)를 알고 있고, 운명적으로 시간, 변화, 피할 수 없는 불행의 잠재성을 받아들인다. 연대감의 순간은 너무나 짧고 스티븐이 떠나면서 블룸은 무관심한 우주에서 "별들 사이의 공간의 차가움"(17.1246)에 존재론적 두려움을 느낀다.

이 장의 냉혹한 경험주의 속에서도 은유와 철학이 등장하는데, 두 사람이 뒤쪽 정원에 들어섰을 때 그들을 기다리고 있던 것이 무엇이었는가라는 과학적 질문에 대해서 "습기 찬 푸른 밤의 과실들로 매달린 별들의 천국의 나무"(17.1039)라는 시적 언급은 나중에 부정(17.1139-44)되기는 하지만 독자들은 그래도 긍정적으로 생각할 것이다. 왜냐하면 블룸과 스티븐이 "우주의 천체들"이 되어 "평행 진로"(17.1)를 따라가는 우주적 차원을 떠올린다면 충분히 있을 수 있는 일이기 때문이다. 두 사람의 마음이 합쳐지지는 않지만 동료애가 있으며 그들도 거의 인식하지 못하는 패턴을 따라 시공간을 통해 움직이고 방랑하는 모습을 보일 뿐 아니라 잠깐이지만 약간의 우정도 있다. 길버트와 리나티의 도식에 따르면 조이스가 「이타카」와 연결시킨 신체 부위는 뼈대이며 이러한 신체적 연관성은 인간 존재의 유한성을 떠올리게 하는 장에 잘 어울린다.

이 장의 스타일은 또한 오디세우스가 이타카에서 구혼자들을 처단하는 영웅적 행위와 승리자 블룸이 집에 돌아왔을 때 사이의 연관성을 다룰 때 제기될 수 있는 한계를 초월한다. 양자 간의 연관성은 분명하다. 오디세우스도 블룸이 그랬듯이 정문이 아니라 돌아서 다른 길로 집에 들어간다. 분노한 구혼자가 집어던진 의자는, 블룸이 그의 방에서 위치가 달라진 가구와 부딪치는 모습과 병치된다. 스티븐은 텔레마코스가 오디세우스에게 그랬듯이 "문을 닫고 쇠사슬을 거는 것을 도와준다."(17.119) 블룸과 마찬가지로(17.1321-9) 오디세우스도 구혼자들을 처치한 후 향으로 집을 소독한다. 블룸이 보일런을 처단하는 것은 영웅적인 것과는 다른, 상황에 대한 마음의 승리, 개선의 과정으로서 주격 단어들의 부인(否認)을 통해 분노에서 증오심이 사라진 후의 수용까지의 변화 단계를 보여준다. 몰리의 불륜을 생각할 때 그의 마음속에는 "부러움, 질투, 자제, 침착"(17.2155)의 감정이 지나간다. 이 에피소드의 끝, 블룸의 하루의 끝은 커다란 점 또는 마침표로 끝나는데—조이스가 인쇄업자에게 크게 인쇄해달라고 지시했다—이는 마치 객관적 언어가 1904년 6월 어느 날 더블린에서의 한 남자의 방랑 너머에 있는 진실을 전달하기에 한계에 달했다는 것을 보여주는 듯하다. 블룸이 몰리의 엉덩이에 키스하는 장면을 묘사할 때 미끈거리는 외설성이 방법론적 핵심 사항들을 가득 채운다. "그는 그녀의 포동포동하고 원숙한 노란색의 향기를 풍기는 멜론 형태의 엉덩이에 키스했다. 포동포동한 멜론 형태의 반구의 각각에, 그것의 원숙한 노란색의 고랑 사이에, 몽롱하고 지속적이며 흥분을 주고 멜론 냄새 나는 입맞춤으로."(17.2241-3) 스타일을 지배하던 목록 나열의 원리는, 블룸이 "뱃사공 신바드 그리고 재단사 틴바드 그리고 간수 진바드 (…) 경마 도박꾼 린바드, 폐결핵 환자 찐바드"(17.2322-6)를 생각하며 잠에 빠져듦에 따라 무너지고 두운의 위안조차 없이 무의미한 반복으로 해체된다. 이 장의 마지막 언어에 대해서 어느 비평가가 다음과 같이 정교하게 언급한 적이 있다. "테크닉, 소설 그 자체가 블룸과 함께 잠에 빠져든다."[47]

47 Peake (1977), p. 297.

블룸의 "평정심"은 부분적으로 하루 종일 그의 자존감을 거슬리게 한 문제, 즉 그의 유대인 정체성 문제를 수용하는 방식으로 구체화된다. 에클스가에서 대화를 나누면서 블룸과 스티븐은 그들의 다른 점을 공공연히 암시하지 않지만 두 사람 모두 블룸이 유대인이라는 사실을 인식하고 있으며, 아일랜드인과 유대인의 개념이 신화, 종교, 국수주의, 경제적 권력을 포함하는 매우 복잡하게 얽힌 문제라는 생각을 공유하고 있다. 블룸은 희망과 귀향에 관한 시를 노래하고 스티븐이 떠난 후 그날 일찍 정육점에서 집어 들었던 유대 복고주의자의 안내서 『아젠다스 네타임』을 불태워버린다. 그는 유대주의를 다른 종교 못지않게 이성적이라고 생각하게 되며(17.1902-3) 그의 아버지가 박해받은 유대인으로서 유럽을 가로질러 이주했던 일(17.1905-15)을 떠올리고는 아버지의 믿음을 무시했던 것에 대해 "죄송스러움"(17.1893)을 느낀다.

## 페넬로페

**시간**

이른 새벽

**장소**

에클스 7번가

**플롯**

첫 번째 "문장"(18.1-254)에서 몰리는 블룸이 침대에서 아침을 먹겠다고 요구한 것에 놀라며 그가 밤에 어디를 다녀왔는지 의심한다. 그녀는 블룸이 몰래 무엇인가를 쓰는 것을 본 적이 있었기 때문에 다른 여자가 있는 건 아닌지 의심하면서 남편의 눈길을 끌려고 하는 것 같아서(그리고 집안에서 굴을 빼돌렸던) 하녀를 내쫓았던 일을 생각한다. 이어서 몰리가 다른 남자를 원하는 상상을 즐기는 블룸의 성향에서 시작하여 그녀의 성과 보일런에 대한 생각이 이어진다. 브린 부인을 만났다는 블룸의 말에 몰리는 과거에 그들이 서로 알고 지냈던 시절을 떠올리게 된다.

보일런에 대한 몰리의 생각이 두 번째 문장(18.246-534)의 상당 부분을 차지하며, 그녀는 월요일에 그를 만나고 다음 주에 벨파스트로 연주 여행을 갈 생각에 들떠 있다. 그녀는 지브롤터에서 살았던 젊은 시절을 생각하다가 죽은 병사 스탠리 가드너와 영국군을 떠올린다. 이어서 블룸의 악취미, 새 옷을 사는 데 필요한 돈, 효과는 없었지만 블룸이 목축업 사업장에서 실직했을 때 도우려 했던 일을 생각한다. 허기가 아니라면 몰리의 성 인식이 다음 문장(18.535-95)의 주된 관심거리다.

몰리는 네 번째 문장(18.596-747)에서 지브롤터에서의 삶을 회상하고 그녀의 친구 헤스터 스탠호프와 그녀의 매력적인 남편과의 슬픈 이별을 기억하면서 현재의 지루한 삶을 떠올린다. 그녀는 보일런이 로맨틱하기는커녕 천박하다는 것을 인정하면서 편지, 즉 더 늙기 전에 일상에 활기를 불어넣어줄 어떤 것을 고대한다. 다섯 번째 문장(18.748-908)은 그녀의 사실상 첫 애인이자 지브롤터에서 근무하던 군인 해리 멀비에게서 받은 편지와 관련되어 있다. 그녀는 로맨스, 흥분, 그리고 더블린의 다른 여가수들에 대해 느꼈던 우월감을 회상한다. 그녀는 방귀를 뀐다.

여섯 번째 문장(18.909-1148)에서는 블룸이 몰리의 마음속으로 들어온다. 그녀는 그의 아침 여정, 그의 서툰 노 젓기, 자신과 밀리의 관계를 즐겁게 회상한다. 그녀는 생리가 시작되는 것을 느끼고는 침대에서 나와 요강에 앉는다. 일곱 번째 문장(18.1149-367)에서 몰리는 블룸의 편지가 그녀에게 성적 흥분을 일으켰던 일을 회상하고 이때부터 블룸에 대한 그녀의 태도가 변하기 시작한다. 침대에서 거꾸로 자는 등 블룸의 특이한 성향에 웃음을 터뜨리지만 침대로 되돌아오면서 그들의 재정적 불안정과 블룸이 일을 계속할 수 있을지 걱정한다. 블룸이 여자와 함께 있었을지도 모른다는 불안감에 그녀는 아침에 그의 주머니를 뒤져보기로 결심하고 사이먼 디댈러스 등 그의 동성 친구들에 대해 궁금해한다. 이로 인해 그녀는 스티븐에게도 관심을 갖게 되고, 교육수준이 높고 뛰어난 젊은 시인과의 성적 관계라는 상상에 호의적으로 반응하면서 블룸의 의도가 무엇일지 궁금해한다.

보일런의 유혹이 사그라지고 그녀의 욕망에 무관심한 블룸을 비난하는 등 몰리의 성적 상상이 마지막 문장(18.1368-609)까지 계속 이어진다. 젊은 스티븐을 염려하다가 루디에 대한 불편한 기억들을 떠올리게 되고 이어 스티븐이 그들의 집에 기숙하는 상상을 한다. 블룸의 관심을 끌기 위해 특별한 계획을 세우면서 몰리는 자신의 불륜을 인정하고 자신의 엉덩이에 사정하기를 좋아하는 블룸의 욕망을 받아주면서 돈을 몇 푼 얻어내는 등 블룸에 대한 자신의 위치를 재확인하고자 한다. 잠들기 전 블룸에 대한 생각이 지브롤터에서 멀비와 가졌던 즐거웠던 기억과 뒤섞이면서 그녀는 호스헤드 언덕에서 블룸과 보냈던 순간을 즐거운 마음으로 확인한다.

**논제**

전통적으로 사람들은 몰리를 여성성의 구현으로 보았으며, 「페넬로페」를 여성의 육체에서 흘러나오는 언술의 흐름, 주체를 드러내는 육체성과 리비도를 나타내는 것이라고 읽었다. 조이스는 이러한 육체성과 리비도를 문학의 물질적 핵심인 인간의 추동성의 표현이라고 말했다. "현대적 주제는 심층에 흐르는 힘들, 모든 것을 지배하면서 인간으로 하여금 겉으로 드러난 흐름과 반대로 내달리게 하는 그 숨어 있는 물결들, 영혼을 둘러싸고 있는 유독성의 미묘한 요소들, 피어오르는 성의 향기입니다."[48] 육체의 흐름의 한 형태로서 몰리의 목소리와 그 목소리의 요구는 「이타카」의 철저한 어투와는 전혀 다른 표현 스타일을 요구한다. 정확성, 반성, 완곡 표현을 위한 심리적 공간은 존재하지 않는다. 이것은 견고함과는 거리가 먼 삶의 목소리, 욕망을 긍정하는 여성의 성으로서, 일부 페미니즘 비평가들에게는 염려를 자아낸다. "사고하는 것과 생리를 하는 것은 서로 유사하고 동시적인 과정이다. 그녀는 문장 구조나 마침표를 통해 사고를 통제할 수는 없지만 그것을 통해 생리를 통제할 수는 있다."[49] 「페넬로페」가 자유로운 흐름, 검열받지 않은 의식의 출혈(出血)이라는 개념—남성은 이성적이고 여성은 비이성적이라는 지겨운 이분법을 부활시키는 개념—은 문장 구조에 집착하는 규칙 중심의 시각을 무시한다. 따라서 대니스 로즈라는 한 유능한 편집자는 아무 문제 없이 마침표들을 집어넣었다(조이스는 나중에 교정 단계에서 마침표 대부분을 삭제했다). 길거리의 불규칙한 자극들에서 시작되는 블룸의 내적 독백과 달리, 몰리의 독백은 그녀 마음속의 생각들을 따라가며, 독자들도 바로 알아차리겠지만, 어디에서 한 생각이 끝나고 또 다른 생각이 시작되는지 알아내기가 어렵지 않다. 그녀가 마침표라는 관습이 부족하기는 했지만(고대 그리스인들 역시 마침표 없이 글을 썼으며 단어 사이에 공간을 두지도 않았다) 장소, 특히 성적인 것과 연관

---

48 Power (1974), p. 54.
49 Ellmann (1968), pp. 74-5.

된 장소들에는 고유명사를 허용했다. 몰리는 사람의 이름, 특히 남성의 이름을 사용하지 않는 경향이 있다. 예를 들어 "나는 그가 연애하는 방법을 좋아했어 당시 (…) 그는 가드너처럼 포옹을 멋지게 하는 방법은 결코 알지 못했어 그가 약속한 대로 월요일 같은 시각에 와주었으면 좋으련만"(18.328-32)과 같은 특징적인 문장에서 볼 수 있듯이 그녀는 대명사를 혼잡스러울 정도로 좋아하는데, 첫 번째 "그"는 블룸을, 두 번째 "그"는 보일런을 가리킨다. 몰리에게 의미 있는 기표는 장소 이름, 옷, 신체 부분, 신체 기능, 연고 등이다. 보일런의 밀짚모자는 유쾌한 젊은이라는 자아 이미지를 보여주는 역할을 한 번 이상 수행하고 있지만(6.199, 8.1168, 11.302) 에피소드의 정점에서 몰리의 마음속에 떠오른 것은 블룸이 쓰는 밀짚모자(18.1573)다.

일부 페미니즘 비평가들의 의구심이 있었지만 성차별주의자라는 비판을 받고 있는 그 작가가 몰리를 매우 독특하게 다루었다는 사실이 널리 인정되면서 그런 비판 역시 극복되었다. 신화에서 페넬로페는 끈질긴 구혼자들을 물리치기 위한 계략으로 시아버지의 수의를 다 짜고 나면 그들 중 한 명과 결혼하겠다는 약속을 하지만 낮 동안 했던 것을 다시 풀어내면서 그 약속을 무효화한다. 몰리의 독백은 자신의 성적 즐거움을 위한 권리를 포기하지 않으면서도 보일런에 대한 그녀의 애착을 풀어버리고 블룸과의 결합을 재확인하는 절정을 향해 숨 가쁘게 달려가는 것으로 해석될 수 있다. 그녀는 성행위 도중 그녀의 눈을 반쯤 감기게 한 보일런의 그 "단호하고 악의에 찬 눈초리"(18.153)보다 블룸과 그의 괴벽을 더 좋아함으로써 구혼자들을 물리친다. 그녀는 다음 주 월요일에 있을 그의 방문과 벨파스트로의 연주 여행을 기대하지만 최종적이고 고양된 순간에 그녀의 생각을 사로잡는 것은 블룸에 대한 것이다. 그녀는 레오폴드가 그녀로 하여금 반복해서 자위를 하게 만들었던 그 "미치광이 같은 편지"(18.1176)를 써 보냈고 바이런의 시집을 선물로 주었던 것을 회상한다. 반면에 보일런은 별 볼 일 없는 존재로서 "예의도 없고 세련된 면도 없는 데다가 (…) 시와 양배추도 구별하지 못하는 무식쟁이"(18.1368-71)이며 멋진 편지를 쓸 줄도 모른다. 몰리는 시와 편지에 반응을 보인다. 그녀에게 꿈—과거로 흘러가버릴까 그녀가 두려워하는 꿈—을 꾸게 해주는 것은 말이기 때문이다. 그녀의 시적 감수성은 식물과 꽃 가꾸기에 대한 언어를 통해 표현된다.[50]

몰리 블룸에게는 대지의 어머니라기보다는 실내 화장실도 없는 집에 살면서 일상을 처리하고 식사를 준비하는(18.939-45) 가정주부로서의 면모도 있다. 그녀는 음악과 노래, 군대의 행렬을 좋아하고 당대의 통속 문학을 즐기고 자신의 외모에 묘한 자부심을 가지고 있다. 그녀는 역사 속의 여성이다. 영국 군인 브라이언 트위디 소령의 딸로 태어나 열여섯 살이 될 때까지 지브롤터의 영국 식민지 내의 군인 거주 지역에서 자랐다. 그녀의 어머니 루니타 라레도는 그녀가 어렸을 때 죽었거나 집을 나갔다. 블룸 부인은 아일랜드 민족주의에 관심이 없고 보어전쟁과 관련된 반영국주의 정치를 싫어하며 블룸폰테인 지역을 전투보다는 복무 중 열병으로 죽은 남자 친구와 연결해서 생각하는 것을 더 좋아한다. 인생을 긍정하는 그녀의 에너지는 정치에 승리를 거두며, 임신했을 때 블룸이 차에 그녀의 젖을 넣어달라고 했던 일을 생각해보면 몰리는 아일랜드의 상징으로서 「텔레마코스」에서 우유를 배달하던 여자의 현대적 대체물이라고 볼 수 있다.

1904년 더블린에서 그녀의 결혼생활의 인간적 측면은 이상화되지도 않았고 감성적이지도 않다. 데클런 키버드가 언급하듯이 블룸은

---

50 머해피는 이 부분을 포함해서 「페넬로페」에 대한 뛰어난 설명을 제공한다. Mahaffey (1988), pp. 175-81.

결코 팔을 뻗어 아내를 끌어안고 직접 용서를 하려 하지 않는다. 마음속으로 이미 그녀를 용서했기 때문이다. 그녀 또한 결코 스스로에게 이미 말했던 것을 그에게 말하지 않는다. 그가 더블린에서 가장 멋진 사람이라는 것을.[51]

조이스는 직접 자신의 말로 몰리가 "천천히 확실하고 균형 잡힌 모습으로 회전하고 있는 지구 공처럼 돌고 있으며, **왜냐하면**, **하부** (…) **여성**, **예스(yes)**라는 단어로 표현된 여성의 가슴, 엉덩이, 자궁, 음부라는 네 개의 핵심 부분을 가지고 있다"[52]라고 말한 바 있는데, 이렇듯 그녀를 이 장을 이끄는 동력의 일부로 보는 해석은 자신의 독자적 권리를 가지고 있는 복잡한 한 개인으로서의 몰리의 위상을 거부한다. 조이스가 위에서 말한 상징성은 다양한 해석의 여지를 남기고 있다. 몰리 자신의 솔직한 목소리와 달리 불분명하기 때문이다. 많은 독자들이 『율리시스』의 주점 장면에서 더블린에 사는 남성들의 사실적인 목소리를 듣고 인식한 바 있는데, 몰리의 여성의 목소리도 마찬가지로 진실하다. 문화적 국수주의자가 되려는 사람들을 거칠게 폄하하는 다음의 내용에서 볼 수 있듯이, 그녀는 허영심 못지않게 명확한 계급의식을 가지고 있으며 쾌락주의를 옹호하는 전복적인 인물이기도 하다.

캐슬린 키어니와 그녀의 수많은 빽빽거리는 소리를 내는 자들 이 처녀 저 처녀 그밖의 다른 처녀 마치 참새 떼처럼 둥그렇게 떠들어대 자신들의 등에 관해서처럼 잘 모르고 있는 정치에 관해 찡그리고 있는 것이지 어떡해서든지 자기들에게 흥미를 끌려고 아일랜드의 국산품 미녀들 같으니라고 나는

51 Kiberd (1992), p. 1181.

52 Joyce (1957), p. 171.

군인의 딸이야 그래 그리고 너는 누구의 딸이니 구둣방 딸이지 그리고 술집 딸이야 용서해줘 나는 사륜마차인 줄 알았어 넌 손수레였구나 그들은 아마 발을 헛디뎌 죽어버렸을 거야 만일 그들이 음악회의 밤 어떤 사관의 팔에 안겨 알라메다 공원으로 걸어갈 기회라도 갖는다면 말이야.(18.878-85)[53]

이보다 긴 문장 중에 몰리와 레오폴드 사이의 성생활에 관한 정보가 조금이라도 안 들어 있는 경우는 없다. 페티시, 환상, 마스터베이션, 구강 섹스와 변태성이 부끄러운 기색 없이 자유롭게 흘러 다닌다. 조이스는 1920년 12월 10일 프랭크 버전에게 보낸 편지에서 다음과 같이 밝혔다. "처음에는, 율리시스의 인물처럼 구혼자들을 처치할 생각은 없었습니다. 그런데 이제 거기에도 그런 것이 있을 수 있다고 생각합니다. 나는 마지막 말을 몰리 블룸에게 줄 생각입니다."[54] 욕망을 긍정하고 육체의 사회적 기호학을 정확히 인식함으로써 그녀는 콜린 맥케이브의 말대로, "남근의 가식을 파괴하는 자"[55]가 된다. 「떠도는 바위들」에서 마차 안에서 몰리 옆에 앉아 있었던 일을 남자답게 떠벌리던 레너헌(10.566-74)은 율리시스의 활에 쓰러진 구혼자들 중 한 명처럼 아주 간단히 퇴치된다. "글렌크리 만찬에서 돌아올 때 그 기생충 같은 레너헌 녀석은 나한테 추잡한 짓을 하고 있었지." 그러고 나서 몰리는 식사 시간에 즐겼던 맛있는 닭고기 요리를 더 많이 생각한다(18.426-32). 음식을 즐기는 그녀의 모습은 그녀의 독백에서 여러 번 반복되는 "예스"라는 그 위대한 긍정의 일부분이다. 그런데 이 반복되는 단어는

53 캐슬린 키어니는 『더블린 사람들』의 「어떤 어머니」에 등장하는 인물이다. 그녀는 아일랜드 문예부흥의 후원자로 나섬으로써 딸의 음악 경력을 높이려 시도한다.

54 Joyce (1957), p. 151-2.

55 MacCabe (1979), p. 132.

1991년 그 소설을 아일랜드어로 옮길 때 번역가들에게 골칫거리를 야기했다. 예스나 노에 해당하는 단순한 아일랜드어 단어가 없었기 때문이다. 몰리 블룸은 비아일랜드적이라는 핵심적 특성을 남편과 공유한다. 그녀는 지브롤터에서, 브라이언 트위디 소령과 그의 스페인계 유대인 아내 루니타 라레도 사이에서 태어난 딸이다.

# 4장
# 비평과 출판 과정

『율리시스』의 출판의 역사는 그 자체로 하나의 이야기이고 지금까지도 이어지고 있는 이야기다.[1] 소설의 완성이 가까워지면서 조이스는 출판사를 찾기가 쉽지 않다는 것을 알게 되었다. 그런데 행운이 실비아 비치(Sylvia Beach: 1887-1962)라는 사람의 모습으로 찾아왔다. 그녀는 파리에 거주하던 미국 태생의 서점 주인으로 그녀의 서점은 모국을 떠나 파리에서 머물고 있던 문학가들의 모임 장소였다. 1921년에 그녀는 책을 출판해주겠다고 제안했고, 디종에 사는 어느 인쇄업자를 찾아내기도 했는데 그는 흔쾌히 교정쇄 교정을 맡아주기로 약속했다. 덕분에 조이스는 1922년 2월 2일 그의 마흔 번째 생일날에 『율리시스』가 출판되기 직전까지도 계속되었던 개작과 첨부의 과정을 보장받을 수 있었다. 책 표지는 푸른 바탕에 흰색 글씨로 디자인되었다.

## T. S. 엘리엇의 『율리시스』

T. S. 엘리엇은 1923년에 발표된 그의 유명한 글 「『율리시스』, 질서와 신화」에서 조이스의 소설을 20세기의 가장 중요한 작품이 될 것이라며

1 Arnold (2004).

높이 평가했다. 특히 그의 신화적 방법, 즉 호메로스와의 연관성이 "과학적 발견이라는 중요성"을 가지며 "그 누구도 이러한 바탕 위에서 소설을 지어낸 적이 없었다. 이전에는 결코 필요로 하지 않았다"[2]라고 밝혔다. 엘리엇은 20세기 문학의 방향을 바꾸어놓을 발전을 위한 길이 열렸다고 생각했다. "신화를 통해서, 현대와 고대의 연속적인 평행관계를 통해서, 조이스 씨는 다른 작가들도 따라야 할 방법을 추구하고 있다." 조이스의 새로운 방법은 미래의 문학이 가야 할 길을 위해서만이 아니라 현대 예술이 주장하고자 하는 인식론적 문제를 위해서도 역시 중요하다. "그것은 현대 역사라는 광대한 무용성(無用性)과 무질서의 파노라마를 통제하고 질서를 부여하며 형태와 의미를 제공하는 하나의 방법이다." 『율리시스』 이전의 소설의 형태는 "시대의 표현"으로 인식되었다. 즉 구조적 구성체와 당대의 소설 쓰기에서 필수적이고 독특한 것으로 보이는 것은 또한, 비문학적 방식일지라도, 19세기 사회와 문화에 대한 필수적이고 독특한 것의 표현이라는 의미에서, 19세기 소설은 하나의 형태다. 『율리시스』는 소설의 형태라는 외형적 특성을 공통적으로 가지고 있지만 이러한 형태가 가지는 유기적 의미를 가지고 있지 않으며 가질 수도 없다는 점에서 진짜 소설이라고 할 수 없다. 소설의 형태와 그런 소설을 만들어낸 사회의 형태 사이에 존재할 수 있는 **선험적**(a priori) 조화는, 엘리엇의 입장에서는 유감스럽게도, 현대 세계와 함께 끝나고 말았다.

엘리엇의 해석에는 사건의 세계를 소설의 세계와 무리 없이 연결시키는 리얼리스트의 미학이 무언중에 깔려 있다. 엘리엇으로 하여금 소설이 "단지 좀 더 엄격한 어떤 것이 필요하다고 느낄 만큼 모든 형태를

---

2 Deming (1970), pp. 268–71. 엘리엇의 인용은 모두 여기에서 온 것이다.

충분히 잃어버리지 못한 한 시대의 표현"이라고 말할 수 있게 했던 것은 현상을 초월해 기저의 재현주의를 야기하는 어떤 연계성이었다. 여기에서 "단지"라는 말은 예술성의 부재나 순진한 어떤 것이라기보다는 기존에 이미 사회 구성체 내에 존재하고 있던 것에 대한 자발적인 표현을 지칭하는 것이다. 그러나 20세기와 함께 위기가 생겨났고—"플로베르와 조이스에 이르러 소설은 끝났다"—따라서 위기의 원인은 문학의 영역이 아니라 소설을 만들어낸 문화와 사회질서라는 더 넓은 영역에서 찾아야 한다. 사회질서의 변화는 유용한 표현 수단으로서 소설의 쇠퇴를 포함한다. 왜냐하면 "소설은 더 이상 도움이 되지 않는 형태"이기 때문이다. 따라서 서술 방식은 신화적 방식으로 대체될 것이다. 그러나 신화적 방식은 일종의 재현주의 같은 것을 수반하지는 않는다. 19세기 소설과 같은 동일한 방식으로 사회질서로부터 발생한 것이 아니며, 따라서 서술 방식으로서도 동일한 존재론적 진리를 소유했다고 볼 수 없기 때문이다. 사회질서는 "무용성의 파노라마"이며 문학의 역할은 일종의 경찰의 역할과 같다. 문화는 역사와 무질서에 부과된 질서이며, 그 과정에서 가치들을 만들어낸다.

엘리엇이 호메로스의 신화적 세계와 1904년 더블린 사이에 설정했던 위계관계는 그가 생각했던 것만큼 분명하지 않다. 그의 글은 어떤 면에서 『율리시스』보다는 『황무지』에 더 적합하다. 예를 들어 「칼립소」에서 블룸이 집에서 나와 정육점으로 가는 모습을 묘사한 부분(4.77-99)을 보자. 여기에 동양 세계와 더블린 사이에 위계관계는 전혀 없다. 마치 공통적인 색깔의 상호작용("밤하늘, 달, 보랏빛, 몰리의 새 타이즈 색깔")이나 구어체 표현("종일 성화를 부린다")처럼 양자는 서로 합쳐졌다 멀어질 뿐이다. 블룸은 자신이 동양 세계를 정형화된 시각으로 보고 있음을 알고 있다. "터번을 두른 얼굴들이 지나간다. 검은 동굴 같은 카펫 상점들, 꼬부라진 파이프에 담배를 피워 물고, 다리를 포개고 앉아 있는, 덩치 큰 사나이, 쾌걸 터코 (…) 아마 실제로는 그렇지 않을지도 몰라. 우리가 읽는 그런 것들." 예를 들어 이 장면을 『황무지』의 타이피스트 여성과 비교해보면, 윤리적 시각을 창조하고 유지하기 위해 엘리엇이 자신의 시에서 다른 소재를 어떻게 이용했는지 알 수 있다. 그러나 조이스의 묘사에는 그런 편향성이 부재한다.

## 모더니스트와 『율리시스』

『율리시스』의 초기 수용에서 또 다른 주요 비평가는 에즈라 파운드다. 파운드는 쇠퇴해가는 사회의 문화적 건강을 회복할 수 있도록, 급진적 미학을 추구하는 전위적 문학 혁신가들의 운동을 지지함으로써 유럽의 모더니즘을 촉진했다. 따라서 조이스는 이러한 운동의 핵심 인물이자 설립 멤버로 환영받았다. 파운드는 언어가 위조품 납품업자 역할을 하면서 관습과 전통에 봉사해왔다고 보았다. 따라서 조이스의 글쓰기에 드러난 "금속성의 정확성"은 이를 폭로하는 미학으로 칭송받았다. "『율리시스』는 세르반테스가 스페인 로맨스를, 라블레가 스콜라 철학의 헛소리와 당대 글의 우상주의를 부수어버린 것과 같은 맥락에서 그 타당성을 가진다."[3] 이런 칭송은 파운드가 연재 형태로 발표된 초반부 장들을 읽었던 사실에 근거한 것으로서 「사이렌」 장이 발표되던 시점부터는 스타일의 변화에 대한 의구심이 생겨난다. "엉망이 된 프리카세 요리를 제외하더라도 주제 자체는 충분히 관심을 받을 만하다."[4] 이렇듯

3 Read (1967), p. 136, p. 250.
4 Ibid., p. 158.

한 발 물러서는 모습은 점차 조이스와의 관계가 소원해지기 시작했음을 보여주지만 조이스의 작품에 더 이상 관심을 보이지 않으면서도 파운드는 『율리시스』가 모더니스트 텍스트의 정전이라는 위상을 가질 수 있도록 도와주었다. 물론 『율리시스』가 파운드의 이데올로기적 관심에서 멀어져갔다는 이유도 있다. 조이스의 소설은 국제적 정신의 표현, 편협한 국수주의의 배격, 세계시민주의의 승리로서 환영받았다.

조이스는 가까운 지인들에게 두 개의 주석서를 쓰도록 허락했을 정도로 자신의 소설을 알리는 데 직접적으로 관여했다. 첫 번째는 1930년에 출간된 스튜어트 길버트(Stuart Gilbert)의 『제임스 조이스의 「율리시스」』로서 당시 조이스의 작품이 이미 좋은 평판을 받고 있었지만 영어권 국가들에서는 출판이 금지되어 독자층이 제한되어 있었다는 점을 염두에 두고 쓰인 것이었다. 1922년에 소설 전체가 출판되기 전에 일부가 잡지들에 실린 바 있었다. 1919년에 해리엇 쇼 위버(Harriet Shaw Weaver)의 『에고이스트』가 다섯 개의 에피소드를 대중에게 소개한 바 있었고, 비슷한 시기에 전위 예술을 다루는 미국 잡지 『리틀 리뷰』에도 일부분이 실렸다. 1922년 출간본에 대한 공식적인 반응을 기대하고 있던 중에 『리틀 리뷰』는 음란성을 이유로 벌금을 물어야 했고, 그 이상의 에피소드에 대한 출판이 금지되었다. 1922년 말, 세관은 영국으로 들어오는 책들을 압수했고, 곧이어 그 책을 금지시켰다. 남부 해안의 항구에서 500권이 몰수되어 그 이듬해 초에 모두 파쇄되었다. 1926년에 당국은 케임브리지대학의 학자인 리비스(F. R. Leavis)가 그 책을 한 권 주문했고 강연회도 열 계획이라는 것을 알게 되었다. 검찰총장은 대학 총장에게 이를 알렸고 예정되었던 강연회는 취소되었다. 아일랜드에서는 금지할 필요가 없었다. 어느 서점도 그 책을 팔려고 하지 않았기 때문이다.

스튜어트 길버트의 책은 소설에서 상당 부분의 인용문을 포함시킴으로써 출판 금지를 우회할 수 있었고 1952년에 개정판이 나올 때까지 그 상태를 유지했지만 그때는 이미 쉽게 조이스의 책을 구입할 수 있는 상황이었다. 1933년, 미국의 어느 판사가 출판에 문제가 없다는 판결—독자에 대한 영향과 관련해서 그 책의 내용이 "어느 정도 역겨운 면이 있지만 성적 자극을 유발하지는 않는다"[5]라는 말을 덧붙이면서—을 내렸고, 랜덤하우스 출판사는 1934년에 그 책을 출판하게 된다. 그 당시 조이스는 『타임』 미국판의 표지에 실릴 정도로 세계적 명사가 되어 있었다. 1936년, 런던의 보들리헤드 출판사가 시험 삼아 1천 부를 출판했다. 공식적으로는 금지되어 있었지만 당국은 더 이상 관심을 보이지 않았다. 길버트의 책은 주로 『오디세이아』에 바탕을 두고 있었고 따라서 조이스가 호메로스라는 불빛을 비추어 후대의 학계에 길잡이를 제공해주었다는 것을 쉽게 알 수 있었다. 조이스가 허락한 두 번째 책은 1934년에 출판된 프랭크 버전의 『제임스 조이스와 「율리시스」 만들기』였다. 이 책은 어떤 면에서 공동 저작이라고 할 수 있는데, 조이스가 버전을 위해 여러 사항들을 제안했기 때문이다.

『율리시스』에 대한 독자적인 연구는 1932년 에드먼드 윌슨(Edmund Wilson)이 쓴 『악셀의 성』이다. 이 책은 『율리시스』와 리얼리즘을 조화시키려는 첫 번째 본격적인 시도였다. 윌슨은 몇몇 호메로스와의 연관성과 관련해서 그가 디자인의 과도함이라고 보았던 좌절감을 인정하고 있으며 후반부 장들에 나타난 스타일의 모험과 힘겹게 씨름하고 있지만 조이스가 문학에서 새로운 것을 성취했다고 인정하고 그를 칭송한다. "우리가 그의 인물들이 보는 그대로 세계를 볼 수 있게 해주고,

5 Ellmann (1982), p. 667.

각각의 생각을 보여주는 독특한 어휘와 리듬을 발견하게 해준다."[6] 조이스의 의도는 20세기 한 도시의 완전한 모습과 그 총체성을 포착하는 것이었으며, 이는 이전 세기의 소설 형태를 모방해서는 성취할 수 없는 일이었다. 엘리엇과 유사하게 윌슨은 조이스의 세계를 아인슈타인의 세계—본질에 있어 수없이 많은 사건들로 이루어진 어떤 급변하는 현상—와 비교한다. 그리고 이를 반영하는 형태라면 과거 소설의 한물간 요소들은 버리고 예술가가 20세기의 삶과 사고의 다차원적 시공간의 연속성을 포착할 수 있게 해주는 기법을 채택해야 한다.

## 미국 학계의 『율리시스』

『율리시스』의 정전으로서의 위상은 미국의 비평가 리처드 엘만(Richard Ellmann)이 1959년에 발행했고 1982년에 개정했으며 엄청난 영향을 미쳤던 책, 작가를 매우 세련되고 비정치적인 예술가로 묘사한 조이스의 전기로 인해 더욱 높아졌다. 1970년대에 출판된 세 권의 연구서는 어떤 도식이 『율리시스』의 자물쇠를 열어줄 것이라는 생각이 지속적으로 영향을 미쳤음을 보여준다. 엘만도 1972년에 변증법적이고 삼원적 구조에 바탕을 둔 연구(71쪽 참조)를 발표한 바 있다. "하나의 대칭이 또 다른 대칭을 요구한다. 어떤 장이 외재적이라면 그다음 장은 내재적이고 세 번째 장은 혼합적이다. (…) 어느 하나가 태양이면 두 번째는 달이 될 것이고 세 번째는 태양과 달의 연금술적 결합을 보여줄 것이다."[7] 오디세우스의 여정을 지중해의 교역로와 연결시킨 고전학자

6 Wilson (1966), p. 164.
7 Ellmann (1972), p. 2.

빅토르 베라르(Victor Bérard: 1863-1931)의 글은 조이스도 읽은 적이 있었고, 세이들(Michael A. Seidel)의 『서사시의 지리학』은 고대 그리스 서사시의 공간적 행로를 의식적으로 모방한 것으로 보이는 『율리시스』 내의 지리적 패턴을 탐구했다. 『세계로서의 책』에서 매릴린 프렌치(Marilyn French)는 단테가 『율리시스』의 구조적 모델을 제공했다고 보면서 조이스의 작품을 "저주나 구원의 상태들이 아니라 인식의 상태들이고 (…) 변화하는 거리(距離)는 단테의 도덕적 위계질서에 해당"[8] 하는 일련의 원들이라는 시각에서 읽어냈다.

이들 비평가는 모두 미국인이고 엘만을 제외하고 이 기간에 가장 눈에 띄는 조이스 학자인 휴 케너(Hugh Kenner)도 역시 미국인이다. 케너는 에즈라 파운드와 마찬가지로 조이스를 고급 모더니즘과 현대세계를 대표하는 위대한 작가로 평가함으로써 현재 큰 인기를 얻고 있는 조이스 산업에 진지함과 우아함을 제공했다. 조이스에 대한 케너의 첫 저작은 1956년에 나온 『더블린의 조이스』인데 "『율리시스』를 어떻게 읽을 것인가" 또는 "『율리시스』 기획서"와 같이 각 장들에 스스로 발견해가는 식의 타이틀을 부여했고, 1980년에는 『율리시스』에 대한 장편의 연구서를 발표했다. 1970년대 후반에 이론이 생겨나기 전까지 『율리시스』에 대한 휴머니즘적 접근을 유지하면서 작품 스타일의 특이성을 가장 성공적으로 다루었던 것은 1978년에 출판된 『조이스의 목소리들』이었다. 케너는 서술자의 목소리라고 생각하는 것이 사실은 인물을 반영하는 언어적 표현이며 이것이 조이스의 글쓰기의 원리라고 상정했다. 그는 「나우시카」의 전반부 스타일을 예로 들어 어떻게 거티 맥다월의 목소리가 그 장의 서술과 뒤섞이면서 그 서술의 동력을 만

---

8 French (1982), p. 4.

들어내는지 보여준다. 예를 들어 이 문장에서 우리는 케너가 말하는 소위 찰스 아저씨의 원리—"서술자의 어투가 화자의 어투일 필요는 없다"[9]—가 작동하고 있음을 알 수 있다. "거티에게는 태어날 때부터의 우아함, 즉 일종의 여왕다운 차가운 오만함이 서려 있었는데, 그것은 그녀의 섬세한 손과 높은 아치를 이룬 발등에서 분명히 증명되고 있었다."(13.96-8) 거티가 이런 말로 자신을 묘사했다는 것이 아니라 스타일이 그녀가 묘사되기를 원하는 방식을 반영한다는 것이다. 마찬가지로, 보일런이 꽃가게에서 몰리에게 줄 꽃을 사고 있을 때 독자들은 보일런식의 표현(강조체)을 접하게 된다. "손턴 꽃가게의 금발 소녀가 버들가지 바구니를 차근차근 **포갰다**."(10.299) 또 보일런식의 수식어 표현도 볼 수 있다. "그녀는 살찐 배[梨]를 머리와 꼬리를 서로 맞대게 하여, 가지런히 늘어놓았다, 그리고 그들 한가운데에는 **수줍은 표정의 잘 익은** 복숭아들은,"(10.305-6) 나중에 블룸이 집에 돌아왔을 때 그는 "밑바닥에 천이 깔린 저지산(産)의 배[梨] 한 개가 담겨 있는 버들가지로 엮은 타원형 바구니 한 개, 산호빛의 분홍 포장지가 반쯤 **벗겨져 있는** 윌리엄 길비사(社)의 환자용 백포도주가 절반쯤 담겨 있는 병 한 개"(17.304-7)를 발견한다. 블룸의 마음속에 있는 보일런의 존재가 언어 속에 기입되어 있는 것이다.

1970년대 후반 당시 여러 다른 이유로 유럽의 이론가들이 『율리시스』에 관심을 가졌는데 그들의 관심을 끌었던 작품의 독특한 측면들을 케너가 어떻게 다루었는지를 보는 것은 매우 흥미롭다. 케너는 소설의 서술을 읽는 즐거움을 좌절시키는 "어려운" 장들 중 하나인 「에우마이오스」의 스타일과 관련해서 서술자가 블룸이며 그가 자신을 바라보고

9 Kenner (1978), p. 18.

싫어 하는 방식—도시적이고 교육을 잘 받았으며 예의도 바른—으로 묘사되고 있지만, 「사이렌」에서는 독자와 이야기 사이에 "언어의 장막"[10]이 세워지는 스타일상의 중요한 변화가 나타나고 있음을 발견했다. 스토리 자체는 보일런과 몰리가 만나는 시간에 접근하고 있지만 서술자는 스타일 연습에만 열중하고 있으며, 푸가 형식을 닮은 시작 부분은 "마치 아가멤논이 죽어가는 동안 마술사가 카산드라를 공중에 띄워 올려 코러스의 관심을 흡수하려는 듯"[11]하다. 케너는 그러한 스타일의 전환이 『율리시스』의 후반부 3분의 1을 차지하는 특징으로서 언어 뒤에 숨겨진 사건들을 고의적으로 감추려는 시도를 보여준다고 생각했다. 이 장에서 블룸이 따분한 음악과 구슬픈 진부함을 통해 자신의 관심을 돌리려 하는 것은 아일랜드 특유의 향수의 표현이며, 과거 역사를 제대로 불러오는 것이 아니라 인물을 배반하는 방식으로 과거를 이용한 경우다. 조이스는 사람들이 역할놀이를 하는 방식에 흥미를 느꼈고 그에 따라 말과 의상을 변화시켜 그들을 다른 인물로 바꾸어놓았던 것 같다. 이런 의미에서 셰익스피어와 유사하다고 할 수도 있겠지만, 그것은 또한 "말과 상관없이 존재하는 주체를 만들어내도록 요구하는 아일랜드인의 눈"[12]을 가진 민족의 특성이라고 볼 수도 있다. 이런 사실은 순수한 스타일에 대한 호감과 철학적 아이디어에 대한 불신으로 이어지며, 따라서 조이스는 리얼리티는 스타일의 문제이며 이는 곧 자신들의 목소리에 매혹된 아일랜드인들의 분명한 민족적 특성의 표현이라는 원리에 맞추어 작품을 쓰고 있는 것으로 보인다. 케너는 본질적으로 아일랜드인이며 찰스 아저씨의 원리를 충실히 따르면서 소설이 진행됨에

10 Ibid., p. 41.
11 Ibid., p. 43.
12 Ibid., p. 52.

따라 더욱 위세를 떨치는 제2의 기만적인 서술자를 상정한다. 더블린에 떠돌아다니는 다양한 목소리들을 반영하는 다중의 스타일들은 점차 번성하기 시작해서 작품 전체를 지배한다.

## 후기구조주의자들의 『율리시스』

2차 세계대전 이후 조이스 연구는 미국 학계가 독점했던 것으로 보인다. 1967년, 국제적 연구를 활성화하기 위해 제임스 조이스 협회가 설립되었을 때 세 명의 창설자 중 두 명이 미국인이었다(세 번째 인물인 프리츠 젠(Fritz Senn)은 스위스인이었다). 그러나 곧 변화가 생겨나기 시작했고 1975년 파리에서 열린 조이스 심포지엄에서 현재 대략적으로 "이론"이라고 알려진 일련의 비평 활동이 많은 참석자들에게 소개되었는데, 그것은 이후 후기구조주의라고 알려지게 된 것의 일부분으로 인식되었다. 1960년대 후반에서 1970년대 초반에 프랑스의 전위적인 잡지 『텔 켈』에 조이스를 언어의 본질에 의문을 제기한 급진적 인물의 대표로 언급하는 글들이 등장하기 시작했다. 자크 라캉, 엘렌 식수, 자크 데리다와 같은 지식인들이 서술과 스타일을 이야기하면서 조이스를 언급했고, 복잡하고 밀도 있는 말장난 같은 글쓰기를 통해 조이스를 모방하기도 했다. 객관적 현실의 구조 속에 내부적으로 결합되어 있는 체계로서 언어의 투명성은 거부되었고, 언어적 공간을 떠다니면서, 현실을 반영하는 것이 아니라 현실을 구성하는 미끄러운 기표라는 새로운 설명으로 대체되었다. 리얼리즘 소설로서 『율리시스』의 위상은 지나버렸고 비평가들은 그 대신 『율리시스』 글쓰기의 자아-지칭성, 통합된 시각 개념과 "의미"의 탈피에 대해 박수를 보냈으며 매체 자체를 전경화하고 그 과정에서 소설 쓰기 행위 자체를 의문시하는 "열린" 텍스트를 선호했다.

1972년 『텔 켈』에 스티븐 히스(Stephen Heath)의 선구적인 논문이 발표되었다. 주로 『피네간의 경야』에 집중되어 있지만 그 논문은 조이스의 모든 글들을 통해 "망설임의 전략"[13]이라는 시각에서 그를 재평가하고 있다. "망설임의 전략"은 작가에게 "지속성", "의미", "스타일"이라는 고전적 개념을 부여하려는 시도를 방해하는 글쓰기의 특성들을 의미한다. 이에 따르면, 작가의 개성적인 "목소리"로 이해되는 스타일이라는 것이 조이스에게서는 발견될 수 없다. 이는 조이스를 패러디하려는 시도가 어렵다는 사실에서도 알 수 있다. 한 작가를 패러디한다는 것은 독자들이 특징적이라고 인식하게 되는 그 작가의 개인적 특성을 분리하고 모방하는 것이다. 조이스의 경우, 이전의 모든 글쓰기 방식들을 흡수한 수많은 스타일 중 어디에서 그의 스타일을 찾아야 하는지를 알아내야 한다는 문제가 있다. 히스에 따르면, 그러한 스타일의 거부의 원천은 독서 행위를 위해 의미를 한 가지로 고정시키는 용어들을 피하고, 형태의 유희를 통해 계속해서 의미를 회피하여 자신과 독자들을 해방시킴으로써 조이스가 더블린이라는 도시의 핵심으로 보았던 "마비"[14]에서 탈출하려는 노력 속에 위치한다. 따라서 조이스에게는 은유라는 개념을 적용하는 것이 불가능하다.

> 글쓰기가 문자적인 것과 비유적인 것 사이의 본질적(문맥상의) 구별을 해체하는 한, 다시 말해서 모든 요소들이 다른 요소를 지칭하며 끝없이 의미

---

13 Stephen Heath, 'Ambiviolences: Notes For Reading Joyce' in Attridge, D. and Ferrer, D. (1984), pp. 31-69.

14 Joyce (1966), vol. ii, p. 134.

를 지연시키는 텍스트에서 어떤 기준으로 특정 요소를 은유로 볼 수 있을까.[15]

『율리시스』에 대한 리얼리즘의 이론적 근거에 반대하면서 후기구조주의는 언어를 기의보다 훨씬 더 많은 기표들이 흘러 다니는 체계로 볼 것을 제안했으며, 우리의 문어적·구어적 의사소통을 관장하는 언어적 규칙이 궁극적으로 언어에 신뢰성을 제공하는 것으로 간주되는 어떤 외부의 리얼리티에서 유래된 것이 아니라 단순히 규칙에 불과한 것, 즉 의미를 표현하는 것이 아니라 의미를 만들어내는 임의적인 관습으로 볼 것을 제안했다. 따라서 후기구조주의 비평은 『율리시스』의 "읽을 수 없는" 부분들을 환영했고, 여기에서 핵심적인 것은 다층적 의미를 만들어내는 메커니즘이었다.

이런 식의 접근은 주로 유럽 대륙에 한정되어 있었지만 1979년에 콜린 맥케이브의 『제임스 조이스와 언어의 혁명』(*James Joyce & the Revolution of the Word*)이 출판되면서 영미권에도 조이스에 대한 새로운 시각이 소개되었다. 이 책의 제목은 조이스의 작품을 대체로 전통의 뿌리를 잃은 소외된 사회에 대한 하나의 증상으로 보았던 F. R. 리비스의 글을 암시하고 있다.[16] 맥케이브는 건강하지 못하고 구속적이고 진정한 지역사회라는 언어적 원천이 말라버린 것으로 보면서 리비스가 거부했던 문학 연구 방식을 수동적으로 문학을 소비하는 건강하지 못하고 구속적인 것에 대한 강력한 공격으로 보면서 크게 환영했다. 텍스트는 이

---

15 Stephen Heath, 'Ambiviolences: Notes For Reading Joyce' in Attridge, D. and Ferrer, D. (1984), p. 41.

16 F. R. Leavis, 'James Joyce and the Revolution of the Word', in *Scrutiny*, vol ii, no. 2 (1933), pp. 193–201.

야기에 몰입하려는 시도를 방해하는 것으로 간주되었다. 독자가 의지하는 발전, 전개, 감동적 결말에 대한 기대는 모사(模寫)의 대상이 텍스트에 의해 구체화된 언술들로부터 독립적으로 존재할 수 있다는 신화를 파괴해버리는 글쓰기에 의해 방해받는다. 라캉을 통해 언어라는 상징 세계에 들어서는 것이 필연적으로 안정되고 통합된 주체의 존재의 가능성을 잃어버리는 결과를 가져온다는 사실이 확인되었다. 단지 언어가 가능케 하는 일련의 주체의 위치들, 어떤 지속적인 정체성을 부여할 수 있는 기회에도 본질적으로 반대되는 위치들만이 가능할 뿐이다. 그리고 이는 언어를 인식론적 가치가 아니라, 언어체계의 내적 논리만을 가진 내적·임의적 차이에 바탕을 둔 체계로 본 후기 소쉬르식 언어학의 본질 때문이다. 그러한 내적 관계는 외형적으로만 고정성을 제공하는데, 이는 안정되고 동일한 정체성을 얻으려 분투하는 인간 에고(ego)의 강력한 필요성 때문이다.

1980년대에 들어서 후기구조주의와 해체주의는 더 이상 새로운 것이 아니었고 이는 곧바로 북미의 조이스 산업에도 반영되었다. 1982년 국제 제임스 조이스 심포지엄에서 최초로 조이스를 자의식적으로 후기구조주의의 시각에서 읽기 시작했고, 2년 후 프랑크푸르트에서 열린 두 번째 심포지엄에서는 그런 식의 읽기가 표준이 되어 데리다가 연설을 하기도 했다. 『율리시스에 나타난 스타일의 오디세이』(*The Odyssey of Styles in Ulysses*) 같은 책에서 캐런 로런스(Karen Lawrence)는 거의 의무라는 듯이 조이스 소설에서 발견되는 "의미"의 가능성을 공격했다. "우리는 스타일이라는 것을 경험을 걸러내고 질서를 부여하는, 서로 다르지만 확정적이지는 않은 방식들로 본다. 스타일에 대한 이러한 시각은 그 책에 대한 '공간적 이해'를 제거한다. 다양한 스타일을 통해서 궁극적으로 플라톤식의 의미의 패턴을 보는 것은 불가능하다."[17] 호메로스의 방랑, 고향을 찾고 정체성을 재확립하는 것은 언어의 관점을 통해서만 이루어지며, 각각의 장들은 주체가 자신을 발견할 가능성을 제공하는 문학 형태나 특정한 언술의 모험으로 인식되었다. 조이스의 다재다능한 스타일이 고갈되어 우리가 언어라고 부르는 언어적·문학적 잔해가 드러난 후에는 과연 무엇이 남을까? 스티븐이 「프로테우스」에서 눈을 감고 "그의 구두가 표류물과 조가비를 밟아 바스락거리며 깨어지는 소리"(3.10)를 듣듯이 단지 소리만 남는 것일까? 『율리시스』를 언어 이론들과만 결합시킨 결과는 언어의 구체화에 공헌하는 무시간성(無時間性)을 만들어내 사회적·정치적 문맥으로부터의 해석의 가능성을 차단함으로써 작품을 역사의 진공상태에 위치시키는 것이었다. 언어의 물질적 측면에 대한 강박증은 결국 리얼리티를 비물질화하는 결과를 가져올 뿐이다. 물론 맥케이브는 주체의 위치가 특정한 언술에 의해 구성된다고 이해하는 것 자체도 정치적인 것이라고 생각한다. 조이스는 레닌과 한패가 될 수 있다. 『율리시스』 같은 텍스트는 "현대의(그의 시대와 우리의 시대 모두) 정치적 언술의 가능성을 혁명적으로 전복"[18]하기 때문이다. 그러나 맥케이브의 논리는 의심스럽다. 비록 맥케이브가 조이스를 본질적으로 고상한 작가로 보는 전통적 시각에서 이해한 것보다 훨씬 정치적 이해가 깊고 확고했다는 것을 보여주기는 하지만 레닌과 조이스를 연결한 것은 두 사람 모두 기존의 패러다임을 반대하고 파괴한다는 주장만으로 가능해지지 않는다. 문학의 영역 안에서 해체주의가 반드시 정치적 위상에 의문을 수반하는 것은 아니다. 『율리시스』를 정치적으로 적극적이었던 작가의 작품으로 보는 좀 더 풍요로운 시각은 후기식민주의가 나타나면서부터였다.

---

17 Lawrence (1981), p. 9.

18 MacCabe (1979), p. 153.

## 후기식민주의와 『율리시스』

『젊은 예술가의 초상』에서 스티븐과 학감이 나누는 대화는 조이스를 후기식민주의의 시각에서 읽을 수 있는 단초를 제공한다.

> "가정", "그리스도", "술", "주인"이라는 낱말들이 그의 입술에서와 나의 입술에서 얼마나 서로 다른가! (…) 그토록 귀에 익으면서도 이국적으로 들리는 그의 언어는 나에게는 언제나 빌려온 말일 뿐이다. 나는 그 낱말을 만들거나 또는 받아들인 적도 없다. 나의 목소리가 그들을 멀리하고 있다.[19]

문학에 대한 이론적 접근으로서 후기식민주의도 개념상의 어려움이 없는 것이 아니며, 아일랜드에 대한 텍스트를 해석하는 방법으로서 논쟁의 여지는 있게 마련이다. 그럼에도 불구하고 조이스의 글쓰기는 그가 바라본 아일랜드의 정치적 상황과 밀접하게 연결되어 있으며 바로 이러한 시각에서부터 지난 20년간 『율리시스』에 대한 가장 뛰어난 몇몇 문학 비평들이 등장했다. 1980년대 몇몇 중요한 아일랜드 학자들의 연구와 함께 『율리시스』를 특정한 역사적·문화적 문맥, 즉 영국의 지배를 받는 식민지로서의 아일랜드라는 시각에서 조이스를 다시 읽는 과정이 시작되었다.[20] 이후 1990년대에 데이비드 로이드(David Lloyd)의 『비정상적인 국가들: 아일랜드인의 글쓰기와 후기식민주의의 순간』(*Anomalous States: Irish Writing and the Post-Colonial Moment*, 1993), 에드나 더피(Edna Duffy)의 『서발턴의 「율리시스」』(*The Subaltern Ulysses*, 1994), 에머 놀런(Emer Nolan)의 『제임스 조이스와 민족

---

19 Joyce (2000a), p. 159.

20 Kiberd (1982), Paulin (1984), Deane (1985).

주의』(*James Joyce and the Nationalism*, 1995), 빈센트 쳉(Vincent Cheng)의 『조이스, 인종, 제국』(*Joyce, Race and Empire*, 1995) 같은 책들이 뒤따랐다. 놀런은 조이스가 국제적인 모더니즘의 정신에 따라 민족주의 같은 한물간 개념들로부터 스스로를 단절했던 철저한 세계시민주의자였다는 단순한 시각에 의문을 제기한다. 쳉의 연구는 조이스의 글쓰기에서 인종적·문화적 이질성이 어떻게 "아일랜드인, 유대인, 흑인, 동양인, 인도인, 영국인, 보어인, 백인, 미국 인디언, 유대계 그리스인, 그리스계 유대인"[21]을 한데 묶는 관점과 병존할 수 있는지를 보여주면서 식민주의가 만들어낸 일종의 이항적 양극화를 무너뜨린다.

아일랜드와 영국의 식민관계는 수 세기에 걸친 종속과 합의를 포함하는 매우 독특한 경우이나 『율리시스』는 영국군과 IRA(아일랜드공화국군) 간의 휴전이 공표되었을 당시 집필이 거의 끝나가던 상황이었고 작품이 완결되고 나서 몇 주 후에 양측 사이에 평화 조약이 체결되었다. 식민질서에서 벗어나고 있었지만 그렇다고 식민지배가 끝난 것도 아닌 이 모호한 상황은 2000년에 애트리지(Attridge)와 하우스(Howes)가 편집한 논문 모음집, 『절반의 식민지와 조이스』(*Semicolonial Joyce*)의 제목에도 반영되어 있다. 『율리시스』에 드러난 명확한 역사적·문화적 문맥은 포스트모더니즘의 정설이라는 맑은 물에 진흙을 풀어 넣었다는 의미에서 상당한 중요성을 가지며, 이는 앤드루 깁슨(Andrew Gibson), 렌 플랫(Len Platt)과 유사한 관점을 가진 비평가들의 작업에서도 공통적으로 드러나는 요소다. 1996년에 나온 플랫의 『조이스와 앵글로-아이리시』(*Joyce and the Anglo-Irish*)의 대부분은 『율리시스』와 그 작가가 아일랜드 문예부흥 운동에 어떻게 반응했는지를 다

---

21 Cheng (1995), p. 248.

루고 있다. 2002년, 앤드루 깁슨의 『조이스의 복수: 『율리시스』의 역사, 정치, 미학』(*Joyce's Revenge: History, Politics, and Aesthetics in Ulysses*)은 1880년부터 1920년까지 아일랜드와 영국의 정치, 사회, 문화적 관계와 관련해서 조이스 소설 연구의 범위를 넓혀주었다. 최근에 깁슨과 플랫이 편집한 논문집, 『조이스, 아일랜드, 영국』(*Joyce, Ireland, Britain*)은 조이스를 지배자와 피지배자 사이의 문화적·정치적 관계 속에 재위치시키려는 영국과 아일랜드 학자들의 공통된 노력을 보여준다. 『율리시스』에 대한 이러한 접근은 작품의 에피소드들에 대한 새로운 해석을 가능하게 함으로써 조이스 비평의 문화적 지형을 바꾸어놓았다.

깁슨이나 플랫과 같이 역사적 시각을 가진 유물론적 비평가들의 가치는 조이스의 글쓰기에 꼼꼼한 관심을 가지면서도, 때로 독자와 텍스트 사이에 장벽을 만드는 후기식민주의를 피하는 방식으로 『율리시스』를 읽었다는 데 있다. 『율리시스』, 특히 「키클롭스」 장에서 조이스는 민족주의 문제, 즉 아일랜드적인 것을 다시 만들어내는 과정에서 자신도 모르게 영국식 모델을 선택하여 배타적인 인종적 정체성을 흉내 내는 아일랜드 민족주의의 편협성을 벗어나려 했던 작가로 보인다. 그는 「사이렌」 장의 노래들과 관련해서 분명하게 드러나는 특징, 즉 아일랜드의 정체성을 주장하는 문제와 관련한 과거의 실패들을 손쉽게 감상적으로 만드는 방식을 피하고 있지만 동시에 그러한 시도를 폄하하지도 않는다. 조이스의 목적은 아일랜드 예술의 상징인 "하녀의 깨진(cracked) 거울"(1.146)이 금이 가(fractured) 있다는 것을 인정하면서 민족주의를 초월하는 새로운 시민성의 조건을 창조하는 것이었다. 『율리시스』에 대한 이러한 새로운 독법(讀法)은 조이스 스타일의 유희를 모더니스트 미학의 구현이 아니라, 그의 나라를 지배하는 제국주의적·

정신적 세력과의 예비적 만남의 결과라는 시각에서 탐색한다. 조이스는 특정한 영어 또는 영국식 아일랜드 언술을 선택해 왜곡의 과정을 겪게 함으로써 그러한 언어가 가지는 권위의 본질을 파괴한다. 예를 들어 「태양신의 황소」에서 영국 산문의 순수성이라는 개념은 우스꽝스러운 것으로 전락하고 만다. "그는 침략자에게 수 세기 동안 그들이 아일랜드에 했었던 것을 행했다. 그는 침략자의 자율성을 거부했고 그의 순수성을 오염시켰다."[22] 셰인 레슬리(Shane Leslie)는 1922년 10월 『계간 리뷰』에 실은 글에서 『율리시스』를 "클러켄웰 교도소 폭파 사건처럼, 철통같은 보안에 튼튼히 지어진 고전이라는 영국 문학의 교도소를 폭파하려는 시도"[23]라고 묘사했다. 아마도 레슬리는 「프로테우스」 장에서 실제로 클러켄웰 교도소의 폭파에 대한 언급이 있다는 사실(58쪽 참조)을 몰랐던 것 같은데, 그의 언급을 이후 세대의 비평가들이 긍정적으로 평가하게 되리라는 것을 알았다면 더 놀랐을 것이다.

## 발생학적 비평

조이스에 대한 발생학적 비평, 즉 텍스트의 특정한 판본이 아니라 텍스트가 존재하게 되기까지의 과정에 초점을 맞춘 비평은 주로 『피네간의 경야』와 관련해서 다루어지고 있지만 『율리시스』에 대해서도 흥미로운 연구가 이루어져왔다. 발생학적 비평가들은 저작 과정에서 작가가 선택한 것들을 조사해서 작가의 의도에 대한 단서를 찾으려 한다. 조이스는 노트에 아이디어들을 적어두었다가 글을 쓸 때 텍스트에 이용했고

22 Gibson (2006), p. 129.

23 Travis (2000), p. 22에서 인용.

사용한 후에는 펜으로 해당 내용에 x표를 해서 지워가면서 글을 썼다. 『율리시스』와 관련된 최초의 자료는 『젊은 예술가의 초상』 같은 초기 작품들에 주로 사용된 노트들에서도 발견되지만 『율리시스』에만 관련한 최초의 노트는 1917년까지 거슬러 올라간다. 이 노트는 현재 분실되었지만 그 필사본은 남아 있는데, 조이스가 어느 친구에게 노트에서 x표로 지우지 않은 내용들을 필사해달라고 부탁했던 것이다. 1980년대 후반 두 명의 학자가 다른 수많은 『율리시스』 원고들뿐 아니라 필사본의 원래 자료로 보이는 증거물을 철저히 찾고 해석해서 그 노트를 재구성했고, 이후 『잃어버린 노트』(*The Lost Notebook*)라는 제목으로 출판했다.[24]

초기 『율리시스』의 발생학적 연구는 A. 월턴 리츠(A. Walton Litz)의 『제임스 조이스의 예술』(*The Art of James Joyce*, 1964)이었으며, 이후 마이클 그로든(Michael Groden)의 『과정 중의 율리시스』(*Ulysses in Progress*, 1977)가 뒤를 이었다. 그로든은 『율리시스』의 저작과 관련된 다양한 노트들, 초안들, 타이핑 원고들을 조사했으며 그 결과물이 현재 대영도서관과 미국의 여러 대학 도서관들에 보관되어 있는데, 그것들은 작품을 쓰는 동안 조이스의 스타일이 어떻게 변화해갔는지를 잘 보여준다. 조이스의 발생학적 비평들의 최고 업적은 『조이스 아카이브』(*Joyce Archives*)로서 작가가 쓴 글들 중 남아 있는 모든 자료의 사본을 포함해서 총 63권으로 이루어져 있고, 그중 16권이 『율리시스』와 관련된 것들이다.

이 16권은 1970년대 후반에 『조이스 아카이브』가 출판될 때까지도 왜 『율리시스』의 정본이 없었는지를 설명하는 데 도움이 된다. 수많은

---

24 Rose and O'Hanlon (1989).

교정본들과 타이핑 원고들이 존재했기 때문에 정본으로 인정할 만한 최초의 원고가 없었던 것이다. 1984년에 한스 발터 가블러(Hans Walter Gabler)가 이끄는 독일의 편집팀이 3권으로 이루어진 개정본을 발표했고, 2년 후 한 권짜리 **교정본**이 등장했다. 그것은 7년에 걸친 작업의 산물이었고 5천 개의 수정 사항을 담고 있다고 알려져 있는데, 대부분 자잘한 것들이라서 독자들이 보기에는 큰 차이가 없었다. 이 새로운 판본은 몇몇 비평가들, 특히 그 당시에는 잘 알려지지 않았던 인물 존 키드(John Kidd)가 이끄는 비평가들로부터 혹독한 비판을 받았지만 결국 표준본으로서의 위상을 얻는 데 성공할 수 있었다. 그러나 가블러 팀의 편집 원칙에 대한 공격은 정본을 만들어냈다는 주장에 오점을 남겼다.

# 5장
# 각색, 해석, 영향

## 문학적 영향

『율리시스』는 산문 소설의 역사를 되돌릴 수 없을 정도로 변화시켰다고 해도 과언이 아니다. 조이스의 소설은 즉시 글쓰기 방식에 새로운 장을 연 문학 작품의 정전으로 자리 잡았고, 1920년대와 1930년대의 여러 작가들에게 영향을 미쳤다. 자신의 일기에서 "독학한 노동자"가 쓴 "천박한" 작품이라고 『율리시스』를 악평하기는 했지만 몇몇 조이스의 기법들은 버지니아 울프의 작품에 특히 영향을 주었다. 출판되지 않은 어떤 글에서 그녀는 『율리시스』를 읽으면서 "놀라움과 발견의 발작"[1]을 느꼈다고 기록하고 있으며, 이 놀라움의 효과는 『댈러웨이 부인』(*Mrs. Dalloway*, 1925)에서 찾아볼 수 있다. 울프의 소설은 인물들이 평범한 일상을 살아가면서 도시 공간을 차지하는 방식, 다중의 시각과 내적 독백의 사용 등 『율리시스』와의 공통점을 보여주며 특히 「떠도는 바위들」을 연상시킨다. 의식의 흐름 기법, 즉 생각이 문법적으로 구조화되기 전의 상태를 포착하는 조이스의 독특한 기법은 울프에게서 그녀만의 시적인 방식으로 이용된다. 『율리시스』와 같이, 『댈러웨이 부인』의 각 부분들은 텍스트 내의 빈칸들로 구분되며 작품 전체는 하루

---

1 Henke (1986), p. 39.

동안의 일로 구성된다. 두 작가 모두 시간의 흐름에 세심한 관심을 기울였고 그에 따라서 플롯을 구성했다.

1923년, 조이스가 "앞으로 50년간 가장 심오한 문학적 영향"[2]을 미칠 것이라는 F. 스콧 피츠제럴드(F. Scott Fitzgerald)의 예언을 증명하듯이, 호르헤 루이스 보르헤스(Jorge Luis Borges), 블라디미르 나보코프(Vladimir Nabokov), 움베르토 에코(Umberto Eco), 살만 루슈디(Salman Rushdie) 같은 중요한 현대 작가들이 모두 『율리시스』를 읽었던 경험의 긍정적 영향력을 증언했다. 또한 이런 의미에서, 레몽 크노(Raymond Queneau), 이탈로 칼비노(Italo Calvino), 필립 로스(Philip Roth), 조르주 페렉(Georges Perec), 토머스 핀천(Thomas Pynchon)도 생각해볼 수 있다. 루슈디의 『악마의 시』(*The Satanic Verses*)는 상호 텍스트성(intertextuality)과 자유분방한 다원양식주의(polystylism), 그리고 크리슈나 센(Krishna Sen)이 "식민지배자 언어의 혼종성"[3]이라고 불렀던 것 등은 조이스의 영향을 보여주는 실례다. 조이스는 인도 작가들에게도 영향을 주었는데, 대표적으로 데사니(G. V. Desani)의 『H. 하테르의 모든 것』(*All About H. Hatterr*, 1948)이 있다. 앤서니 버지스(Anthony Burgess)는 데사니의 작품을 소개하는 글에서 작품의 구성, 영어에 대한 "영광스러울 정도로 불순한"[4] 접근이라는 의미에서 그의 작품을 『율리시스』와 연결시키고 있다.

최초의 『율리시스』 완역본은 1927년의 독일어 번역본이었는데(프랑스어 번역본은 그로부터 2년 후에 나왔다) 기소의 가능성을 피하기 위해서 출판사가 언급되지 않은 채 출판되었다. 그 책은 당시 독일 작가

---

2 Brocccoli (1996), p. 91.

3 Sen (2008), p. 220.

4 Desani (1986), p. 10.

들에게 엄청난 영향을 미쳤는데, 특히 알프레트 되블린(Alfred Döblin)에게 즉각적인 영향을 주었다. 되블린은 당시 『베를린 알렉산더 광장』(*Berlin Alexanderplatz*)을 쓰고 있었는데, 그 소설이 출판되기 1년 전인 1928년에 『율리시스』를 살펴보고는 그 책이 새로운 수준의 도시 소설이라고 칭찬했다. "오늘날 한 사람의 체험 이미지에는 길거리, 매 순간 변하는 장면들, 광고판, 지나가는 자동차들도 포함된다."[5] 『베를린 알렉산더 광장』에서 볼 수 있는 다중적 관점들의 작동 방식, 작품 속에서 신문, 소리 효과, 말소리들이 사용되는 방식 등은 분명 『율리시스』의 영향이라고 볼 수 있다. 『율리시스』의 독일어판 출간 이후 두 권의 중요한 독일 소설이 출판되었는데, 한스 헤니 얀(Hans Henny Jahnn)의 『페루자』(*Perrudja*, 1929)와 헤르만 브로흐(Hermann Broch)의 『몽유병자들』(*The Sleepwalkers*, 1931) 역시 조이스의 영향을 보여준다.[6] 이후의 독일 작가들도 『율리시스』의 독일어판을 읽어보지 않았더라도 『베를린 알렉산더 광장』과 『페루자』를 통해서 조이스의 스타일을 알게 되었을 수 있다.

앤서니 버지스는 조이스의 열광적인 팬이었고 조이스에 대한 책을 다섯 권이나 썼다. 『조이스프릭』(*Joysprick*)은 조이스의 글쓰기에 대한 언어학적 접근이고, 『리조이스』(*Rejoyce*)는 조이스에 대한 두 편의 소개 글을 담았으며, 『피네간의 경야』의 축약본인 『히어 컴스 에브리바디』(*Here Comes Everybody*), 그리고 잘 알려지지 않았지만 『율리시스』의 노래들을 모은 가사집인 『더블린의 블룸들』(*Blooms of Dublin*, 1982)이 있다. 젊은 시절 조이스는 가수를 직업으로 고려한 적이 있었는데, 버지스는 글쓰기와 음악에 대한 관심을 조이스와 공유했던 셈이

5 Marcus and Nicholls (2003), p. 343.

6 Mitchell (1976).

다. 조이스와 버지스 사이에는 예술적 성향에서도 유사한 점—희극적인 감각과, 언어의 작용에 대해 거의 강박적인 관심을 보여주는 말장난에 대한 취향—이 있으나 조이스가 어느 정도까지 버지스에게 영향을 주었는지, 어느 정도까지 그 영국 작가가 조이스에게서 자신과 같은 유머 성향을 발견했는지는 확실하지 않다.

몇몇 아일랜드 작가들의 입장에서 조이스는 같은 민족으로서 동질성을 느낀다는 반응과는 거리가 멀었다. 오히려 그 반대였다. 조이스는 그들에게 자신을 모방하든지 아니면 자신의 성취에 도전해보라는 듯이, 그들의 작품 위에 어른거리는 거의 두려운 존재였다. 이에 대해 가장 적절한 증언을 들려주는 인물은 사무엘 베케트(Samuel Beckett)다. 베케트는 젊은 시절 파리에서 조이스를 만나 친구가 되었고, 그에 대한 존경심의 표현으로 일종의 무급 비서처럼 일하면서 그의 작업을 도왔다. 조이스는 그러한 베케트의 노고를 고마워했고, 1938년 베케트가 어느 뚜쟁이의 칼에 부상을 당했을 때 곧장 병원으로 달려가 개인실 입원비를 내주고 자신의 독서 램프를 빌려주기도 했다. "내가 정신이 들었을 때" 베케트는 회상했다. "제일 먼저 기억나는 것은 조이스가 병동 끝에 서 있다가 나를 보러 오던 모습이었다."[7] 그 젊은 작가는 초기에 쓴 글을 언급하면서 "아무리 나만의 향기를 부여하려 노력해도 조이스의 냄새가 났다"라고 썼다. 그는 자신만의 목소리를 찾으려고 애를 썼고 "죽기 전에 JJ를 극복하겠다"[8]라고 맹세하기도 했다. 두 사람은 1940년 독일군이 파리를 점령하자 나치를 피해 피난 가던 중 어느 마을을 지나다가 우연히 만났고, 그것이 마지막 만남이었다.

후배 작가이자 아일랜드인으로서 셰이머스 히니(Seamus Heaney)

---

7 Knowlson (1996), p. 282.

8 Ibid., p. 160.

와 조이스의 관계도 흥미롭다. 『스테이션 아일랜드』(*Station Island*, 1984)의 열두 번째 시에서 조이스가 시인-화자 앞에 굳건한 존재이자 이름 없는 조언자로 등장한다. "산사나무 숲처럼 단단하고 날카롭게 얼어붙어. 그의 목소리는 모든 강들의 모음들과 함께 소용돌이친다."[9] 조이스는 히니에게 자제라는 유혹을 거부하고 자신만의 목소리로, 시의 즐거움만을 위해 쓰라고 요구한다. 수년 전 『전통들』(*Traditions*, 1972)에서 히니는 블룸이 시티즌에게 아일랜드인의 정체성 문제를 멋지게 받아쳤던 장면(12.1431)을 인용하면서 언어적인 용어로 자기정체성의 다원적 측면을 자랑스럽게 주장했다.[10] 『시의 교정』(*The Redress of Poetry*, 1995)에서 히니는 『율리시스』로 되돌아와 "영국 중심의 신교도 전통을 새로 만들어낸 호메로스와의 연관성, 단테식의 스콜라 철학, 다소 지중해식이자 유럽식의 고전적 세계관으로 대체함으로써 자신을 주변화했던 제국을 다시 주변화했던"[11] 조이스의 시도에 주목했다.

다른 아일랜드 시인들도 시나 산문을 통해 『율리시스』의 영향을 인정했다. 1997년에 출간된 토머스 킨셀라(Thomas Kinsella)의 『펜 숍』(*The Pen Shop*)은 더블린을 가로지르는 블룸의 여정을 의식적으로 반향시키고 있으며, 폴 멀둔(Paul Muldoon)은 「텔레마코스」 장에서 우유를 배달하는 노파가 스티븐의 됫박에 우유를 따르는 장면(1.397-407)을 읽은 후의 효과를 기억하고 있다. 우유 배달 노파는 전통적인 아일랜드의 서민을 대표하는 전령이 된다(48쪽 참조). "봉사할지 비난할지 그는 알지 못했다. 하지만 그녀의 호의를 간청 않고 무시했다." 그 장면은 멀둔에게 "광채의 순간"으로 남았다.

---

9 Heaney (1998), p. 267.
10 Heaney (1972), pp. 31-2.
11 Heaney (1995), p. 199.

> 조이스가 그 아일랜드의 이미지로부터 어떤 호의도 간청하지 않았다는 사실은 (…) 나를 완전히 해방시켰다. (…) 그의 거부 행위는 적절한 시간에 이루어졌다. 그러나 시간의 흐름은 그것이 일시적인 행위가 아님을 분명히 해주었다. 그가 반항아였고 반우상주의자였다는 사실, 젊은 나이임에도 특정한 아일랜드의 이미지라는 꿈과 유혹을 용기 있게 거부했다는 사실이, 다른 사람들도 그랬겠지만, 나에게도 구원의 은총이었다.[12]

## 『율리시스』, 음악, 영화

음악에 대한 조이스의 관심은 작품에만 해당하지 않았으며—『율리시스』에는 700개 이상의 음악 관련 언급이 등장한다—, 작가에 대한 존경심의 표시로 음악을 작곡한 사람도 버지스만이 아니었다. 이탈리아 작곡가 루치아노 베리오(Luciano Berio: 1925-2003)의 첫 번째 중요한 전자음악 작품들 중 하나인 〈테마: 조이스에 대한 오마주〉(Thema: Omaggio a Joyce)는 푸가 형식의 「사이렌」의 도입 부분(96쪽 참조)에 기반을 둔 것이다. 1958년 베리오는 그의 아내가 해당 부분을 읽는 것을 녹음한 후 전자장치로 변조해서 말소리와 음악이 겹치는 혼종 작품을 만들었던 것이다. 독자들은 『율리시스』 텍스트에 삽입되어 있는 대중적인 노래, 발라드, 음악회 연주곡, 오페라 아리아 등의 음악을 담은 덜 전위적인 형태의 레코드들을 구해서 들어볼 수 있을 것이다(191-2쪽 참조). 조이스의 독창적인 또 다른 음악적 오마주는 록그룹 제퍼슨 에어플레인의 1967년 앨범 〈After Bathing at Baxters〉의 수록곡인 '리조

---

12 Meade (2004), p. 29.

이스'(Rejoyce)다. 케이트 부시도 조이스의 텍스트에서 영감을 받아 독창적인 음악을 만들었지만 조이스 재단이 발표를 거부하는 바람에 저작권을 침해하지 않고 리듬과 느낌만을 유지하는 선에서 가사를 다시 썼다. 1989년 그녀는 이렇게 설명했다. "그 노래 가사는 '예스, 예스'였어요. 그런데 내가 허락해달라고 요청했을 때 그들은 이렇게 말했죠. '노! 노!'"

『율리시스』에서 언급된 노래와 음악은 영화로 만들었을 때 못지않게 현대의 레코드 기기를 통해서도 재생될 수 있지만 작품의 텍스트가 가진 깊이를 영화로 표현하는 것은 누구에게나 엄청난 도전일 수밖에 없으며, 그래서인지 아무도 시도한 적이 없다. 그러나 예이젠시테인(Sergei Eisenstein: 1898-1948)이 『율리시스』를 영화로 만들었다면 그 결과가 어떠했을까 가정해보는 것도 흥미로울 것이다. 그 영화감독과 조이스는 1929년 파리에서 한 번 만난 적이 있었고 조이스의 작품을 영화로 만드는 문제에 대해 대화를 나누었다고 한다. 예이젠시테인은 분명 『율리시스』를 읽었고 인물의 생각을 영화로 표현하는 것에 흥미가 있었다. 1934년 그는 러시아 국립영화학교 강의에서 조이스가 사용한 내적 독백이 영화에서 얼마나 중요한지에 대해 말해 사람들의 관심을 끌었다. 아마도 두 사람은 서로 영향을 주었던 것 같다. 「떠도는 바위들」 장이 예이젠시테인의 몽타주 개념에 영향을 받았을 것이라는 가능성도 제기된 바 있기 때문이다. 확실한 것은 조이스가 눈이 안 좋았음에도 불구하고 영화를 좋아했고 영화관을 자주 찾았다는 것이다. 1930년대에 그는 『율리시스』의 영화 판권과 관련해서 워너브라더스 사의 제안을 받았던 것 같다. 그러나 조이스는 "예술적 적합성"[13]이라는 이유

13 Ellmann (1982), p. 654.

로 그 제안을 거절했다. 1909년, 오랜만에 더블린을 방문한 조이스는 사업가 기질이 발동하여 그 도시 최초의 영화관을 설립할 계획을 세웠다. 트리에스테의 사업가들에게 투자를 받는 상업적 계획이었다. 그는 도시 중심부에 적당한 장소를 발견했고 그해 12월 그곳에서 대중들에게 영화 쇼를 보여주기도 했다. 원래 계획은 아일랜드의 여러 도시들에 영화관을 짓는 것이었는데, 트리에스테의 사업가들이 손을 떼면서 사업 전체가 취소되고 말았다.

『율리시스』를 다룬 두 편의 영화가 거둔 성공의 수준은 주로 소설의 플롯을 다루었다는 점에 국한되어 있다. 1967년 미국 감독 조지프 스트릭(Joseph Strick)이 만든 첫 번째 영화는 아일랜드에서 상영이 금지되었고(2000년에 비로소 금지가 풀렸는데 이는 아일랜드 영화사에서 가장 긴 금지 기간이었다), 뉴질랜드에서는 남녀 관객이 분리된 채 영화를 봐야만 했다. 이런 조치로 인해 스트릭의 영화가 실제보다 훨씬 에로틱하고 노골적인 것처럼 보이게 하지만 사실은 영화사에서 거의 처음 등장하다시피 한, "퍽"(fuck)이라는 단어가 검열관들을 당혹시켰기 때문이었다. 영화의 배경은 1960년대의 더블린—소설 속의 실제 시기를 되살리려는 노력이 거의 없었다—이었다. 그러나 반세기가 흐른 뒤의 그 도시는 원작이 가진 과거의 느낌과 역사성을 확보해줄 수 없었다. 오늘날의 관객들에게는 지나간 시대와의 유사성이 조이스가 의도한 20세기 초반의 실제 배경을 대체하는 기능을 한다. 다행히도 스트릭은 작품의 텍스트를 제대로 살리려 했고, 영화는 「키르케」 에피소드의 환상이라는 본질에도 과감히 도전했다. 마찬가지로 「페넬로페」 에피소드에서도 남성 세계에서 외로운 한 여성의 수동적 포기와 수용이라는 그 장의 분위기를 제대로 포착하고 있다.

좀 더 최근에 나온 영화로는 숀 월시(Sean Walsh)가 제작한 〈블룸〉

(2003)이 있다. 몰리 블룸 역의 캐스팅이 성공적이라 할 수는 없을 듯하고, 레오폴드 역의 스티븐 레아는 스트릭 영화의 마일로 오셰이와 달리, 그가 연기하는 인물의 가장 매력적인 측면인 타고난 활기를 잃어버린 채 너무 구슬프게만 보인다. 내적 독백은 직접적인 화자의 말소리로 표현되었고, 영화의 마지막 장면뿐 아니라 시작 부분에서도 등장하는 「페넬로페」 에피소드는 활기차게 묘사되었지만 전체적으로 정적인 분위기다. 스트릭의 영화처럼, 〈블룸〉도 조이스의 텍스트에서 크게 벗어나지 않았으며 두 작품 모두 관객들에게 소설에 대한 관심을 불러일으킬 만했다.

소설을 소개하기 위한 목적으로 영국의 텔레비전 방송용으로 제작된 짤막한 두 편의 영화가 있다. 1988년 〈현대 세계: 열 명의 위대한 작가들〉 시리즈의 일부로 만들어진 〈제임스 조이스의 율리시스〉는 다큐멘터리 스타일과 영화화된 장면들을 혼합한 형태였는데, 데이비드 서쳇이 레오폴드 블룸 역을, 소차 쿠사스크가 몰리 역을 맡았다. 2001년에 BBC에서 방영한 〈율리시스〉는 톰 폴린이 내레이션을 맡은 다큐멘터리였다.

칠라 톨디(www.csillatoldy.com)가 제작한 단편 다큐멘터리 영화 〈블룸 미스터리〉는 헝가리계 유대인이라는 레오폴드 블룸의 출신 문제에 초점을 맞추고 있다. 이 영화는 2007년 블룸의 날, 헝가리와 아일랜드에서 촬영되었으며, 조이스 소설의 국제적 호소력에 대한 독창적인 주장을 담고 있다. 프리치 호르스트만(Fritzi Horstman)의 〈조이스 투 더 월드〉(Joyce to the World, 2004)는 『율리시스』에 대한 58분짜리 다큐멘터리이며 블룸의 날을 기념하여 배우, 작가, 학자 들이 등장한다. 2000년 프레드 디베카(Fred Devecca)가 『율리시스』에서 영감을 받아 만든 26분짜리 영화 〈길거리의 소음〉(A Shout from the Streets)은 「네스토르」 장에서 스티븐 디댈러스와 디지 씨의 대화(2.380-6)에서 제목을 따온 경우다.

## 회화 속의 『율리시스』

『제임스 조이스와 율리시스 만들기』의 저자이자 조이스의 친구인 프랭크 버전은 최초로 『율리시스』의 삽화를 그리려 했던 예술가였고, 이후 1935년에 뉴욕의 리미티드 에디션스 클럽에서 출판한 『율리시스』의 딜럭스 에디션의 삽화를 의뢰받은 앙리 마티스가 뒤를 이었다. 마티스와 달리 버전은 소설을 잘 알고 있었고, 이는 그의 그림에도 잘 반영되어 있다. 「나우시카」 에피소드를 예로 들면, 저녁 하늘을 배경으로 텍스트에도 언급되는 불꽃놀이와 박쥐가 보이고 어두운 장면이 거티의 하얀 속치마와 대비되며 한 손을 바지 주머니에 넣고 있는 블룸의 모습도 보인다. 이와 달리 마티스는 호메로스의 『오디세이아』를 바탕으로 하고 있는데 그의 동판화를 보면 그가 조이스의 작품을 한 번도 읽지 않았다는 사실을 추측할 수 있다. 호주의 화가 시드니 놀런(Sydney Nolan: 1917-1992)은 분명 『율리시스』를 읽었고 그 직접적 결과로서 일련의 작품들을 만들었으며(유감스럽게도 한 작품만 남아 있다), 이탈리아 화가 미모 팔라디노(Mimmo Paladino: 1948-)는 폴리오 소사이어티에서 1998년에 출판한 작품의 삽화를 맡았다. 펜실베이니아에 있는 프랭클린 도서관은 1970년대에 삽화가 들어 있는 세 권의 판본을 출간했는데, 각 판본마다 삽화가가 다르다(앨런 E. 코버, 폴 호가스, 케네스 프랜시스 듀이). 1988년에는 미국의 추상표현주의 화가 로버트 머더웰(Robert Motherwell: 1915-1991)이 동판화와 애쿼틴트화로 삽화를 그린 또 다른 한정판이 출간되었다.

영국 화가 리처드 해밀턴(Richard Hamilton)은 1922년 『율리시스』가 처음 출판된 지 3주 후에 태어났고, 1947년 군 복무 중에 조이스의 작품을 처음 읽었다. 그 경험은 평생 동안 『율리시스』와의 인연을 이어가는 계기가 되었고, 그의 작품에도 내내 영향을 미쳤다. 해밀턴은 자신의 예술적 발전에 영향을 준 요소들을 언급하면서 그 특징으로 조이스의 스타일상의 유희, 혼성성, 전통의 배격과 상위문화와 하위문화 사이의 균형 잡힌 수용, 꼼꼼한 작업 방식 등을 들었다. 앤디 워홀과 팝아트에 대한 해밀턴의 영향을 생각할 때 이는 조이스가 미술계에 상당한 영향을 남겼을 가능성을 제기한다.

해밀턴은 조이스의 책을 읽은 후 『율리시스』의 새로운 삽화 에디션을 만들겠다는 계획을 세웠다. 그 계획은 작품의 각 장마다 서로 다른 18개의 그림을 그리는 것이었는데, 특히 특정한 사건을 묘사하는 것이 아니라 각 그림마다 다른 스타일로 작업하는 방식이었다. 몇몇 그림들은 1950년 런던 현대예술관(ICA)에서 열린 조이스 전시회의 일부로 대중에게 공개된 바 있지만, 전체 계획은 제작상의 어려움과 페이퍼 출판사의 이사(T. S. 엘리엇)가 밝힌 문제, 즉 그런 엄청난 프로젝트에 들어가는 비용 때문에 어려움을 겪었다. 조이스 탄생 100주년을 앞두고, 1981년에 해밀턴은 일련의 음각판을 계획했다. 첫 번째 결과물은 「태양신의 황소」 장에 나오는 병원장의 이름을 따서 〈혼의 집에서〉라는 제목이 붙었는데, 이 그림을 보면 그의 생각과 예술이 어떻게 진화되어왔는지를 분명하게 볼 수 있다.

1949년에 해밀턴은 「태양신의 황소」를 수채화로 표현하려고 했지만 그가 사용한 입체파 기법이 그 장의 특징인 영국 산문 전통의 패러디를 반영하기에 부족하다는 것을 깨닫고 실망했다. 1980년에 그는 이전의 작품에 다시 손을 댔다. "나는 최초에서 현대까지 스타일이 발전되어가는 흐름이라는 개념을 포함하도록 완전히 개작했습니다."[14] 최종 결과물에서 해밀턴은 조이스가 보여준 언어의 태아발생적 움직임을 미술사의 아홉 단계와 연결시켰다. 그 결과 이스터섬의 두상을 닮은 고대 예술에서 시작해서 고대 이집트 예술로 "발전"하고, 벨리니의 마돈나로 묘사된 르네상스 스타일의 간호사, 프랑스의 낭만주의자 그로 남작(Baron Gros)이 그린 나폴레옹 스타일의 렘브란트가 스티븐의 얼굴을 하고 서 있으며, 블룸은 부르주아로 묘사된 세잔으로 등장한다. 그 외에 정어리 통조림은 입체파의 정물화, 미래파 방식의 술잔들, 그리고 "작품의 안정된 초점 역할을 하는 대상 없는 추상화법"[15]을 확인할 수 있다.

해밀턴의 예술과 조이스의 글쓰기 사이의 유사한 합일점은 「사이렌」장의 두 여종업원, 청동빛 머리카락의 도스 양과 금빛 머리카락의 케네디 양을 묘사한 동판화, 〈금빛 옆의 청동빛〉에서도 나타난다. 조이스의 상호 텍스트성은 마네의 〈폴리베르제르의 술집〉, 퐁텐블로파의 〈가브리엘 데스트레〉와 해밀턴의 작품 〈그녀의 자매들 중 한 명〉과 나란히 시각적 반향을 이룬다. 1998년 해밀턴은 디지털 기술을 이용해 「이타카」에서 밤하늘을 묘사한 문장, "습기 찬 푸른 밤의 과일들로 매달린 별들의 천국의 나무"(17.1039)에서 유래한 〈별들의 천국의 나무〉를 제작했다.

해밀턴의 작품 중 하나인 〈핀 머쿨〉(Finn MacCool)은 조이스 작품에 대한 충실성이라는 점에서 약간은 논란의 여지가 있다. 「키클롭스」장의 시티즌은 거친 성격의 고집쟁이지만 조이스의 키클롭스를 켈트족

14 Hamilton (2001), p. 19.

15 Ibid., p. 6.

거인으로 묘사했던 초기의 묘사를 버리고 1983년에 털투성이에 모포를 뒤집어쓴 죄수로 묘사하게 한 것은 IRA 멤버이자 배고픔에 파업을 일으켜 북아일랜드의 메이즈 감옥에 갇혀 있던 레이먼드 피우스 매카트니의 사진이었다. 편협하고 폭력적일 정도로 반유대주의자인 시티즌을 메이즈 감옥의 정치범으로 묘사한다는 생각은 논쟁의 여지가 있으며, 런던의 테이트 갤러리에서 열린 해밀턴의 유화전에도 이로 인한 혼란이 반영되어 있다. 〈시티즌〉이라는 제목이 붙었고 IRA의 파업 주동자로 묘사한 그 그림은 자신의 배설물들 속에서 관람객을 조용히 쳐다보고 있는, 마치 예수와 같은 인물을 보여주고 있다. 이 그림은 인간의 존엄성을 강력하게 호소하고 있지만 바니 키어넌 주점의 호전적인 협박꾼과는 거의 관계가 없다.

여러 현대 화가들이 다양한 수준에서 『율리시스』에 대한 작품을 제작했고, 작품의 대부분이 1904년 6월 16일의 100주년을 기념하는 리조이스 축제에 맞추어 2004년 더블린의 RHA 갤러리에서 열린 〈조이스와 미술〉 전시회에서 소개되었다. 그 전시회에는 1950년대 후반부터 수년간 『율리시스』의 확장이라고 할 수 있는 일련의 회화 작품들을 제작한 요제프 보이스(Joseph Beuys: 1921-1986)의 작품에서 발췌한 인쇄물들이 포함되어 있었다. 전시회에는 또한 아일랜드의 설치 및 비디오 예술가 제임스 콜먼(James Colman: 1941-)이 『율리시스』에서 영감을 받아 만든 작품도 있었는데, 콜먼은 조이스 탄생 100주년이 되던 1982년에, 에클스 7번가의 벽돌문을 영원하다는 뜻의 "에버래스팅"이라는 식물의 하나인 밀짚꽃 화환으로 단장했다. 〈조이스와 미술〉 전시회에는 은색 화환이 놓여 있었고, 7번가의 그 집이 철거되었을 때에는 문 자체가 독자적인 설치 미술품이 되어 더블린의 제임스 조이스 센터에 전시되었다.

## 『율리시스』 카니발

『카니발 조이스』라는 책은 조이스의 글쓰기가 문학 전통과 다양한 문화적 형태들을 창조적으로 수용한 방식에 관한 것이지만 그 제목은 또한 조이스의 작품이 하나의 상품—어떤 사람들에게는 페티시가 될 수도 있는—이 되고 작품의 다양한 측면들이 다른 것에 수용되고 함입되는 방식을 묘사하는 기능도 가진다.[16] 소설이 가진 비유가 워낙 치밀하고 그 통합적이고 백과사전적인 성향과 형태의 복잡함으로 인해 사실상 거의 어떤 방식의 문학 비평가들에게나 마르지 않는 재료를 제공한다. 마찬가지로 『율리시스』는 이후에도 계속 살아남아 번창하고 있는데 이는 『율리시스』가 휴머니즘, 리얼리즘, 네오마르크시즘, 언어학, 정신분석, 페미니즘, 구조주의, 후기구조주의, 모더니즘, 포스트모더니즘, 문화 연구, 후기식민주의, 발생학적 연구 등 작품을 설명하려는 모든 이론적 패러다임들을 건강하게 거부해왔기 때문이다. 이 모든 접근법들이 조이스의 작품에 적용되어왔고 지금도 적용되고 있으며, 그 결과 흥미롭고 통찰력 있는 다시 읽기를 생산해냈지만, 그 과정에서 하나의 산업이 생겨났고 찌꺼기들이 쌓였으며 어떤 조이스식 언술이 제도화되기도 했다. 학위 논문에서부터 종신보장 직위에 이르기까지, 학문적 경력과 『율리시스』에 대한 더 많은 책과 논문은 함께 발전해왔다. 조이스 산업의 초창기라고 할 1951년에 이미 패트릭 캐버너는 「누가 제임스 조이스를 죽였는가?」라는 시를 썼을 정도였다.

어떤 무기가 사용되었나요?

---

16 Rice (2008).

강력한 율리시스를 죽이기 위해

사용한 무기는

하버드 논문이었습니다.[17]

이런 식의 감성은 털사대학교에서 『계간 제임스 조이스』(*James Joyce Quarterly*)의 편집장이었던 토머스 F. 스탠리(Thomas F. Stanley), 취리히의 프리츠 젠, 켄트주립대학교의 버나드 벤스톡(Bernard Benstock)이 더블린에서 최초로 국제 제임스 조이스 심포지엄을 열었던 1967년에 벌어진 일에는 적용될 수 없다. 그 심포지엄에서 학문적 연구와 독자들 간의 아이디어 교환을 촉진하기 위한 목적으로 제임스 조이스 협회가 설립되었다. 1988년에 그 협회는 국제 제임스 조이스 협회가 되었고, 2년마다 유럽의 여러 도시에서 열리는 국제 심포지엄을 후원하고 있다. 그 사이에 북미 조이스 콘퍼런스가 설립되었다. 1979년에 일곱 번째 심포지엄이 열린 후 여덟 번째 심포지엄은 조이스 탄생 100주년에 맞추기 위해서 잠시 미루어졌고 드디어 1982년에 더블린에서 열린 심포지엄에는 500명 이상이 참가를 신청했다. 아일랜드의 대통령이 참석해서 세인트 스티븐스 그린 공원에서 조이스의 흉상 제막식을 이끌었다. 휴 케너가 레오폴드 블룸의 출생지인 어퍼 클랜브라실 52번가의 한 집에 설치된 명판을 제막하는 영광을 얻었고, 찰스 제임스 호히 총리가 더블린 성에서 공식 리셉션을 주관했다. 앤서니 버지스, 사이먼과 가펑클 외에 톰 스토파드(Tom Stoppard)도 참석했는데, 그의 연극 〈트래베스티〉(Travesties, 1975)에는 1917년 조이스가 취리히에서 『율리시스』를 쓰고 있을 때 그곳에 거주하던 두 사람, 레닌과 다

17 Quinn, Antoinette 편, (2004), 『패트릭 캐버너: 시집』. 런던: 앨런 레인, p. 176.

다이즘 시인 트리스탕 차라를 만났을 가능성이 암시되어 있다. 1990년 화려하기 짝이 없는 모나코에서 열린 심포지엄은 최악이었다. 참석을 희망했던 사람들에게 너무 비싼 이벤트였기 때문이다.

1982년에 6월 16일은 아일랜드 여행사 달력에서 중요한 날로 기록되었다. 이후 블룸의 날(Boomsday)로 알려지게 될 첫 번째 축하 이벤트는 1954년 몇몇의 열광적인 팬들이 하루 동안 『율리시스』 순례를 하면서 시작되었다. 당시에는 아일랜드에서 조이스의 작품이 허락되지 않은 상황이었고 외무장관은 파리에서 제임스 조이스 전시회를 여는 것을 거절했다. 아일랜드의 학계도 조이스를 무시했다. 아일랜드의 몇몇 작가들—플랜 오브라이언과 패트릭 캐버너가 그중 가장 알려진 인물이었다—만이 이벤트 5주년을 맞아 존경을 표했을 뿐이었다. 그들은 샌디코브의 마텔로 탑 밖에서 만나 두 대의 마차를 타고 장례식 행로를 뒤따랐고 도중에 여러 주점에도 들렀다. 1982년 블룸의 날에는 100명의 참가자들이 당시의 의상을 입고 소설에서 더블린을 관통하는 총독이 지나갔던 길을 마차를 타고 따라갔다. 「떠도는 바위들」을 재현했던 것이다.

블룸의 날은 현재 아일랜드 정부도 후원하는 유명한 행사가 되었고, 주로 마텔로 탑에서 당시의 의상을 입고 즐거운 시간을 가진 후 점심시간에는 데이비 번 주점에서 버건디와 고르곤졸라(블룸이 그곳에서 즐겼던 것처럼)를 즐긴다. 다양한 연극, 도보 관광, 독회, 강의도 뒤따른다. 소설 속의 사건들이 발생한 지 100주년 되는 2004년에 블룸의 날은 정부가 후원하는 관광객 대상의 거창한 행사가 되었는데, 조이스 생전에 아일랜드가 조이스를 대했던 태도를 생각해보면(그해 더블린에서 열린 국제 제임스 조이스 심포지엄에서 연사들 중 한 명이었던 브루스 아널드는 위선이라는 표현을 썼다) 거의 아이러니하다고 할 정도였다. 아일랜드 국립도서관은 〈제임스 조이스와 율리시스〉라는 전시회를 개최했는데 방문객들은 터치스크린을 이용해 도서관에 소장된 네 권의 『율리시스』 노트들을 디지털 형태로 화면을 넘기면서 구경할 수 있었다. 조이스와 『율리시스』는 현재 엄청난 산업이 되었다. 우표와 수표에 조이스의 모습이 들어가 있고 작가가 서명한 100권의 초판본은 권당 10만 파운드가 넘어간다. 돈 많은 미국의 도서관들뿐 아니라 아일랜드 국립도서관도 조이스가 쓴 필사본, 편지, 노트를 구입하는 데 엄청난 금액을 지불했다. 2004년 기념행사 때에는 구글도 하루 동안 로고를 바꾸어 조이스와 그의 인물들을 집어넣었고 전 세계에서 축하 행사가 열렸다. 1994년 이후로 헝가리의 작은 마을인 솜버트헤이—소설에서 블룸의 아버지가 태어난 곳으로 알려진—에서조차 블룸의 날 행사가 이어져오고 있다(169쪽 참조).

『율리시스』가 남긴 유산과 관련해서 흥미로운 점은 그 작품이 상위문화와 하위문화, 비전문가들과 대학 교수들, 상업적 이익을 염두에 둔 후원자들과 공익 기관들 모두에 영향을 미쳤다는 것이다. 작품의 보편적 호소력은 한계가 없어 보인다(물론 실제로 그 책을 읽어본 사람들의 수에는 반비례하겠지만). 아일랜드의 현대화된 지역들의 벽에 "공인 아일랜드 주점"으로서 제임스 조이스 어워드를 자랑하는 명판들이 붙어 있으며, 그 명판들은 『율리시스』의 한 구절, "한 개의 술집도 스치지 않고 더블린을 통과한다는 것은 참 근사한 수수께끼감이야"(4.129-30)를 "한 개의 술집도 스치지 않고 아일랜드를 통과하는 것"으로 바꾸어 더블린 외부의 술집들에도 광고 효과를 노리고 있다. 또 다른 극단적인 경우로, 학계와 일반인들 사이의 거리를 좁히려 했던 프리츠 젠 같은 명망 높은 학자들이 있다. "나는 조이스를 가르치고 있습니다"와 같은 말에 멈칫거리는 모습을 보이면서, 그리고 조이스 콘퍼런스에서 최대한 지루함을 느끼게 하는 "열 가지 간단한 규칙"을 언급하면서, 프리츠 젠은 조이스 산업보다는 조이스 향유 집단의 가치에 대해 개인적 증언을 들려준다.[18]

## 라캉과 『율리시스』

1975년 파리에서 열린 국제 제임스 조이스 심포지엄에서 라캉이 1921년 파리의 어느 서점에서 조이스를 보았던 일을 회상했을 때 그의 나이는 70대였다. 그는 연설을 하면서 조이스를 "생톰"(sinthome: symptôme(증상)의 옛 철자)이라고 불렀는데, 이 말은 라캉의 스물세 번째 세미나(1975-1976)의 제목이 되었다. 라캉의 이론적 발전에 대한 조이스의 영향은 분명하지 않으며, 라캉이 이야기하는 내용의 대부분은 『율리시스』보다는 『피네간의 경야』의 중요성에 대한 자신의 아이디어에 바탕을 두고 있다. 게다가 두 작품 모두 라캉이 얼마나 많이 읽었는지는 논란의 여지가 있다. 개략적인 정신분석학적 수준에서 조이스는 부재하는, 부적절한 아버지와 씨름하고 있는 것으로 보이며, 아들의 끊임없는 글쓰기는 이 본질적인 결핍을 보충하고 정신증을 피하려는 시도다. 결국 1934년에 시설로 보내지고 말았지만 딸 루시아의 초기 정신질환과 싸우면서 한편으로 조이스는 아버지의 증상—가족을 돌보지 않은 채 과도한 음주에 빠져 살았던 예에서 알 수 있듯이—을 되풀이하지 않을 수 없었다. 부성(父性)이라는 문제가 『율리시스』에 스며들어 있지만 라캉은 그 문제를 별로 꼼꼼하게 읽지 않았으며 그의 발언은 일

18 Senn (2007).

반적인 수준에 머물러 있다.

라캉에게 미친 조이스의 영향의 본질은 논란의 주제로 남아 있다. 「생톰」을 포함해 라캉의 글이 모두 영어로 번역되어 있지도 않고 조이스의 소설과 라캉의 정신분석에 모두 정통한 비평가도 드물다. 분명한 점은 조이스를 통해서 라캉이 "증상"이라는 용어를 새롭게 이해할 수 있었다는 것이다. 그것은 더 이상 무의식으로부터 암호화된 메시지가 아니라 주체의 주이상스(jouissance)를 위한 존재 방식으로 간주되었기 때문이다. 조이스의 글쓰기는 생톰—순수한 즐거움의 핵심 주변에 중심을 둔 지시적 구성, 결합 양자—을 나타내고, 그것을 구현한다. 그것은 관습적인 소설의 기반이 되는 상징적 질서를 압도한다. 자신의 삶을 구성하고 삶을 가능케 하기 위해서 조이스는 자신의 증상과 동일시했으며 자신의 에고를 창조하여 자신과 함께 살았다. 생톰으로서 조이스는 실재계, 상징계, 상상계를 서로 묶고 쉽지 않은 협력관계를 구성한다. 생톰은 또한 삶을 성취한다. 조이스의 경우, 그것은 지극히 충성스럽게 들러붙어 있는 존재의 일관성을 흘려 내보낸다.

# 6장
# 추가 독서를 위한 가이드

아래에 없는 책들의 세부 사항은 참고문헌을 보라.

## 『율리시스』 판본

『율리시스』의 판본은 여러 가지가 있기 때문에 처음 읽는 독자로서는 선택하기가 쉽지 않다. 저작권 문제를 피하기 위해 출판사마다 다른 형식을 택하기 때문이다. 현재 표준판으로 인정받고 있는, 1986년에 한스 발터 가블러가 출판한 소위 수정본은 각 페이지 아래에 표기된 장 표시와 각 장마다 달려 있는 행수 표시 외에는 비평적인 사항이 거의 없다시피 하다. 하드커버이든 페이퍼백이든 영국과 미국에서 출판된 많은 책들이 수정본과 동일한 페이지와 행수 표시를 사용하며, 1986년 이후 『율리시스』에 대한 모든 언급은 이 텍스트를 사용한다는 사실을 덧붙이고 있다는 점을 고려할 때, 이 판본이 독자들에게 필수적이다. 이 책에서도 그 판본을 이용하고 있다.

펭귄 사에서 출판한 『율리시스: 주석 달린 학생판』(*Ulysses: Annotated Student Edition*, 1992)은 소개 글과 데클런 키버드(Declan Kiberd)의 노트가 있지만, 행수 표시가 각 페이지마다 새로 붙어 있어 책 뒤의 노트와 관련해서만 유용하다. 페이지에 15개의 장 이름이 표시

되어 있지 않아 특정한 에피소드를 빨리 찾아내기가 어렵다.

존슨 제리(Johnson Jeri)가 편집하고 옥스퍼드대학 출판사에서 나온 『율리시스: 1922년 텍스트』(*Ulysses: The 1922 text*, 2008)는 〈옥스퍼드 세계 고전〉 시리즈의 하나로 소개 글, 소설 창작과 출판 역사에 대한 짤막한 소개, 책 뒤에 위치한 각 장에 대한 노트, 길버트와 리나티의 도식 등 유용한 비평적 장치가 있다. 유감스럽게도 행수나 장 표시는 없다.

수정본 이전에 출판된 『율리시스』 비평 작품들은 여러 가지 예전 판본들, 특히 1961년에 출판된 랜덤하우스 판본을 언급하고 있는데, 이런 이유로 특정한 참조 사항들을 확인하려면 시간이 오래 걸린다. 에든버러의 스플릿피 출판사에서 나온 건, 이언, 매클리어리, 앨리스터의 『율리시스 페이지 찾기』(*The Ulysses Pagefinder*, 1988)는 1922년에 셰익스피어앤컴퍼니에서 출판된 책에서부터 시간 순서대로 다양한 판본들을 교차 확인하고 있다.

대니스 로즈(Danis Rose)가 편집하고 콘월, 마우스홀의 후이넘 출판사에서 출간된 『율리시스: 리더스 에디션』(*Ulysses The Reader's Edition*, 2004)은 복잡한 역사를 가지고 있는데, 2004년에 나온 이 판본은 로즈의 원래 판본인 1997년 판본을 불법으로 규정한 법원의 판결에 따른 결과다. 이전 1997년 판본의 「페넬로페」 장에 로즈가 집어넣은 그 끔찍한 구두점을 2004년 판본에서는 제거했지만 그 외의 특이한 편집 방식은 그대로 남아 있다.

## 호메로스와의 연계성

호메로스의 『오디세이아』의 뛰어난 현대 번역은 두 가지가 있다. 리처드 래티모어(Richard Lattimore)가 번역하고 뉴욕의 하퍼앤로에서 출판한 『호머의 오디세이』(*The Odyssey of Homer*, 1967)가 있고, 로버트 페이글스(Robert Fagles)가 번역하고 런던의 펭귄 출판사에서 내놓은 『호머 오디세이』(*Homer The Odyssey*, 1996)가 있다.

열두 살의 조이스가 클롱고스칼리지에 다니던 시절에 처음 오디세우스의 모험을 접했을 때에는 당연히 위의 책들이 없었다. 조이스가 학교에서 읽은 것은 1808년에 처음 나온 찰스 램(Charles Lamb)의 『율리시스의 모험』(*The Adventures of Ulysses*)이었고, 1922년에 『율리시스』가 출판된 후 조이스의 숙모가 이해가 안 된다고 했을 때 조이스가 조세핀 숙모에게 권한 책도 그 책이었다. 램의 책은 호메로스의 서사시에 대한 쉬운 소개서로 남아 있으며, 존 쿡(John Cooke)이 편집하고 에든버러 스플릿피 출판사에서 나온 현대판 『율리시스의 모험』(1992)을 지금도 구할 수 있다.

1930년에 처음 출판된 스튜어트 길버트(Stuart Gilbert)의 연구서는 지금까지도 소설과 호메로스와의 연관성에 대해 명확한 설명을 제공한다. 『율리시스』에 대한 호메로스의 영향을 더 살펴보고 싶은 독자라면 게인즈빌의 플로리다대학 출판사에서 나온 쇼크 R. J.(Schork R. J.)의 『조이스와 그리스, 헬레니즘 문화』(*Greek and Hellenic Culture in Joyce*, 1998)에서 관련된 장을 찾아볼 수 있다. 호메로스의 『오디세이아』에 대한 일반적인 문화사(史)와 현대문화에 대한 지속적인 영향 관계에 관심이 있다면 이디스 홀(Edith Hall)이 쓰고 런던의 I. B. 타우리스 출판사에서 펴낸 『율리시스의 귀향』(*The Return of Ulysses*, 2008)이 도움이 된다.

## 조이스 전기

1982년에 개정판이 나온 리처드 엘만의 그 권위만큼 문제도 많은 전기는 전기적 정보와 관련해서 지금까지도 표준이 될 만한 참고서로 남아 있지만 조이스의 삶과 시대, 글쓰기에 대한 짧지만 통찰력 있는 소개서로는 이언 핀다(Ian Pindar)의 『조이스』(*Joyce*, 2004)와 앤드루 깁슨의 『제임스 조이스』(*James Joyce*, 2006)가 있다. 『율리시스』의 대부분은 트리에스테에서 쓰였고 존 매코트(John McCourt)가 쓰고 더블린의 릴리푸트 출판사에서 나온 『블룸의 세월: 트리에스테에서의 조이스, 1904-1920』(*The Years of Bloom: James Joyce in Trieste, 1904-1920*, 2001)은 조이스의 삶을 새로운 통찰력으로 조명한다.

## 주석서

조이스의 워낙 뛰어난 편집 능력과 박학한 지식에 더해 더블린 사람들의 삶과 문화에 대한 폭넓은 이해로 인해 『율리시스』를 "셜록 홈스처럼 조사"(16.831)하기 위해서는 도움이 필요하다. 조이스는 소설 속에 백과사전 수준의 참고 사항들을 애매한 방식으로 뿌려놓았기 때문에 암시가 있다는 사실을 아는 것도 쉽지 않다. 예를 들어 아일랜드 역사를 어느 정도 알고 있는 독자라면 로버트 에밋이 사형 선고를 받았을 때 했던 연설의 요지를 알고 있을 것이고 「사이렌」 장의 마지막에서 이 일이 언급된다는 것도 알 것이다. 그러나 에밋이 "나의 조국이 지상의 다른 나라들 사이에 당당히 자리 잡을 때, 그때에야 비로소 내 비명(碑銘)이 쓰일 것이다"라고 말한 후, "나는 이제 다 했다"라는 말로 연설을 끝맺었다는 것을 알려면 약간의 힌트가 필요하다. 이런 지식이 없이는 그 장의 마지막 말인 "했다"(done)의 말장난을 독자들은 이해하지 못할 것이다. 『율리시스』의 각 부분들을 이해하는 것은 참고 사항들에 대한 지식에 의존하며 따라서 주석이 필수적이다. 「스킬라와 카립디스」에는 셰익스피어의 작품들뿐 아니라 그의 삶의 세부적 사항에 대한 암시가 워낙 많아서 독자들이 스티븐 디댈러스가 자신의 이론을 뒷받침하기 위해 언급하는 지식(과 가끔씩 드러나는 아이러니)을 이해하려면 도움이 필요하다.

『율리시스』에 대해 주석을 제공하는 책은 두 권이 있는데, 그중 하나는 돈 기퍼드(Don Gifford), 로버트 세이드먼(Robert J. Seidman)이 버클리의 캘리포니아대학 출판사에서 펴낸 『율리시스 주석』(*Ulysses Annotated*, 2008)이다. 이 책은 뛰어난 학술서로서 가블러의 수정본과 1961년의 랜덤하우스 판본에 상당한 도움을 주며, 조이스 소설의 세부 사항에 대한 설명을 원하는 독자들에게는 필수적인 책이다.

또 다른 주석서로 손턴 웰든(Thornton Weldon)이 채플힐의 노스캐롤라이나대학 출판사에서 펴낸 『율리시스 속의 암시: 주석 리스트』(*Allusions in Ulysses: An Annotated List*, 1968)가 있다. 이 책은 『율리시스』의 장들에 맞추어 구성되어 있고 텍스트에 대한 참고 사항들은 1961년과 1934년에 나온 랜덤하우스(또는 모던 라이브러리) 판본의 페이지 수와 행수를 따르고 있다. 랜덤하우스 판본을 사용한다면 이 책도 상관없겠지만 대부분의 독자들은 1984년 한스 발터 가블러의 판본에 바탕을 둔 수정본을 가지고 있을 것이기 때문에 페이지와 행수가 맞지 않을 것이다.

## 해설서와 도보 여행 가이드

해리 블래마이어스(Harry Blamires), 『뉴 블룸스데이 북』(*The New Bloomsday Book*), 런던; 라우틀리지, 1996. 이 책은 페이지마다 세세한 설명이 들어 있어 처음 『율리시스』를 읽는 독자들에게 큰 도움을 준다. 1996년에 나온 3판은 펭귄과 옥스퍼드 세계 고전판으로 나온 가블러의 수정본에 맞추고 있다.

테런스 킬린(Terrence Killeen)의 『해방된 율리시스』(*Ulysses Unbound*, 2005)는 특히 유용한 해설서다. 소설의 각 에피소드가 자세하게 요약되어 있고 특정 이론과 상관없이 스타일과 해당 에피소드에서 제기된 문제들에 대한 일반적인 해설이 뒤따른다. 에피소드에 바탕을 둔 각 부분들은 주된 인물들과 사건들을 다루고, 이어서 외국어 단어나 표현에 대한 어휘 설명이 이어진다.

로버트 니컬슨(Robert Nicholson), 『율리시스 가이드』(*The Ulysses Guide*), 더블린: 뉴아일랜드, 2002. 니컬슨의 이 책이 없이는 더블린 방문은 의미가 없다. 이 책은 8회의 도보 여행을 소개하고 있는데, 각 여행마다 따로 지도가 있으며 여러 장들에서 공통으로 등장하는 지역들을 중심으로 구성되어 있다. 도보 지역은 새로운 독자들을 염두에 두고 쓰였으며 장소와 플롯 간의 관계가 놀라울 정도로 정확히 설명되어 있다.

샌디코브의 제임스 조이스 타워 앤 뮤지엄(소설의 시작 부분에 나오는 탑)의 큐레이터인 로버트 니컬슨은 2007년 아츠매직 사에서 『제임스 조이스의 더블린: 율리시스 투어』(*James Joyce's Dublin: The Ulysses Tour*)의 DVD를 제작해 진행자로 등장하기도 했다. 각 장마다 더블린과 주변의 거리, 장소들을 보여주고 있고, 독자들에게 소설의 주요 장면들을 시각적으로 소개해줄 뿐 아니라 도움이 될 만한 해설까지 덧붙이고 있어 『율리시스』의 플롯에 대한 정확하고 유용한 소개서 역할을 한다.

캐서린 맥셰리(Katherine McSharry) 편, 『조이스 스크랩북』(*A Joycean Scrapbook*), 브레이: 워드웰, 아일랜드 국립도서관, 2004. 20세기 초 더블린의 대중문화와 관련한 조이스 관련 시각 자료 모음집으로 조이스의 외국 생활을 다룬 부분도 있어 『율리시스』 독자들에게 추천할 만하다.

더블린의 릴리푸트 출판사에서(아일랜드 국립도서관 협찬) 펴낸 니얼 머피(Niall Murphy)의 『블룸스데이 포스트카드』(*A Bloomsday Postcard*, 2004)는 『율리시스』와 관련해서 더 많은 시각 자료를 담고 있다. 머피는 250개의 우편엽서를 수집했는데 모두 1904년 더블린에서 사용된 것으로서 『율리시스』에 나오는 여러 순간들을 담고 있다. 카드들은 장별로 구별되어 있고 각 장의 내용 요약이 첨부되어 있다.

## 문학 비평

미국 작가 맥스 이스트먼(Max Eastman)이 조이스에게 왜 그렇게 어려운 스타일로 쓰느냐고 물었을 때, 조이스는 학자들을 300년 동안 바쁘게 하기 위해서라고 대답한 것으로 알려져 있다. 그의 바람은 충분히 이루어질 것으로 보인다. 『율리시스』를 공부하는 학생들은 이미 엄청난 양의 문학 비평들을 마주하고 있다. 아래의 책들은 조심성 없는 독자를 침몰시키지는 않겠지만 충분히 당혹시킬 만한 거대한 빙산의 일각일 뿐이다.

휴 케너의 『조이스의 목소리』(*Joyce's Voices*, 1978)와 콜린 맥케이브의 『제임스 조이스와 언어의 혁명』(*James Joyce and the Revolution of the Word*, 1979)은 조이스 비평에서 두 개의 표지판이라고 할 수 있다. 같은 시기에 같은 주제를 다루고 있지만 전혀 유사한 점이 없다. 두 권 모두 읽어볼 가치가 있다. 역사적 시각을 공유하는 책으로는 렌 플랫(Len Platt)의 『조이스와 영국계 아일랜드인: 조이스와 문예부흥에 관한 연구』(*Joyce and the Anglo-Irish: A Study of Joyce and the Literary Revival*, 1998)와 앤드루 깁슨의 『조이스의 복수』(*Joyce's Revenge*, 2005)가 있다. "율리시스에 나타난 역사, 정치, 미학"이라는 부제가 달린 깁슨의 책은 2002년에 처음 출판되었으며 상당히 추천할 만한 책이다. 애트리지와 하우스의 책은 후기식민주의에 대한 유명한 비평가들의 글들을 모은 것이다. 조이스에 대한 이런 식의 글 읽기에 좋은 훌륭한 입문서로는 런던의 빈티지에서 펴낸 『아일랜드 발명하기』(*Inventing Ireland*, 1996) 중에서 데클런 키버드가 쓴 「제임스 조이스와 신화적 리얼리즘」을 추천할 만하다.

앤드루 깁슨과 렌 플랫이 편집한 논문 모음인 『조이스, 아일랜드, 영국』(*Joyce, Ireland, Britain*, 2006)은 런던대학의 로열 홀로웨이에서 열렸던 런던대학 『율리시스』 리서치 세미나의 결과물이다. 논문들은 조이스의 작품에 대한 역사적 읽기를 탐구하고 있으며 대체로 최근 조이스 연구의 몇몇 가장 뛰어난 업적을 보여주고 있다. 캐서린 멀린(Katherine Mullin)의 논문 「영국의 죄악과 아일랜드의 경계심: 『율리시스』에 나타난 음란성의 국적」(English Vice and Irish Vigilance: the Nationality of Obscenity in *Ulysses*), 클레어 허턴(Clare Hutton)의 「조이스, 도서관 에피소드, 부흥 운동의 제도」(Joyce, the Library Episode, and the Institutions of Revivalism)와 존 내시(John Nash)의

「아일랜드 청중과 영국 독자들: 셰인 레슬리의 『율리시스』 리뷰에 나타난 문화의 정치학」(Irish Audiences and English Readers: The Cultural Politics of Shane Leslie's *Ulysses* Reviews)을 추천한다.

데이비드 피어스(David Pierce), 『조이스 읽기』(*Reading Joyce*), 할로: 피어슨 롱맨, 2008. 작가는 수년간 조이스 강의를 해왔는데 그의 교육 경험에 바탕을 둔 이 책은 세미나 유인물, 강의 경험, 조이스에 대한 학생들의 반응을 싣는 등 독자의 입장을 많이 고려하고 있다. 이 책은 조이스를 처음 읽는 독자들을 위한 것이며, 『율리시스』에 대한 세 개의 장 외에 책 전체에 걸쳐 도움이 될 만한 다양한 사진 자료들을 포함하고 있다.

리처드 브라운(Richard Brown), 『제임스 조이스 동반자』(*A Companion to James Joyce*), 옥스퍼드: 블랙웰, 2008. 이 책은 조이스를 향한 "동반자"라는 제목이 붙은 세 번째 책으로서, 『율리시스』에 대한 모드 엘만(Maud Ellmann), 존 매코트(John McCourt), 데클런 키버드의 글을 싣고 있는, 읽어볼 만한 책이다. 좀 더 이론적인 책으로는 밀레시 로런트(Milesi Laurent)가 편집하고 케임브리지대학 출판사에서 나온 『제임스 조이스와 언어의 차이』(*James Joyce and the Difference of Language*, 2003)가 있는데, 앨런 캐럴 존스(Ellen Carol Jones)의 「경계선 논쟁」(Border Disputes)은 호미 바바(Homi Bhabha)의 혼종성 개념으로 「태양신의 황소」 장을 조명하고 있으며, 전문 용어를 피하고 신선한 방식으로 쓴 프리츠 젠의 「구문론적 전이음」(Syntactic Glides)은 『율리시스』의 몇몇 텍스트를 미세하게 분석해 조이스가 어떻게 문제 많은 구문과 문법의 유희를 즐기는지를 드러내 보인다.

최근에 나온 책으로 존 매코트가 편집하고 케임브리지대학 출판사에서 나온 『문맥 속의 제임스 조이스』(*James Joyce in Context*, 2009)가 있다. 이 책에는 30개 이상의 논문이 세 개의 섹션으로 나뉘어 실려 있는데, 전기적 사항과 출판 역사를 다루고 있는 첫 번째 섹션에는 왜 새로운 조이스 전기가 필요하며 당분간 새 전기가 쓰이기 어려운지를 명쾌하게 설명한 핀 포드햄(Finn Fordham)의 글이 실려 있다. 두 번째 섹션은 비평적 반응을 다루고 있는데, 조이스 연구와 관련한 후기구조주의, 젠더 연구, 정신분석, 후기식민주의, 발생학적 비평을 개괄하고 있다. 세 번째 섹션은 문화적·역사적 문맥을 다루고 있는데, 아일랜드 문예부흥 같은 잘 알려진 경우뿐 아니라 의학, 철학, 과학, 종교, 성 문제까지 다루고 있다.

라캉과 조이스 사이의 공통 관심사에 대한 연구로는 베이싱스토크의 폴그레이브에서 펴내고 셸리 브리비치(Shelley Brivic)가 쓴 『라캉과 지젝으로 본 조이스』(*Joyce Through Lacan and Zizek*, 2009)가 있다. 『율리시스』에 관한 내용은 세 장으로 이루어져 있지만 라캉에 친숙해지는 데 도움이 될 것이다. 이 분야에 대한 가장 뛰어난 입문서는 숀 호머(Sean Homer)가 런던 라우틀리지에서 펴낸 『자크 라캉』(*Jacques Lacan*, 2005)이다.

## 각색, 해석, 영향

리처드 해밀턴(Richard Hamilton)의 『제임스 조이스의 이미지』(*Imaging James Joyce*)는 조이스와 관련해서 1948년부터 1998년까지 생산된 모든 인쇄물과 자료들을 모아놓았다. 해밀턴의 전시회는 2001년 여름 류블랴나에서 시작해서 그다음 해 튀빙겐, 런던, 더블린, 로테르담까지 이어졌다.

크리스타-마리아 럼 헤이스(Christa-Maria Lerm Hayes)의 『예술 속의 조이스: 제임스 조이스에게서 영감을 받은 시각예술』(*Joyce in Art: Visual Art Inspired by James Joyce*, 2004)은 더블린의 릴리푸트 출판사에서 출간되었다. 이 책은 현대 미술이 『율리시스』를 어떻게 보았는지를 보여주는 예들을 포함한 뛰어난 연구서다. 같은 주제를 다룬 좀 더 짤막한 글로는 동일한 작가가 쓴 「조이스 효과: 시각예술 속의 조이스」(The Joyce Effect: Joyce in Visual Art)가, 브라운(R. Brown)이 편집하고 옥스퍼드의 블랙웰에서 출판한 책 『제임스 조이스 동행자』(*A Companion to James Joyce*)의 318-340쪽에 실려 있다. 『율리시스』에서 영감을 받은 미술 작품을 감상하기에 가장 좋은 것은 『제임스 조이스 브로드시트』(*James Joyce Broadsheet*)의 과월호들을 보는 것이다(194쪽 참조). 이 출판물은 지속적으로 시각적 자료를 발표해왔는데, 종종 『율리시스』를 읽고 영향을 받은 예술가들의 알려지지 않은 작품들을 소개하곤 했다.

〈제임스 조이스 작품 속의 음악〉(Music From the Works of James Joyce)은 음악과 노래를 담은 시디인데, 몰리 블룸과 블레이지스 보일런이 벨파스트 연주회에서 부르기로 되어 있고 오후의 정사에서도 시연했을 것이 확실한 노래, '사랑의 달콤한 옛 노래'(Love's Old Sweet Song), 블룸이 마음속으로 떠올리는 노래인 '아름다운 바닷가의 소녀들'(Those Lovely Seaside Girls), 「사이렌」에 등장하는 '까까머리 소년'(The Croppy Boy) 외 여러 곡들을 담고 있다. 〈제임스 조이스 작품 속의 더 많은 음악〉(More Music From the Works of James Joyce)도 있는데, 두 시디 모두 선폰 레코드(www.james-joyce-music.com)에서 구입할 수 있다.

첫 번째 선폰 레코드에는 「사이렌」 에피소드에서 중요한 역할을 하는, 오페라 〈마르타〉(Martha)의 타이틀 곡 '마파리'(M'appari)가 실려 있다. 몰리와 보일런이 만나기로 한 시간에 사이먼 디댈러스가 그 노래를 부르고 있고 블룸은 가사를 자신의 인생에 연관시킨다. 이 노래는 2004년 아일랜드 RTÉ에서 녹음된 시디 〈조이스의 노래들〉(Joyce Songs)에도 실려 있으며 1904년 첫 콘서트에서 조이스가 노라 바너클 앞에서 직접 부른 바 있고 이후 노라를 위해 예이츠의 시 「버드나무 정원 아래에서」(Down by the Sally Gardens)에서 따와 가사를 썼던 적이 있는 노래, '버드나무 정원'(The Sally Gardens), 그리고 『율리시스』에서 언급된 그 외의 다른 노래들을 포함하고 있다. 캐나다에서 만든 다큐멘터리로 조이스와 음악에 대한 내용을 다루고 있는 〈블룸의 날 카바레〉(Bloomsday Cabaret)(www.bloomsdaycabaret.com)는 『율리시스』 속의 음악이 고급도 저급도 아닌, 당연한 문학적 유산의 일부임을 반영하고 있다.

20세기 문학에 미친 조이스의 영향에 대해서는 헤이르트 레르누트(Geert Lernout)와 빔 반 미를로(Wim Van Mierlo)가 편집하고 런던과 뉴욕의 컨티뉴엄에서 출간한 『유럽에서 제임스 조이스의 수용』(*The Reception of James Joyce in Europe*, 2008)이 있다. 『율리시스』의 번역과 관련된 흥미로운 연구로는 토론토대학 출판사에서 패트릭 오닐(Patrick O'Neil)이 펴낸 『다국어 조이스』(*Polyglot Joyce: Fictions of Translations*, 2005)가 있다. 케임브리지의 케임브리지대학 출판사에서 출간했고 캐런 로런스(Karen Lawrence)가 편집한 『초문화적 조이스』(*Transcultural Joyce*, 1998)는 라틴아메리카, 남아시아, 유럽의 작가들에게 조이스가 미친 영향에 관한 논문들을 모은 것이다.

161-70쪽에서 언급된 소설, 시, 영화 외에 테리 이글턴(Terry Eagleton)이 쓰고 런던의 버소에서 출간한 『성자들과 학자들』(*Saints and*

*Scholars*, 1987)이 있는데, 레오폴드 블룸, 비트겐슈타인, 제임스 코널리, 바흐친을 아일랜드에 모아놓은 희극적인 소설이다.

라캉에 대한 조이스의 영향의 본질에 대해서는 베이싱스토크의 폴그레이브에서 나온 『자크 라캉』 중에서 장-미셸 라바테(Jean-Michael Rabaté)가 쓴 「조이스의 주이상스 또는 새로운 문학적 증상」(Joyce's Jouissance, or a New Literary Symptom, 2001)이 있다.

## 웹사이트

www.doc.ic.ac.uk/~rac101/concord/texts/ulysses/ulysses1.html. 프로젝트 구텐베르크를 사용한 『율리시스』 판본을 볼 수 있으며, 유용한 탐색 기능을 제공한다.

www.rte.ie/radio1/readingulysses. 더블린 역사학자이자 조이스 학자인 게리 오플래허티(Gerry O Flaherty)와 스위스 출신의 저명한 조이스 학자 프리츠 젠이 『율리시스』를 에피소드마다 소개하는 매우 유용한 프로그램을 갖추고 있다. 이 시리즈의 마지막 프로그램에서 배리 매거번(Barry McGovern)과 버나드 클라크(Bernard Clarke)가 『율리시스』에서의 음악의 역할에 대해 토론한다.

www.antwerpjamesjoycecenter.com. 안트베르펜 제임스 조이스 센터의 홈페이지. 조이스 작품의 발생학적 비평에 중점을 둔 전자 저널(구독이 필요 없고 모든 글을 온라인으로 이용할 수 있다)을 제공한다. 주로 『피네간의 경야』에 대한 내용이 많지만 2004년 봄 4호에서 게리 오플래허티의 출판사(史)에 대한 스테이시 허버트(Stacey Herbert)의 글 등 『율리시스』에 관한 글들도 있다.

www.joyceimages.com. 그 당시 출판물들을 이용해 『율리시스』 관련 내용을 보여준다.

www.nationalarchives.ie. 아일랜드 국립보관소는 조이스와 그의 소설에 관한 다양하고 유용한 자료를 소장하고 있다.

http://digicoll.library.wisc.edu/joyceColl. 프랭크 버전의 『제임스 조이스와 율리시스 만들기』, 피크(C. H. Peake)의 『제임스 조이스 시민과 예술가』(*James Joyce The Citizen and the Artist*), 캐런 로런스의 『율리시스와 스타일의 오디세이』(*The Odyssey of Styles in Ulysses*) 같이 절판된 세 권의 조이스 관련 저작에 자유롭게 접근할 수 있다.

www.utulsa.edu/jjq. 『계간 제임스 조이스』(*James Joyce Quarterly*)의 홈페이지.

http://hjs.ff.cuni.cz. 하이퍼미디어 조이스 연구(Hypermedia Joyce Studies)의 홈페이지.

## 서머스쿨, 워크숍, 심포지엄

서머스쿨, 워크숍, 북미 조이스 콘퍼런스, 국제 제임스 조이스 심포지엄 및 기타 콘퍼런스에 관한 최신 정보는 『제임스 조이스 브로드시트』(아래 참조)를 통해 온라인으로도 구할 수 있다. 아일랜드에서 개최되는 조이스 관련 서머스쿨, 강의, 독회, 도보 여행 등은 더블린의 '제임스 조이스 센터'(www.jamesjoyce.ie)를 참고하면 된다. 블룸의 날 기념식 등 북미의 경우는 '제임스 조이스 협회'(http://joycesociety.org), 국제 제임스 조이스 재단(http://english.osu.edu/research/organizations/ijjf/), 블룸스데이 NYC(Bloomsday NYC, www.bloomsdaynyc.

org)를 참조하면 된다. 더블린의 유니버시티칼리지에서 매년 열리는 제임스 조이스 서머스쿨에 관한 정보는 www.joycesummerschool.ie에서, 트리에스테에서 열리는 조이스 스쿨(Joyce School)은 www2.units.it/~triestejoyce에서 확인할 수 있다.

## 저널

『제임스 조이스 브로드시트』(*James Joyce Broadsheet*)는 영국 리즈대학교의 영어학부에서 매년 3회 출간된다.

『계간 제임스 조이스』(*James Joyce Quarterly*)는 털사대학교에서 1963년에 시작되었다. www.utulsa.edu/jjq/.

『제임스 조이스 문학 보충자료』(*James Joyce Literary Supplement*)는 마이애미대학교에서 출간된다. www.as.miami.edu/english/jjls.

『더블린 제임스 조이스 저널』(*Dublin James Joyce Journal*)은 2008년에 첫 호를 출간했고, 아일랜드 국립도서관과 협찬하여 유니버시티칼리지 더블린 제임스 조이스 연구 센터에서 매년 발간된다. joyceresearchcentre@ucd.ie.

## 팸플릿

아일랜드 국립도서관(www.nli.ie)의 조이스 연구 시리즈의 21호인 『조이스 팸플릿 모음』(*Joyce Pamphlets Collection*)은 여러 가지 주제를 다루고 있으며, 『율리시스』를 읽는 데 유용한 안내서 역할을 한다. 특히 빈센트 J. 쳉의 「인종과 식민주의」(Race and Colonialism)(No 8), 킴벌리 J. 데블린(Kimberly J. Devlin)의 「율리시스에 나타난 소비」(Consumption in *Ulysses*)(No 9), 마고 노리스(Margot Norris)의 「초보자들」(Beginners)(No 14), 한스 발터 가블러의 「율리시스로 향하는 바윗길」(The Rocky Road to *Ulysses*)(No 15)과 숀 레이섬(Sean Latham)의 「조이스의 모더니즘」(Joyce's Modernism)을 추천할 만하다.

# 참고문헌

Adams, R. M. (1962), *Surface and Symbol*. New York: Oxford University Press.

Arnold, Bruce. (2004), *The Scandal of Ulysses*. Dublin: Liffey Press.

Attridge, D. and Ferrer, D. eds. (1984), *Post-Structuralist Joyce*. Cambridge: Cambridge University Press.

Attridge, D. and Howes, M. eds. (2000), *Semicolonial Joyce*. Cambridge: Cambridge University Press.

Attridge Derek, Maud Ellmann, Daniel Ferrer, Andre Topia, Jean-Michel Rabaté and Robert Young. (1986), 'Sirens without Music', in Beja, M. et al. (eds), *James Joyce: The Centennial Symposium*. Urbana: University of Illinois Press, pp. 59-94.

Beckett, Samuel. (1972), 'Dante ... Bruno ... Vico ... Joyce' in Samuel Beckett and Others (eds), *Our Exagmination Round his Factification for Incamination*. London: Faber & Faber.

Broccoli, Matthew J. ed. (1996), *F Scott Fitzgerald on Authorship*. Chapel Hill, NC: University of South Carolina Press.

Budgen, Frank. (1972), *James Joyce and the Making of* 'Ulysses'. Oxford: Oxford University Press.

Cheng, Vincent. (1995), *Joyce, Race and Empire*. New York: Cambridge University Press.

Cixous, Hélène. (1984), 'Joyce: the (R)use of Writing', in D. Attridge and D. Ferrer (eds), *Post-Structuralist Joyce*. Cambridge: Cambridge University Press, pp. 15-30.

Deane, Seamus. (1985), 'Joyce and Nationalism', in *Celtic Revivals: Essays in Modern Irish Literature 1880-1980*. London: Faber & Faber, pp. 92-107.

_____ (1985), 'Joyce and Stephen: the Provincial Intellectual', in *Celtic Revivals: Essays in Modern Irish Literature 1880-1980*. London: Faber & Faber, pp. 75-91.

_____ (1986), '"Masked with Matthew Arnold's Face": Joyce and Liberalism', in M. Beja (ed.), *James Joyce: The Centennial Symposium*. Urbana, IL: University of Illinois Press.

Deming, Robert. (1970), *James Joyce. The Critical Heritage Vol. 1*. London: Routledge.

Desani, G. V. (1986), *All About H. Hatter*. New York: New York Review Books.

Duffy, Enda. (1994), *The Subaltern 'Ulysses'*. Minneapolis, MN: University of Minnesota Press.

Dylan, Bob. (2004), *Chronicles: Volume One*. London: Simon & Schuster.

Ellmann, Mary. (1968), *Thinking about Women*. New York: Harcourt, Brace and World.

Ellmann, Maud. (2008), '*Ulysses*: The Epic of the Human Body', in Richard Brown (ed.), *A Companion to James Joyce*. Oxford: Blackwell.

Ellmann, Richard. (1972), *Ulysses on the Liffey*. London: Faber & Faber.

_____ (1982), James Joyce: Revised Edition. Oxford: Oxford University Press.

French, Marilyn. (1982), *The Book as World*. London: Abacus.

Gibson, Andrew. (2005), *Joyce's Revenge*. Oxford: Oxford University Press.

_____ (2006), *James Joyce*: Revised Edition. London: Reaktion Books.

Gibson, A. and Platt, L. (2006) (eds), *Joyce, Ireland, Britain*. Gainesville, FL: Florida University Press.

Gifford, Don and Seidman, Robert J. (2008), *Ulysses Annotated*. Berkeley, CA: University of California Press.

Gilbert, Stuart. (1969), *James Joyce's Ulysses: A Study*. London: Penguin.

Groden, Michael. (1977), *Ulysses in Progress*. Princeton, NJ: Princeton University Press.

Gunn, I. and Hart, C. (2004), *James Joyce's Dublin: A Topographical Guide to the Dublin of Ulysses*. London: Thames & Hudson.

Hamilton, Richard. (2001), *Imaging James Joyce's Ulysses*. London: The British Council.

Hart, Clive and Hayman, David. eds. (1974), *James Joyce's 'Ulysses': Critical Essays*. Berkeley and Los Angeles, CA: University of California Press.

Heaney, Seamus. (1972), *Wintering Out*. London: Faber & Faber.

_____ (1995), *The Redress of Poetry: Oxford Lectures*. London: Faber & Faber.

_____ (1998), *Opened Ground*. London: Faber & Faber.

Henke, Suzette A. (1986), 'Virginia Woolf Reads James Joyce: The *Ulysses Notebook*', in Beja, M. et al. (eds), *James Joyce: The Centennial Symposium*. Urbana, IL: University of Illinois Press, pp. 39-42.

Jenkyns, Richard. (1980), *The Victorians and Ancient Greece*. Oxford: Oxford University Press.

Joyce, James. (1957) *Letters of James Joyce*, vol i, ed. Stuart Gilbert. London: Faber & Faber.

_____ (1966) *Letters of James Joyce*, vol ii and iii, ed. Richard Ellmann. London: Faber & Faber.

_____ (1975) *Selected Letters of James Joyce*, ed. Richard Ellmann. London: Faber & Faber.

_____ (2000a), *A Portrait of the Artist as a Young Man*. Oxford: Oxford University Press.

_____ (2000b), *Occasional, Critical, and Political Writings*. Oxford: Oxford University Press.

_____ (2008), *Ulysses*, ed. Hans Walter Gabler. London: The Bodley Head.

Kenner, Hugh. (1978), *Joyce's Voices*. London: Faber & Faber.

_____ (1987), *Dublin's Joyce*. New York: Columbia University Press.

Kiberd, Declan. (1982), 'The Vulgarity of Heroics: Joyce's *Ulysses*', in Suheil Badi Bushrui (ed.), *James Joyce, An International Perspective: Centenary Essays in Honour of the Late Sir Desmond Cochrane*. Gerrards Cross: Colin Smythe, pp. 156-69.

_____ (1992), *Ulysses: Annotated Student Edition* (Introduction and Notes). London: Penguin.

_____ (1996), *Inventing Ireland*. London: Vintage.

_____ (2009), *Ulysses ans Us: The Art of Everyday Living*. London: Faber & Faber.

Killeen, Terrence. (2005), *Ulysses Unbound*. Bray: Wordwell.

Knowlson, James. (1996), *Damned to Fame: The Life of Samuel Beckett*. London: Bloomsbury.

Lattimore, Richard. (1967), *The Odyssey of Homer*. New York: Harper & Row.

Lawrence, Karen. (1981), *The Odyssey of Style in Ulysses*. Princeton, NJ: Princeton University Press.

Leavis, F. R. (1933), 'James Joyce and the Revolution of the Word.' *Scrutiny*, ii.2, pp. 193–201.

Litz, A. Walton. (1964), *The Art of James Joyce*. New York: Oxford University Press.

Lloyd, David. (1993), *Anomalous States: Irish Writing and the Post–Colonial Moment*. Durham, NC: Duke University Press.

MacCabe, Colin. (1979), *James Joyce & The Revolution of the Word*. London: Macmillan.

Mahaffey, Vicki. (1988), *Reauthorizing Joyce*. Cambridge: Cambridge University Press.

Marcus, Laura and Nicholls, Peter. eds. (2003), *The Cambridge History of Twentieth–Century English Literature*. Cambridge: Cambridge University Press.

Meade, Declan. ed. (2004), *James Joyce Bloomsday Magazine 2004*. Dublin: The James Joyce Centre.

Mitchell, Breon. (1976), *James Joyce and the German Novel: 1922–1933*. Athens: Ohio University Press.

Nolan, Emer. (1995), *James Joyce and Nationalism*. London and New York: Routledge.

Norris, Margot. (2004), *Ulysses*. Cork: Cork University Press.

Osteen, Mark. (1992), 'The money question at the back of everything: clichés, counterfeits & forgeries in Joyce's "Eumaeus".' *Modern Fiction Studies*, 38.4, p. 832.

Paulin, Tom. (1984), 'The British Presence in *Ulysses*', in *Ireland & The English Crisis*. Newcastle upon Tyne: Bloodaxe Books.

Peake, C. H. (1977), *James Joyce The Citizen and Artist*. London: Edward Arnold.

Pindar, Ian. (2004), *Joyce*. London: Haus Publishing.

Platt, Len. (1998), *Joyce and the Anglo-Irish: A Study of Joyce and the Literary Revival*. Amsterdam: Rodolpi.

Power, Arthur. (1967) *The Joyce We Knew*, ed. Ulick Connor. Cork: Mercier Press.

_____ (1974), *Conversations with James Joyce*, ed. Clive Hart. London: Millington.

Quinn, Antoinette. ed. (2004) *Kavanagh, Patrick: Collected Poems*. London: Allen Lane, p. 176.

Read, Forest. (1967), *Pound/Joyce: The Letter of Ezra Pound to James Joyce, With Pound's Essay on Joyce*. London: Faber & Faber.

Rice, Thomas Jackson. (2008), *Cannibal Joyce*. Gainesville, FL: University Press of Florida.

Rose, Danis and O'Hanlon, John. eds. (1989), *The Lost Notebook*. Edinburgh: Split Pea Press.

Schwarz, Daniel R. (1987), *Reading Joyce's Ulysses*. London: Macmillan.

Scott, Bonnie Kime. (1987), *James Joyce*. Brighton: The Harvester Press.

Seidel, Michael. (1976), *Epic Geography*. Princeton, NJ: Princeton University Press.

Sen, Krishna. (2008), 'Where Agni Araflammed and Shiva Slew: Joyce's Interface with India', in Brown R. (ed.), *A Companion to James Joyce*. Oxford: Blackwell, pp. 207–222.

Senn, Fritz. (2007), *Joycean Murmoirs*. Dublin: Lilliput.

Travis, Alan. (2000), *Bound and Gagged: A Secret History of Obscenity in Britain*. London: Profile Books.

Vico, Giambattista. (2001), *New Science*. London: Penguin.

Williams, Keith. (2003), '*Ulysses* in Toontown: "Vision Animated to Bursting Point" in Joyce's "Circe"', in Julian Murphet and Lydia Rainsford (eds), *Literature and Visual Technologies: Writing After Cinema*. Basingstoke: Palgrave Macmillan, pp. 96–121.

Wilson, Edmund. (1966), *Axel's Castle*. London: Fontana.

Wittgenstein, Ludwig. (1961), *Tractatus Logico-Philosophicus*. London: Routledge.

# 찾아보기

## |ㅅ|



## |ㅇ|